Alonso Guerrero

Las mujeres felices son una quimera

I PREMIO INTERNACIONAL DE NOVELA JURÍDICA DEL ICAGR

ALMUZARA

El Premio Internacional de Novela Jurídica está auspiciado por el Ilustre Colegio de Abogados de Granada y postula una más intensa afirmación, reconocimiento y dignificación del colectivo. Es este el propósito en su más amplio sentido —ya sea con elementos de novela histórica, género negro o policíaco, o cualquiera de sus posibles combinaciones— que hará de la Justicia y el Derecho una manifestación valiosa del Arte y la Literatura con la profesión jurídica de fondo.

Primera edición: noviembre de 2022

Editorial Almuzara • Colección Tapa negra
Director editorial: Antonio Cuesta
Edición de Javier Ortega
Diseño y maquetación de Manuel Montero

www.editorialalmuzara.com
pedidos@almuzaralibros.com - info@almuzaralibros.com
@AlmuzaraLibros

Editorial Almuzara
Parque Logístico de Córdoba. Ctra. Palma del Río, km 4
C/8, Nave L2, nº 3. 14005, Córdoba

Imprime: Gráficas La Paz
ISBN: 978-84-11311-14-4
Depósito Legal: CO-1613-2022
Hecho e impreso en España - *Made and printed in Spain*

Para Nereida y Marina Paula.

Índice

1. ALGUIEN MUERE EN MADRID

Enrique Lahoz leía demasiados periódicos para ser feliz. Los desayunos le habían amargado la vida, porque era entonces cuando los leía, en el bar de debajo de su casa. El desayuno le brindaba un momento idóneo para hacer una valoración del hombre. Formaba parte de su trabajo, pues era investigador policial, un inspector, de hecho, lleno de reconcomio contra todo eso que los políticos denominan orden. Un empleo como el suyo lo empezaban siempre superhéroes, o poetas románticos, o cantautores, y lo acababan zombis, a menudo antes de tiempo. Él había empezado bien, veinte años atrás, pero algo se torció en el camino hacia el cielo. Siempre ocurre. Lahoz no hacía la evaluación, ninguna evaluación, al final del día, antes de meterse en la cama, sino al principio, leyendo el periódico. Le daba igual qué periódico. Todos mentían. Eran los periódicos los que le ponían los casos sobre la mesa. Los leía porque la mentira era un componente ineludible de su trabajo, y la evaluación siempre daba el mismo resultado, teniendo en cuenta la ciudad en la que vivía: Madrid. Madrid estaba llena de mediocres, es decir, de malvados. ¿Malvados? No, era sobrevalorar a los mediocres. Quizá sólo malhechores. Ni el político con más poder, ni el camarero que le servía el café tenían la más remota idea de lo que era ser justo.

Lahoz solía mantener sus opiniones a buen recaudo, sobre todo cuando hablaba con su jefe. Esto era fácil, pues siempre hablaba con él por videollamada. Todo lo que se transmite a través de una máquina es falso. Ese día, la llamada se produjo después del desayuno y de la lectura del periódico, y sabía de qué iría la cosa. En las páginas centrales, las de Madrid, una pequeña noticia con un breve faldón hablaba de un hombre que habían encontrado ahorcado en uno de los parques del barrio del Pilar. Pensó que al menos aquel hombre había hallado un camino. Había más suicidas en Madrid de lo que la gente piensa, porque la gente piensa que sólo hay suicidas en Islandia, un país sin flores donde los pocos que viven tienen que permanecer metidos en ataúdes con el servicio enmoquetado.

Lahoz estaba seguro de que en Madrid había más suicidios que en Reikiavik. Allí la gente se suicida porque la empuja la naturaleza, decían. En Madrid la empujan los demás. Sabía de lo que hablaba, aunque a veces sus colegas discrepaban de él, cuando discutían sobre el tema en foros privados y sin verse las caras. Sus colegas eran individuos a los que ni la muerte les habría hecho madurar, y menos la muerte de los demás. Lo sabía porque todos los suicidios pasaban por su bandeja de entrada. El capitán disfrutaba llenándosela de archivos adjuntos. El capitán tenía un pie en la política y otro en un despacho con un equipo de sonido que la política había pagado, para no oír los ruidos de fuera, los de la calle.

Lahoz llevaba veinte años en la policía, pero no había pisado la comisaría en los últimos diez, y no llevaba uniforme desde hacía quince, cuando fue adscrito a la policía judicial. Trabajaba solo, y de paisano. El único contacto con los mandos lo tenía al principio y al final de los días laborables, para recibir órdenes y rendir cuentas, siempre por Skype. Hubiese sido bastante desaconsejable que alguien lo viera subir las escaleras de la comisaría del distrito de Fuencarral-El Pardo, a la que pertenecía, así que se había convertido en un satélite demasiado distante de aquel centro de gravedad al que la necesidad, o la física, lo mantenían unido.

La cara del capitán apareció en la pantalla, con sus ojeras de político con demasiadas sobremesas, y le expuso personalmente el expediente del tío colgado del árbol, asunto del que se había hecho cargo el Juzgado de Instrucción número 21.

—Encárgate de él —le dijo—. No es un suicidio. El forense ha dicho que lo colgaron después de matarlo.

—¿Por qué yo? —preguntó Lahoz—. Sabes que no me gustan las cosas complicadas.

—Porque eres el más cabrón, y el que menos ganas tiene de trabajar. Los jueces sólo te quieren porque les pones las cosas claras.

—Sabes que los hay más cabrones que yo en la policía, aunque tengas razón en lo segundo.

—Échale un vistazo al informe del forense. No tiene buena pinta.

—Nada tiene buena pinta.

—La familia está pasándolo bastante mal. Hay detalles muy extraños.

—Estoy seguro de que ya has resuelto el caso. Dime si el asesino es el mayordomo, y punto.

—Las soluciones ya te las pedirá a ti el juez Corcovado, que es quien instruye el caso. Como os lleváis tan bien, quizá te amplíe el margen de actuación, siempre que no se lo quites a él.

—Corcovado, extraña casualidad —dijo Lahoz—. Hemos tenido roces, dentro y fuera del juzgado, pero me cae bien.

—¿Qué quiere decir fuera? ¿Habéis compartido amantes?

—Esa es la única investigación en la que no me gustaría profundizar.

El capitán se llamaba Collins. Le encantaba eso de tener un padre inglés. Nunca comentaba que el apellido de su madre era García, porque Collins convertía la comisaría de Fuencarral-El Pardo en una lejana estribación de Scotland Yard. Lo conocía desde que coincidieron en el instituto. Era el más mediocre de la clase, así que el capitán podía codearse con los políticos de tú a tú. El apellido era lo único que le daba una pátina de cierta rareza, más que exotismo. Nadie se explicaba cómo había llegado tan alto. Lahoz nunca había competido con él, por eso Collins permitía que lo tutease. Se conocían demasiado bien para que competir fuera justo. Lahoz había seguido la ascensión de Collins. Era poco más que un relaciones públicas. Por ejemplo, la mención a la familia formaba parte de su perfil. Le importaba un carajo la familia de cualquier muerto, pero esas atenciones lo convertían en una marioneta a la que le sentaba bien el uniforme.

—¿Resolverlo? Sabes que ni siquiera lo he leído. No estoy aquí para eso. Para eso estás tú.

—¿Entonces por qué sabes que tiene mala pinta?

—Tú lo has dicho. Todo tiene mala pinta. No me gusta que bajen a la gente de los árboles y el forense diga que tiene un clavo en la cabeza.

—¿Un clavo? Me recuerda a una novela. Creo que la culpable era su viuda.

—Vale, pero no añadas literatura. Este tipo no estaba casado.

—Es decir, que te has leído el caso.

—A grandes rasgos, para que luego no me des lecciones diciendo que ha sido la viuda. Esa puerta la hemos cerrado. Ponte a investigar. Te doy un mes, antes de que el Director de la Policía, o el Ministro, empiecen a decirme que no quieren que cunda la idea de que en este país todos los crímenes quedan impunes. No me gustan los muertos. Ya tenemos demasiados desaparecidos.

—Haré lo que pueda, pero deberías dárselo a otro.

—¿A quién? —preguntó Collins.

—A Collins…

—No me des por el culo —dijo Collins, cortando la comunicación.

Mientras accedía al correo encriptado, se preguntó si el asesino habría leído aquella novelita: *El clavo.* Ya nadie leía novelas. Los telediarios no son tan complicados. El informe que encontró lo había hecho algún becario esa misma mañana. Todo era demasiado apresurado. Fotografías, la dirección de la víctima, a la que habían encontrado indocumentada, y una referencia al informe del Anatómico Forense, que no aparecía, y que se limitaba a reseñar que la causa de la muerte no había sido la soga alrededor del cuello, sino una incisión en el parietal con un clavo de veinte centímetros que no era del tipo de los que se clavan con pistola. Lahoz pensó que quizá habría sido con un martillo. La víctima vivía en el barrio de Salamanca. ¿Qué hacía colgando de un árbol del parque de Ana Tutor, en el barrio del Pilar? Collins tenía razón. Tenía mala pinta. La soga era de las que se utilizan en alpinismo. Habían sido los padres de la víctima los que llamaron a la policía, porque la víctima, un hombre de treinta y ocho años, no había vuelto a casa antes de la hora en que volvía los pocos días que salía, una hora, por cierto, a la que nadie vuelve cuando tiene treinta y ocho años. Las 23 horas, habían dicho los padres.

Lahoz tuvo que admitir que la gente era demasiado rara. Normalmente, era la que moría en circunstancias como aquellas. Y a él le daban los casos más inexplicables, para que no pareciera que los asesinos, los ladrones y los secuestradores quedaban impunes, pese a que solían quedar impunes. Collins le daba todos los casos en que las sospechas no recaían sobre el mayordomo, no porque Lahoz fuera un portento en las deducciones, sino porque pensaba siempre mal de todo el mundo. No se conformaba con el pastillero de sobreentendidos que utiliza la mayoría. No había que sobreentender nada, excepto que todo el mundo era demasiado imbécil para ser incapaz de cometer un crimen.

Le pidió a Morales que se quedara tomando un café por el barrio de Salamanca, sólo porque a Morales le jodía ejercer de recadero. Morales no conocía a Lahoz, casi nadie lo conocía en la policía, además de Collins. Sabía que Morales lo llamaba El Fantasma. Para soliviantarlo más, Lahoz le pidió que aparcara en un edificio de la calle Goya anejo a la Audiencia Nacional, y aguardase su aviso, para recoger lo que hubiera que recoger, si lo había.

El padre de la víctima le abrió la puerta y le dijo, respondiendo a Lahoz, que había dado toda la información del dossier por teléfono. Buena muestra de lo que a Collins le importaban las familias. El hombre tenía unos sesenta y cinco años y andaba y gesticulaba como si hubiera en la casa un convaleciente. Era su esposa, por supuesto. Lo invitó a sentarse en un sofá frente a una televisión de cuarenta y dos pulgadas, y fue a avisar a su mujer, a la que Lahoz había visto, al pasar, sentada en la cocina con la cara oculta entre las manos. Como no sabían cuánto iba a durar la autopsia, no había ni rastro de los preparativos de un sepelio.

— Soy el inspector que lleva el caso de su hijo —explicó Lahoz. Nunca daba el pésame. No estaba allí para eso. Siempre iba al grano—. Tengo que hacerle más preguntas. ¿Tenía problemas su hijo? ¿Enemigos?

Las de siempre, pensó.

—No, mi hijo… —dijo la mujer. Se echó a llorar, y mientras lo hacía tomó el mando de la televisión y la puso. Apareció el Congreso de los Diputados, del que emanaban las leyes, vacío como un portamuestras recién sacado del plástico. El marido, entendiendo lo contraproducente que era la situación con poner la televisión, le quitó el mando a su mujer y bajó el volumen. Lahoz miró los objetos que había encima de los muebles. Algunos viejos retratos del matrimonio, montados en marcos comprados al por mayor en tiendas caras. Uno de ellos era digital, de esos que proyectan una foto que no existe en el cuadrado de un marco de metacrilato. Más fotos de grupo donde Lahoz pudo identificar, con su sonrisa petrificada, la cara del muerto sobre la mesa de autopsias, que llevaba en la carpeta. Un centro de mesa que ya no estaba sobre la mesa, sino en una estantería, coronado por su tulipa, seguramente comprado en El Rastro. Un lector de deuvedés distinto del que había bajo la tele. Un reloj de pared muy antiguo que no funcionaba. Varios cálices ordenados por tamaños, idénticos a los que Lahoz había visto no hacía mucho en una capilla de colegio religioso.

—Es extraño que hayan llamado tan temprano esta mañana. ¿Sospechaban algo?

—Mi hijo nunca llegaba tarde. Nos levantamos, sobre las siete, y vimos que no estaba en su habitación.

—Lo he leído en el informe. ¿Qué significa que nunca llegaba tarde?

—Jamás —contestaron al unísono.

—¿Qué es para ustedes tarde? ¿Las once de la noche?

—Tenga en cuenta que nunca salía— dijo la mujer, mirando con los ojos arrasados en lágrimas—. ¿Cómo iba a tener enemigos?

—He leído que no estaba casado. No obstante, no se le había pasado la edad de divertirse. ¿En qué trabajaba?

—No trabajaba. Soy empresario. Me retiré anticipadamente para cuidar a mi mujer. Está bastante delicada. Mi hijo no necesitaba el dinero. Tenía todo el que quería, aunque nunca pedía nada. Le bastaban sus cacharros.

—¿Qué cacharros?

—Los que tiene en su habitación. Estaba obsesionado con la tecnología. Hace años, cuando era adolescente, tuvimos que llevarlo al psicólogo, pero no se consiguió nada. Al final, el médico nos dijo que se trataba de un mal menor, que era preferible dejarlo en paz a prohibirle los aparatos.

—¿Quiere decir que se pasaba la vida en su habitación? —preguntó Lahoz.

—Dormía de día y se pasaba las noches con el ordenador. Por eso nos sorprendió tanto no encontrarlo esta mañana. Supimos que algo había ocurrido.

Ahora fue el padre el que rompió a llorar. No era el primer caso que había visto Lahoz de personas que vivían esas vidas paralelas, gente que adquiría una adicción a la realidad virtual y era incapaz de liberarse. En realidad, la vida paralela era la que empezaban cuando salían de internet.

—¿Puedo ver su habitación?

Ambos se levantaron y lo guiaron a un cuarto bastante amplio con una cama deshecha. No había estanterías, ni un solo libro. Sólo posters de pantallazos con juegos y otro en que aparecía una sala con mil jugadores de videojuegos en un lugar que Lahoz desconocía, quizá también inexistente. En la mesilla había tres teléfonos móviles, de los llamados inteligentes, uno de ellos enchufado a la pared.

—Tendré que llevarme los teléfonos y el ordenador. Quizá nos ayuden.

La mujer, que se había abalanzado sobre la cama y empezó a hacerla, asintió con la cabeza.

—¿Tenía su hijo algún teléfono más?

—No lo sé —dijo el padre.

La madre intentó recordar, pero lo ignoraba. Lahoz sabía que tenía que tenerlo. Un tipo así podía dejarse la personalidad en casa, pero no el teléfono. No obstante, no había aparecido ninguno en el cadáver. Sólo tenía, según el informe, cien euros, que no le habían robado, y un abono de transporte. Es decir, que falta un teléfono, pensó Lahoz.

En la pared había una foto de un tipo calvo, malencarado, con las rayas de los ojos pintadas y patillas a lo Asimov, que blandía unos alicates en la mano, sin mostrar evidencia de lo que fuera a hacer con ellos.

Revisó los cajones y algunas cajas de cartón que había debajo de la cama. Sólo contenían discos con programas, y cables de audio y vídeo. A Lahoz siempre le habían parecido siniestras las vidas de individuos así. Entendía muy bien esa soledad. Lahoz también estaba solo, aunque no de una forma tan marcada por la inhibición. El hombre sólo puede pagar esa soledad con parte de lo que es.

Camino del Anatómico Forense llamó a Morales.

—Recoge el ordenador y todos los teléfonos de la víctima. Tres. Están sobre la mesilla. Hay en la pared una foto grande de un tipo con patillas que parecen cascadas del Amazonas. Enróllala y llévale todo a Asterión.

Morales, en la esquina de Goya con Lagasca, apenas se explicaba por qué el trabajo que tenía lo obligaba a obedecer mandatos como aquel, en los que él no aportaba nada. Pasa en todos los trabajos, pero se negaba a comprender eso, porque comprenderlo es lo que hacen los que jamás aportarán nada.

El médico del Anatómico era un colaborador habitual de Lahoz. Se llamaba Evaristo Suárez. Cuando le echó un vistazo al dossier reconoció que estaba incompleto.

—Este informe omite detalles importantes. Deben de habérselo encargado a un becario. Menos mal que no lo he firmado, joder —dijo.

—¿Qué es lo que omite?

—El tornillo que encontré, enorme y bastante fino, no estaba clavado en el parietal. Ahí lo tienes —dijo, señalando una bandeja en la que no había rastro de sangre—. Lo enviaré todo a comisaría, para que lo clasifiquen como prueba, si es que alguna vez hay un juicio...

—¿Entonces?

—Estaba clavado en la oreja derecha. Entraba por una oreja y salía por la otra, atravesando ambos tímpanos. ¿Sabes lo difícil que es conseguir una incisión así? Nunca me he encontrado con nada parecido. El tío que lo mató debe de haber visto muchas películas. El crimen también se ha globalizado. No sé si te has fijado en que ahora todos los asesinatos podrían cometerse en la noche de Halloween. Además hay otro detalle…

—¿Llamas a esto un detalle?

—Sólo vi el tornillo cuando le quité los auriculares.

—¿Llevaba el muerto auriculares?

—Y de los caros, de esos que incorporan un micrófono. Los de las telefonistas.

En efecto, el caso tenía mala pinta. Era ya hora de descartar un crimen producido en una refriega, lo cual indicaba que, en efecto, el asesino había visto muchas películas de crímenes, y de las peores. Ahora todo el mundo las ha visto, incluso los inocentes. Tenía que averiguar quién quiere clavar un tornillo, que tiene que comprar y llevar preparado en el bolsillo, a un tipo que se pasa la vida ante la pantalla de un ordenador.

—¿Dónde están los auriculares?

—Se los envié a Collins.

—¿Algo más?

—La muerte fue anterior, a causa de una contusión hecha, seguramente, con un martillo, o una piedra. No había otros signos de violencia. Lo del tornillo fue después de muerto. Al tipo lo atacaron sin que se diera cuenta, o alguien que lo conocía. La contusión se produjo por encima de la nuca, así que yo optaría por lo primero.

—¿Lo mató y, con el martillo, le clavó el tornillo en la oreja al tipo? Yo diría que se necesitan agallas…

—No —dijo el forense—. El asesino no le clavó el tornillo a golpes de martillo. Eso habría provocado más sangre que la que había, y variado la trayectoria del tornillo, demasiado precisa.

—¿Quieres decir que…?

—Lo atornilló con un destornillador. Quizá de esos movidos con batería, pero no podría decirlo.

Lahoz odiaba a los médicos. Todos leen en sus ratos libres, todos exhiben un prurito de escritores. Todos conservan una enorme alacena en su cabeza para alojar elementos ficticios, como si tuvieran que compensar la objetividad que requiere su trabajo. El código que siguen los médicos, como si fuera el santo y seña de la objetividad, podría contentar a Collins, al Director de la Policía, al Ministro, pero dudaba de que satisficiera al que había cometido el crimen. Lahoz estaba hastiado de crímenes cometidos por una sola razón: odio, un arrebato o una simple rivalidad. Incluso los arrebatos eran lógicos. Este crimen tenía nuevos ingredientes: el tornillo, los auriculares. Aportaba elementos que no cabían en las explicaciones que se le da a un padre cuando su hijo ha muerto, aunque el hijo fuera un imbécil que vivía online.

Jaime Asterión, de la sección de Delitos Informáticos, llevaba también una vida online. Le dijo, por teléfono, lo que quería que buscara: contactos, últimas llamadas, páginas más visitadas, correos sospechosos, etc…

—Lo de siempre —dijo Asterión.

—Lo de siempre no: busca en internet y dime cómo podría arreglármelas para ser feliz. ¿No es verdad que todos los destinos están metidos en cajitas dentro del servidor de Google?

—La gente como tú es la única que tiene que buscar eso en Google.

—¿Y tú cómo lo haces?

—Follando.

—¿Por internet?

—¿Hay alguna otra forma de hacerlo?

Lahoz tenía junto al portátil el informe del caso. Ni siquiera le había preguntado a los padres cómo se llamaba el fallecido. Deformación profesional, sin duda. Abrió el informe y lo leyó. El muerto se llamaba Salvador Doncel.

—¿Tienes algún sospechoso? —le preguntó Asterión, que sabía perfectamente que el caso se lo habían asignado tres horas antes.

—¿Y tú tienes coartada? Ninguna de esas a las que te follas por internet va a poder proporcionarte una.

—Eso sólo podría hacerlo Collins. Me tiene aquí doce horas al día. Tengo que mear en la papelera.

—Busca también al tío de la fotografía —dijo Lahoz—. Ese de las patillas que parecen cunetas en primavera.

—¿Es el sospechoso?

—Tengo a demasiados, incluidas las figuras del Museo de Cera, pero ningún juez podría sentar a toda la chusma de Madrid en el banquillo.

—Cara de sospechoso tiene, desde luego.
—¿Lo conoces?
—No. Debe de haber salido en la tele. Yo lo trincaba.
—No te precipites, o Collins te denunciará en nombre de su familia. Otra cosa...
—Dime.
—Mira los teléfonos, los aparatos que poseía la víctima. Se ha traspapelado uno y puede que lo tenga el asesino.
—Eso es fácil. Lo tendrás mañana.

Bien entrada la tarde fue al escenario del crimen. Lahoz supuso que de madrugada el lugar debía de parecer fantasmal. Estaba entre las avenidas del Ventisquero de la Condesa y la del Cardenal Herrera Oria. Era un parquecito con pocas luces. Una de las farolas estaba fundida. La policía científica no había encontrado colillas, ni retazos de ropa. Tampoco había cámaras que cubriesen el lugar. Lo había comprobado. El asesino sabía que el mundo está lleno de ángulos muertos. Todos los que se enriquecen han encontrado alguno. Esto Lahoz lo decía sólo cuando Collins estaba presente. Nunca ascendería, porque Collins era los oídos del Comisario Jefe, y el Comisario Jefe sólo rendía cuentas ante esos personajes desconocidos e incognoscibles que, desde un despacho de trescientos metros cuadrados, oculto en algún ángulo muerto, manejan la totalidad de lo real.

Llegó al árbol donde encontraron al ahorcado. Los árboles eran los lugares más convencionales para colgar a alguien. Hasta los suicidas los tenían en cuenta. El tronco estaba bastante inclinado, era fácil subir a él. Sólo eso. El escenario del crimen estaba limpio como el historial de la Virgen María. Lahoz tomó el metro para volver a casa. Le gustaba ir en metro. Miraba a la gente como si el vagón fuese del Orient Express, y estuviese repleto de culpables. Siempre pensaba que seguramente fuera así. En cada uno de aquellos teléfonos móviles se exhibía la vida de quien lo poseía. Nadie se negaba a ellos, igual que al sueldo a final de mes. La policía lo tenía cada vez más fácil. La policía y las multinacionales. Estuvo dándole vueltas al tipo que había muerto. Se preguntó si era posible conocer a una persona que no sale de casa y, sin embargo, puede vivir, en el seno de un difuminado sueño de plenitud, en contacto con amigos que no sabe si son amigos, y amores que no sabe si son amores. Muchas veces había pensado en retirarse. El mundo, la realidad a menudo lo superaban. ¿A cuántos les habían arrebatado el pensamiento, casi de un zarpazo, los espacios creados por la tecnología? Lahoz tenía, además, que aceptarlo para comprenderlo. Pensaba en la sangre fría que hacía falta para tender a una persona sobre el césped y enroscarle un tornillo en la oreja (miró en el informe la hora de la muerte) a la una y media de la madrugada, de forma que saliese por la otra. Le pareció impensable, incluso para quienes hubiesen leído la novela de Alarcón sobre el clavo.

Habrá que descartar a las viudas, pensó, mientras marcaba el número del forense.

—Son horas intempestivas —le dijo Suárez.

—Lo sé. Ten en cuenta que me gusta fastidiar, y tengo que atar cabos.

—No.

—No qué.

—No a lo que ibas a preguntarme. No había restos biológicos del asesino en los auriculares. Hemos analizado el ADN, y sólo han salido restos de la víctima. Sabes lo que eso significa, ¿no?

Creo que sí.

—Me debes una copa.

—¿De formol?

Los auriculares no eran del asesino. Había improvisado, a menos que los hubiera comprado y los llevase en una bolsa. Seguramente fueran del tal Salvador Doncel. Un tipo como ese no se quita los auriculares ni para escuchar a los pájaros una mañana de primavera.

Eran las once. Hora intempestiva sólo para los que nunca salen de casa. A esa hora muchos colegas estaban dándole a la priva, los que habían leído novelas, igual que él. Muy pocos. Él no tenía alcohol en casa. Al llegar encontró el informe definitivo en la bandeja de entrada, con las fotos precisas de los auriculares, el tornillo, y la grabación de la llamada hecha por el padre esa misma mañana. Al hombre se le notaba cierta angustia en la voz, como si su señora estuviera delante, como si hubiese sido ella la que lo obligara a llamar a la policía. Pensó otra vez que el caso tenía mala pinta, que tendría que ponerse a pensar, realizar muchos interrogatorios y, en definitiva, deducir. No le gustaba deducir. Lahoz no vivía en un mundo en el que las deducciones sirvieran de mucho. Se puso ante el ordenador y le envió a Asterión un mensaje: Ponte a trabajar con los teléfonos. Si descubres al culpable, recuerda que cobramos por horas. Dímelo a mí y a nadie más. Después estuvo echándoles un último vistazo a todas las pruebas. La policía científica había estado todo el día rascándose la verija. Nada de nada. O no habían sabido dónde poner los ojos, o el asesino también había leído novelas. Sin duda había por ahí un destornillador lleno de sangre, escondido en un garaje por el que los niños atraviesan para meterse en el coche cada mañana, de camino a un pésimo colegio de pago.

Vivía a espaldas de la comisaría, pero ni Collins sabía esto. Había dado una dirección falsa, la de su ex mujer. Todo lo que tenía cabía en una maleta, y el contrato de alquiler lo había puesto también a nombre de ella, aunque nadie viera a ninguna mujer subir con la compra. Le gustaba vigilar a los que le daban las órdenes por simple morbo. La entrada principal de la casa estaba en una calle paralela, y había pedido a Asterión que borrara todas sus fotos de los archivos de la comisaría. Era un fantasma que, día y noche, contaba con una ventana indiscreta por la que enfocaba un telescopio de estrellero para mirar a todos sus colegas. Sabía que Claudio Rabaza tenía una botella de bourbon en el archivador, y que el inspector Hilario Clovis fumaba en el despacho por las noches, incluso en invierno, con la ventana abierta, y visitaba páginas pornográficas. La policía era la que más profesionalmente se tomaba los vicios. Vicios funcionariales, que son los más involuntarios. Vicios escolásticos. Lahoz jamás había recibido una condecoración, porque los que estaban por encima de él nunca habían encontrado un pecho donde ponérsela.

2. LISTA DE EPITAFIOS

Asterión lo llamó dos días después. Lahoz había estudiado con cierta calma el informe completo. Sólo era una aproximación, una especie de punto de partida que incluía varios obstáculos escondidos. Dejó en el limbo el sesenta por ciento de lo que decía, y se centró en el otro cuarenta. La muerte no cierra puertas, pensó por la mañana, frente al periódico. La muerte las abre, porque quien muere ya no puede cambiar nada, ni siquiera las mentiras que ha dicho.

El cuerpo fue devuelto a la familia el día anterior. La autopsia no podía añadir mucho más. El sepelio iba a celebrarse por la tarde. Asterión se lo dijo, justo cuando Lahoz llegaba a las esquelas del periódico conservador que estaba leyendo. Salvador Doncel, muerto a los 38 años. No había más menciones, y sólo los padres dejaban un rastro de su amor en los doce cíceros de aquel recordatorio. Ni mujer, ni novia, ni hijos, ni grupos de WhatsApp. Los padres eran gente muy tradicional, y aquel día Lahoz había optado por el único periódico que estaba disponible. El entierro no parecía que fuera a ser demasiado concurrido.

—El tipo estaba suscrito a un montón de páginas web —dijo Asterión por teléfono, cuando lo llamó para percibir la seguridad de aquella voz sin matices—. Las visitaba una tras otra.

—Eso no me dice nada.

—Lo sé. Sería necesario recuperar el teléfono que llevaba esa noche. He buscado la señal, pero lo han apagado.

— ¿Dónde?

—En el lugar del crimen. Parece que el asesino se quedó con él. Como supongo que tendrá clave, no creo que vuelvan a encenderlo. Le he puesto un localizador. Así, aunque pasen la tarjeta a otro, o utilicen ese con otra tarjeta, tendremos su ubicación. Estaré atento.

—¿Qué hay de los ordenadores?

—Los usaba como terminales de teléfono. Ese tío estaba obsesionado con tres o cuatro cosas. Punto. La mayoría son páginas de los llamados *influencers*, es decir, gilipollas que venden todo su tiempo a gente que admira cualquier cosa.

—¿Qué clase de gente es esa? —preguntó Lahoz. No estaba muy versado en tales vidas, aunque había oído muchos comentarios, casi todos brutales. Él todavía leía *La Eneida.*

—Acabo de enviártelo todo. Lo que hay en el ordenador y en los teléfonos. Prácticamente es lo mismo. No te hagas ilusiones. Hay una página que es la más visitada, pero son multitud, todas sobre las mismas cosas.

—¿De qué es la página?

—De intercambios —contestó Asterión—. Ese tipo se pasaba la vida a un palmo del suelo. Foros, caretas, apariencias. Ahí se movía.

—¿Qué clase de intercambios?

—Está en lo que te mando. No puedo decírtelo en dos palabras. He añadido todas las ubicaciones. Los tres teléfonos que me dio Morales los usó poco fuera de su casa. El que ha desaparecido aportaría más información.

Lahoz leyó el informe sin ninguna curiosidad en casa. Después se le ocurrió visitar las páginas web. Sabía que Asterión era el mejor Virgilio en aquel infierno, pero adentrarse solo en un espacio para el que no poseía la más mínima destreza quizá le diera la ventaja de conservar en la cara ojos que Asterión había perdido hacía mucho tiempo. Lahoz jamás había pertenecido a ninguna red social, pero como policía tenía la posibilidad de acceder, solicitando el levantamiento del secreto de las comunicaciones, a cualquiera de ellas. Solía pensar en la realidad virtual como en un espacio, pero ahora que buscaba algo concreto se encontró con una especie de vacío, un muro opaco en el que todo estaba escrito de una forma ininteligible. Asterion, que se pasaba las diez horas de trabajo navegando por aquel sistema solar con planetas congelados y cometas llenos de imbéciles, le había confesado varias veces que nunca podía explicarse cómo habíamos llegado a eso. Lo decía en plural, como si fuese uno de los responsables, como si él mismo, que desde que era joven había querido ser de la policía científica, hubiese tomado esa decisión. Pero no la había tomado. Nadie la había tomado. Aquello había caído sobre todos, como la imprenta, sólo que la imprenta la había inventado el último hijo de Prometeo, en tanto que internet era como un incendio en la selva que antes se llamaba cultura, o información, un incendio que lo arrasaba todo e iba seguido de una multitud pestilente de sembradores de soja. Un incendio intencionado, por supuesto. Internet empezaba a ser inhumano, así que Lahoz pensó, ya sin postergarlo más, y pese a su escepticismo, que las páginas que tenía delante no eran las que simplemente originaba un buscador. Las había leído una persona que acababa de morir, y seguramente tuvieran que ver con las causas de su muerte.

La página a la que Doncel más había acudido en los últimos tres meses se llamaba *Morgenstern*, una especie de foro donde todo el mundo comentaba películas brutales. Por un apunte de uno de los participantes, en referencia a unos padres adinerados y beatos como «moscas de vidriera» que sin duda merecían a muerte, Lahoz supo que Vincent, el que firmaba el comentario, era Salvador Doncel. La conversación no iba mucho más allá. Vincent participaba en el mismo foro en diferentes días, a veces demostrando cierto arrobo ante películas disparatadas que acababan de salir, o viejas películas que había visto cuando era adolescente, pero Vincent no era de los que más notoriedad reclamaban. Había varios anónimos que se ofrecían voluntarios para matar a aquellos padres a los que Vincent odiaba tanto, pero éste nunca se pronunció sobre esa posibilidad, quizá porque en ese momento su madre entrara en la habitación a depositarle un beso en la frente, con una taza de café en la mano.

Otra página en la que Vincent participaba era de encuentros. Se llamaba *Now.0*. Curiosamente, nadie pedía verse, ni celebrar nada parecido a un acercamiento. Una página de encuentros donde a todo el mundo le horrorizaba entablar una cita llevó a Lahoz a pensar que debía de haber un modo de conseguir los correos electrónicos de los que participaban, y que todo se haría a través de vínculos más circunstanciales. Seguramente los tuviera el administrador de la página, un tío invisible llamado Galactus. Había mujeres, pero mujeres preocupadas por asuntos que Asterión hubiera calificado de frikis: tecnología, marcas, auriculares bluetooth, moda online, photoshop, programas espejo y todas esas manualidades que permiten no estar donde se está, o existir cuando no se existe. Había un pequeño grupito dentro del foro general que se había centrado en un tema concreto: ¿Eres feliz? El tema fascinó a Lahoz, y lo aterrorizo, por el hecho de que se formulase como interrogación. En internet nadie hablaba de la felicidad como si ésta pudiese no existir. Las preguntas esenciales sobre la vida nunca estaban formuladas para que la respuesta fuese no. Es, básicamente, lo que convierte a la red en un basurero ciclópeo e infinito. Todo el que entra se pone la misma máscara, por eso Lahoz no creía a nadie allí dentro, ni perdía un minuto dudando de nada de lo que allí aparecía. El grupo era bastante escaso, pues sólo tenía cinco componentes: Stanislav, Wendy, Crom, Pris y, por supuesto, Vincent, es decir, Salvador Doncel. La última conexión se había producido el día anterior a la muerte de éste, y la última anotación que había puesto era: «Los secretos existen». En efecto, existían. Cada día ocupan un mayor porcentaje de lo que somos. Uno de estos secretos lo había llevado a la tumba. No obstante Doncel, o Vincent, parecía acabar de descubrirlo. Era muy comedido en sus diálogos y afirmaciones, y aquella —los secretos existen— era mostrada como un hallazgo, o una conclusión. ¿Pero con qué secreto fue a encontrarse?

Los cinco componentes del foro escribían casi diariamente. Lahoz se metió en él y, colocándose en el lugar de Vincent, escribió: «Hace dos noches alguien asesinó a Vincent en el parque de Ana Tutor. ¿Alguno de vosotros lo sabía? Quizá hasta lo sabía antes de que pasara». Escribió y esperó. Fue a calentar café en el microondas. Volvió al informe que le había enviado Asterión. Vio crecer las rosas de la ventana, que Inés, la señora de la limpieza, mantenía dándole con un spray una vez a la semana, como si limpiara la plata. Se mantuvo repasando aquella frase de los secretos existen hasta que una anotación apareció en el foro. Era de Wendy. Decía: «¿Cómo coño ibas a decir tú eso, si estuvieras muerto, gilipollas?».

«A Vincent, que se llamaba Salvador Doncel, lo entierran hoy en la Basílica de la Concepción de Nuestra Señora, calle Goya. Podéis verlo por YouTube, porque algún imbécil lo colgará, seguro».

«Este tío está de coña», insertó Stanislav.

«¿Alguno de vosotros estuvo hace dos noches en el parque de Ana Tutor? Porque hay dieciocho años de cárcel para él» —escribió Lahoz—. «Pensad: dieciocho años. Saldréis, si tenéis la edad que él tenía, a los cincuenta y seis. Dicen que los barrotes no se van de la retina de los presidiarios hasta cinco años después. Si queréis meteros en cualquier foro, vais a tener que mover la pantalla, porque mover la cabeza no os los va a quitar de delante. Cuando vayáis a cruzar la puerta de vuestra habitación, o vayáis a mear, estaréis otro año más, después de salir, esperando a que venga un funcionario a abrirla».

Nadie escribió nada más durante diez minutos, Lahoz permaneció frente a la pantalla, hasta que Wendy tecleó:

«¿Nos estás acusando? ¿Quién eres tú?»

«Vuestro agujero en el cementerio de La Almudena», escribió Lahoz. Le gustaban esos giros en los interrogatorios de las películas, pero él nunca interrogaba. Lo veía todo a través de las cámaras. Esperó las reacciones de los demás. Nadie dijo nada. No obstante, quien había matado a Doncel habitaba aquel mundo sin emociones. Lo que he hecho no es muy policial, pero será un comienzo, pensó. Aquellos tipos podían no tener nada que ver, pero quién, si no, paseaba con un tornillo de veinte centímetros en la mano por la vida limitada, casi carcelaria, de Salvador Doncel. Además, a Lahoz no le gustaba aguardar, permanecer a la expectativa ante un crimen como aquel, aunque vivía una época que había comprendido y, por tanto, justificado la impiedad.

Sólo habían respondido dos de los que participaban en el foro. Quedaban, al menos, dos más, aunque comprobó que Crom hacía cinco días que no anotaba nada. Cierto que todo podía ser falso, o más bien había una remota posibilidad de que algo pudiera ser verdadero, y en los foros puede ocurrir cualquier cosa. Que las mujeres sean hombres, o viceversa. Que personas que piensan y parecen de carne y hueso sean gente que ha cambiado hasta convertirse en bestias errantes y solitarias, o que ha muerto para los buenos sentimientos hace décadas, y se vuelven fantasmas vengadores a los que nadie llama, pero ellos mismos se meten en aquellos foros para usarlos de ouijas. Un foro es una expectante carencia de amor. Llamó a Asterión.

—Dame la identidad de los cuatro que aparecen en *Now.0.*

—Estoy en ello. ¿Vas a visitarlos?

—Necesito toda la información sobre esa página. Visitaba muchas, pero es la única en la que Doncel decía lo que pensaba. Galactus. ¿Quién es?

—Estoy en ello.

—Dile a Collins que me envíe una pistola a casa, por mensajero.

—Eso es nuevo —se limitó a decir Asterión—. Eres el primer policía al que veo pedir una pistola. ¿Por qué por mensajero? Podías decirle que envíe a Morales.

—Tengo un mal pálpito.

—¿Sobre Morales?

—Sobre las implicaciones de todo esto.

—Yo también. Nunca me haces trabajar tanto.

El mal pálpito consistía en que había demasiada gente que se suicidaba en Madrid. La gente aprovechaba las tardes de alterne para suicidarse, o los viernes de estreno, o los cotillones de Nochevieja. Algo había en Madrid que hacía que los suicidios fueran totalmente inesperados, y a menudo impunes. No es que se sintiera más tranquilo cuando recibió la pistola. El asesino que había clavado a Doncel aquel tornillo no tenía ninguna, si no la hubiera empleado, pero la nota de Collins le pareció graciosa: «No dispares con ella para llevarte los puros de la feria». Parecía una advertencia, pero era un simple chascarrillo. Collins era incapaz de advertir de nada a nadie. A Lahoz sólo se le ocurría una situación en la que tendría que disparar, y era si aquel asesino con demasiada premeditación y demasiada inteligencia jugara con él a juegos que sólo dependen del azar. El azar es incontrolable, sobre todo en un caso policial. Su mujer lo había abandonado porque, según ella, dejó de saber qué futuro les aguardaba a ambos, qué tenía reservado la vida para ellos, pese a que Lahoz adujo que eso no lo sabe nadie. Quizá tampoco tenía nada que ver con el azar, pero ella se fue porque no soportaba la forma de pensar de él, sobre todo que aceptara su marcha sin pedir explicaciones, como si fuera una placa de hielo en la carretera, que no hiciera nada por cambiar o cambiarla a ella. ¿No es esa una de las grandes evidencias de que se está enamorado? Lo único que Lahoz no soportó de todo aquello, ocurrido tres años atrás, es que parecía formar parte del argumento de una novela negra, y él era inspector: no le gustaban las novelas negras, y menos las que utilizaban argumentos duros, sentimentales como aquel, utilizados muchas veces. Se negaba a convertirse en un inspector en manos de un pequeño demiurgo, de un autor escaso de dinero. A su mujer no le importaba, por eso se había ido. Era un papel que había asumido desde que empezó su relación, el de irse si su marido tenía que resolver los crímenes que se cometían en las calles. El amor es el que más cámaras tiene alrededor, pero a Lahoz le gustaba estar en el cuarto de control, no delante de cada una, como una víctima desarmada.

Irene, su exmujer, seguía viviendo en Madrid, entre suicidas que toman cañas de doce a seis de la tarde. Apenas había hablado media docena de veces con ella en aquellos tres años. Ella seguía esperando la explicación que él nunca daba, y él seguía esperando que ella volviera. Así estaban las cosas. No había más que aquellos dos focos cuya elipse las esperas, más que las esperanzas de ambos, recorrían como planetas silenciosos, respetando escrupulosamente las tres leyes de Kepler.

Collins lo llamó a las seis de la tarde. Previamente había recibido un mensaje de Asterión lo bastante enrevesado para pensar que algo ocurría. Cuando Asterión tenía algo importante que decir, escribía en lenguaje binario. Otro muerto, un paseante ha llamado al Samur, decía el mensaje. De hecho, acababa de ocurrir, le comunicó Collins.

—¿Qué es lo que acaba de ocurrir?

—Otro cadáver, en el estanque de El Retiro.

—¿Otro? —dijo Lahoz—. ¿Hay algo que indique que tiene algo que ver con el del parque de Ana Tutor? ¿Quién es?

—No lo sabemos aún, iba sin papeles. Nadie ha denunciado desaparición alguna.

—Otro que no existe. ¿Quién lo ha encontrado?

—Parece que entre veinte y treinta personas que echaban palomitas a las carpas. Ha aparecido flotando en el agua.

—¿Elementos comunes con el otro?

—¿Te refieres a si llevaba un tornillo en la cabeza? No me han comunicado nada de eso.

—Bien, entonces encárgaselo a otro. Quizá este sea un verdadero suicida. A mí me gustan los suicidios, no hay que trabajar.

—Lo siento, es tuyo.

—¿A cuántos casos quieres que me dedique?

—A los que puedas. Averigua si es un suicidio o no.

—Aquí eso nunca se sabe. Los suicidas se ensañan demasiado consigo mismos.

—Si es un suicidio te quito el caso —dijo Collins.

—Pero eso puede decírtelo el forense…

—Estoy esperando su informe.

—Entonces espero que no lo sea. Prefiero vivir en una sociedad de cabrones que de descontentos. Hay demasiados descontentos en Madrid.

—Sabes muy bien que hay más cabrones que descontentos. Uno de estos días me suicidaré yo.

—¿Tú? ¿La alegría de la huerta?

—Vete ahora mismo al Retiro. Tienes plenos poderes. El Director de la Policía me ha avisado de que, para salvar los muebles, lo mejor es sugerir que se trata de un accidente; al menos de momento.

—No voy a hablar con la prensa.

—Lo sé. Que lo diga alguien de tu entorno.

—No tengo entorno. Sabes que investigo solo.

—Ahora sí. Voy a asignarte un equipo. Elige a tres personas, o cuatro. Las que te gusten.

—No me gusta nadie.

—Entonces tendrás que enamorarte por obligación.

—¿Por qué un equipo?

—Acaba de llegarme, por correo electrónico, el primer informe de la policía científica. El ahogado está atado de manos, con un cable que también termina en unos auriculares. Todo esto es muy raro. En Madrid no hay asesinos en serie. Eso es cosa de los americanos.

—Joder.

—Tú lo has dicho. Te esperan en El Retiro. Aún no hay nadie allí, así que tú mandas.

—¿Cuándo lo encontraron?

—Hace diez minutos.

Cuando llegó al Retiro, en efecto, halló a un policía de paisano que no pertenecía a su comisaría. Dos agentes de la policía científica inspeccionaban el cadáver, detrás de un biombo de nylon que impedía que los paseantes lo vieran. Lahoz enseñó la placa y se pusieron a sus órdenes. También estaba allí el encargado del Samur, el que había sacado del agua aquel cuerpo bastante abotargado. Al menos el rostro. No era un simple accidente, aunque todo parecía improvisado. Era el Samur el que había acordonado la zona, junto con algunos agentes de la policía local. Había mucho público a cierta distancia, pero Lahoz no vio cámaras. El tipo del Samur se había montado en la ambulancia, acompañando al médico y al conductor, porque los que llamaron dijeron que un señor se había arrojado al estanque. Era él quien había llamado a Collins. Parecía cansado no por aquel día, sino por todo lo que había visto a lo largo de su vida laboral. Tenía ojos que miraban en lontananza, y un agotamiento originado por la falta de recesos, por una atención continua y sin paliativos a hechos que rozan lo inhumano.

—¿Qué tienen? —le preguntó Lahoz.

—A un hombre flotando. Creímos en principio que habría que rescatar a alguien que estaba ahogándose, pero ese tipo lleva una semana muerto.

—¿Una semana?

—Por lo menos. Eso no se lo han hecho los peces.

—¿Por qué?

—Aquí los peces sólo comen palomitas.

—¿Ha visto muchos así?

—Esos han visto más —contestó, señalando a los dos agentes que manipulaban el cuerpo.

Lahoz le dio las gracias y fue a echarle un vistazo al cadáver. Se trataba de un hombre joven, o lo parecía. Tenía las manos atadas con el cable de unos auriculares que habían perdido las esponjas, aunque no parecía un nudo demasiado bien hecho, lo cual significaba que lo habían lanzado al agua ya muerto. Estaba vestido con una chupa de cuero y tenía el pelo rapado.

—¿Qué podéis decirme, antes de que hable con Suárez? —les preguntó.

—Mire la nuca —dijo uno de los policías—. Hay una incisión. Si murió ahogado, estaba inconsciente.

—¿Dónde están las pertenencias?

—En esa bolsa.

Sólo un teléfono móvil, en un plástico hermético y trasparente. El signo de los tiempos, pensó Lahoz. Se mirarían las huellas, aunque no creyó que hubiera ninguna, y después acabaría en manos de Asterión. Nada más, ni dinero, ni papeles, ni una sola marca de nacimiento que lo diferenciase del resto de tipos iguales que él. La época de las igualdades, no de las semejanzas. No sabía si el vacío que rodeaba a aquel hombre era obra suya o del asesino. Sospechaba que había muerto con la misma apariencia con que había vivido: la de los que no encuentran nada propio, y tienen que asumir lo que son los demás. El individuo perfecto, desnudo, mentalmente convaleciente. A Lahoz le pareció ingenuo pensarlo, pero ahora sabía que habría más cadáveres, a menos que trincara al criminal. Un asesino en serie, en Madrid. Un tipo que pensaba como los jodidos directores de cine, o como el público ávido de que le depositen preguntas en la mesa de juego en que se había vuelto el tiempo libre que tenía. Demasiado tiempo libre. Aquel pelo rapado, aquella chaqueta de cuero en una época del año en la que todavía no hacía demasiado frío, son formas de querer ser lo que no se es.

Y nada en los bolsillos.

—¿Cuánto tiempo diríais que lleva muerto? —les preguntó a los de la científica.

—Al menos, cinco días.

—¿Ha estado en el agua esos cinco días?

—Yo diría que sí —dijo uno de ellos.

—¿No se supone que salen a la superficie al segundo día?

Era algo que se sabía de oficio en la policía, lo sabían incluso los agentes que trabajaban en las calles y nunca se habían encontrado con ningún ahogado. Entonces los dos dirigieron los ojos al estanque. Era evidente que debajo de aquel metro y medio de agua algo respondería a esa pregunta. Lahoz pidió un par de buzos y se sentó en uno de los bancos que el cordón policial había dejado libres. La ambulancia se detuvo y tres agentes sacaron una camilla para llevarse el cadáver al Instituto Anatómico Forense. Lahoz volvió a fijarse en las orejas del muerto. Ni rastro de ningún tornillo. Al parecer, el tornillo no era lo importante, sino el cable con los auriculares. Eso sí se repetía. ¿Por qué? Pensó que seguramente todo estuviera en La Ilíada, o mejor en Shakespeare. Si los auriculares se repetían, Shakespeare le diría por qué. Shakespeare tenía todas las respuestas. El problema de Shakespeare es que tenía demasiadas respuestas. Había que releerlo hasta el final cada vez que uno quería saber qué números saldrían ese jueves en la primitiva. Para más complicación, ahora tenía que seleccionar un equipo que hubiera leído a Shakespeare. Morales no había leído ni los tebeos de Supermán, por eso se molestaba tanto cuando tenía que llegar volando a los sitios. Quizá escogiera a Rialto. Era un buen tipo, inteligente, profesional. Sabía qué preguntas hacer. Collins le había asignado ya algunos casos, incluso colaboraba con otras comisarías. Un tipo demasiado protocolario, por otra parte. Nunca vestía de paisano. Para él, ser policía era llevar un uniforme, así que habría que sugerirle que no fuera tan escolástico. En cuanto a los demás, no sabía cómo trabajaban. Los demás eran para él agentes sin cara ni atribuciones. Individuos, como el que acababa de salir del estanque.

Los buzos llegaron pronto. Lahoz sabía que al asesino le había servido cualquier peso. No esperaba encontrar nada demasiado original. Algo que cupiera en un macuto, o en una bolsa de deportes. Se equiparon con prisa. No habían traído bombonas de aire. Utilizaron gafas y tubos de esnórquel. Según comentaron, el único problema estribaba en que el cadáver se hubiese movido desde el lugar al que fue arrojado, descartada la posibilidad de que se tirara él mismo. Lahoz les explicó que no lo creía. La gente lo había divisado en cuanto salió a la superficie.

Cuando se arrojaron al agua, en el lugar indicado, Lahoz volvió al banco de piedra. La gente se estaba dispersando, por indicación de los agentes de la policía municipal. El viento empezaba a ser otoñal. Habían desalojado el estanque de barquichuelas y sólo algunos, en las gradas de la orilla de enfrente, miraban con anteojos. Hacía tiempo que Lahoz no lo pasaba bien en El Retiro. A veces había venido con su mujer, de modo que un leve remanente quedaba todavía de eso. La iniciativa de Collins se le había antojado bastante peculiar. Asignarle un equipo. ¿Para qué?, se preguntó. Seguramente había sido una sugerencia de arriba. Collins no era tan dadivoso, ni siquiera le gustaba resolver los casos con demasiada celeridad. Lo suyo no era resolver casos, sino el dinero que costaba hacerlo, y aquello apartaría a varios policías de otros asuntos. Pensó que quizá lo mejor fuera pedir becarios. Son los más receptivos. Piensan aún sin prejuicios, y aquel asesino no parecía reparar en los prejuicios. Sabía qué hacía y por qué lo hacía.

Observó durante quince minutos los movimientos de los buzos, que hacían gestos con las manos para apartar a las carpas. No estuvieron en el agua mucho tiempo. Ambos se acercaron a la escalerilla que habían sujetado a la balaustrada del estanque y salieron portando un objeto que tenía partes brillantes. Lo depositaron sobre una pequeña colcha impermeable.

—El mango es bastante rugoso —dijo a Lahoz el buzo que estaba al mando—: No creo que tenga huellas.

Una mancuerna. De esas que usan en las páginas de esteroides para lucirse, con dos pesas bastante adornadas de colores fosforescentes, marcadas con la cifra del peso inscrita en un cuadrado: tres kilogramos. Sólo el mango era plateado. Había atado a él una cuerda negra de rafia que se desató del cadáver, una cuerda que no estaba rota. Los nudos se habían aflojado, simplemente.

La noche estaba cayendo. Seis kilos no eran muchos. Les preguntó a los buzos:

—Cuál es el peso mínimo para mantener un cuerpo en el agua.

El que había hablado estuvo pensando cinco segundos. Finalmente preguntó:

—Cuánto pesa el cadáver.

—Ochenta kilos, más o menos.

—Hubieran bastado cuatro kilos.

Eso quería decir que el asesino lo hizo a ojo. No sabía mucho de física. ¿Pero podía hacerse a ojo con una diferencia de tres kilos, ya que el mango pesaba uno más? ¿Y por qué una mancuerna? ¿La tenía a mano? ¿Porque era algo que sugería la idea de peso? ¿O tenía un significado? Si pensaba a veces positivamente en un equipo era para que buscaran ellos los significados.

—Mandádsela a Collins.

La mancuerna fue embalada en una caja de corcho. Los buzos garantizaron que no había nada más por los alrededores. Sólo cieno y peces. El cordón policial se deshizo y la gente empezó a acercarse al agua como si aquello sólo pudiera contener barquitos y palomitas. Lahoz tomó el camino que iba hacia el Ángel Caído. Aún había patinadores, gente al parecer ignorante de los mensajes que transportaba. ¿Habría cámaras en los alrededores del estanque? Sabía que no, al menos no en aquel punto, igual que no las había en el parque de Ana Tutor. La gente empezaba a morir en Madrid de una forma bastante insospechada. Sin motivo. ¿O había motivos? Y, si los había, ¿por qué estaban todos escondidos entre las cartas que barajaba un asesino?

3. JUEGOS SIN REGLAS

A regañadientes, Lahoz tuvo que levantarse al día siguiente para ponerse al frente del equipo que había elegido, también a regañadientes. El azar hace las cosas bien. Hay que darle crédito, como al número que nos asigna el horóscopo cada semana. No se sentía con sabiduría, ni con ganas de mejorar lo que la comisaría había ya jerarquizado a sus espaldas. Dio la lista a Collins, que propuso una cita a la que Lahoz no le encontró mucho sentido. Accedió a ponerse a la cabeza de aquel cuarteto, o quinteto, porque necesitaba que fueran sus manos y sus pies. Su silla de ruedas, si se prefiere. En principio había un componente que no tenía que presentarse en el bar donde Lahoz estaba a punto de entrar: Asterion. Asterión formaba parte de todos los equipos. Nunca andaba, le bastaba con atarse a un timón, como un piloto al que los hielos le cierran el camino de vuelta. Lahoz sabía, antes de traspasar la puerta del bar en que desayunaba a diario, lo que iba a encontrarse. Desayunaría acompañado. Impensable, y sin embargo insoslayable. En cuanto a Suárez, se comunicaría con él vía informes. Ya le había hecho prometer que sería él mismo, Suárez, quien los escribiera y se los enviase con la máxima prontitud.

—Mataré a los becarios —le había asegurado Suárez por teléfono.

—Bien. Esto parece demasiado importante, pero sólo lo parece.

Los demás eran Fernando Rialto, un tipo de cuarenta años al que veía por primera vez, con la placa reluciente en la pechera de una cazadora algo demodé, El segundo era Ernesto Portal, que en ese instante clavaba el tenedor en un croissant con una tristeza bien dosificada. Tenía de él muy buenas referencias, aunque nadie se las había dado. Trabajaba en otra comisaría, como Rialto, pero Lahoz tenía las llaves precisas en la sala de interrogatorios que usaba Portal para saber que se le escapaban muy pocas cosas. El tercero era Morales. Sin cuestionarse el porqué de la elección, no quería dejarlo atrás. Esperaba, sin embargo, que el elegido no considerase su elección demasiado misericordiosa. No obstante, resultó que al menos la consideraba inesperada, por la forma en que dijo a Rialto, cuando Lahoz hizo su aparición y fue acercándose al grupo:

—¡Coño, el fantasma…!

El fantasma sacó su placa y se presentó:

—Creo que todos sabéis ya quién soy.

Nadie abrió la boca, pero a Morales se le notaba demasiado que la cara de Lahoz no coincidía ni remotamente con la que él le tenía asignada. Sólo dijo:

—Ahora sí.

Lahoz se sentó y se pidió un café. Dejó las tres carpetas que había recibido del Anatómico, de Collins y de Asterión, sobre la mesa. Había estudiado bien todos los informes, pero aún no los había ordenado, ni asimilado.

—¿Por qué me ha elegido a mí, inspector? —fue lo primero que Rialto preguntó. Lahoz lo esperaba.

—Le hago la misma pregunta —dijo Portal—. Me gustaría saberlo, ya que no pertenezco a su distrito.

Esperó por si Morales se sumaba, pero Morales se mantuvo al margen con muchísimas reservas, como si no le importara suscribir la pregunta sin formularla.

—Sé a qué distritos pertenecéis los dos —respondió Lahoz—. Contestaré a vuestras preguntas cuando acabe el caso, tanto si se resuelve como si no. Me gusta trabajar solo. Todo esto lo ha montado Collins, que sabe que me gusta trabajar solo.

Miró a Morales, pero Morales observaba el croissant de Portal, como si tuviera que apuntar en la libreta en qué había consistido el desayuno, para contárselo a Collins. Como era muy observador, no se dio por aludido. Lahoz siguió diciendo:

—Bien, sabéis que tenemos dos cadáveres entre manos.

—Nos dijo Collins que son obra del mismo asesino —dijo Rialto, al parecer complacido con la expectativa. También porque no quería perder la oportunidad de satisfacer su curiosidad. Fue lo que pareció, que preguntaba porque el caso realmente le fascinaba.

—Eso no lo sé, pero tienen puntos en común —dijo Lahoz, para romper el hielo.

Pensó un momento, y añadió:

—He pedido a Asterión que os envíe a todos los documentos que yo tengo —dijo, señalando las carpetas—. No pienso ser un portavoz. Tenéis permiso para investigar por vuestra cuenta, siempre que me paséis los resultados. Así me sorprendéis, porque sospecho que el tiempo va a apremiar bastante.

—¿Qué es lo que hay? —preguntó Portal, mirando el croissant como si tuviera un letrero atado al dedo gordo del pie.

—¿Estáis al tanto de lo que pasó con la primera víctima?

—Lo he repasado todo —dijo Rialto, alisándose aún más la cazadora marrón, muy *vintage*, que llevaba puesta—. Una y otra vez.

—¿Y?

—El que lo hizo odiaba al tal Doncel. ¿Tenía algún enemigo más o menos declarado? ¿Estaba metido en algo extraño? ¿Deudas?

—Nada que resulte evidente —dijo Lahoz—. Con treinta y ocho años, el tío no salía de casa. Llevaba metido en ella desde que terminó la carrera.

—¿Entonces? —preguntó Ernesto Portal.

—Lo que haya, está todo ahí —dijo Lahoz, señalando al móvil que descansaba junto a los últimos vestigios del croissant.

—¿De quién es ese teléfono?

—Fue el que encontraron ayer, en el cuerpo de la segunda víctima.

—¿Y ahí qué trae usted, inspector? —ahora fue Morales quien habló, señalando a las carpetas que Lahoz había depositado encima de la mesa.

—Un rompecabezas. Espero que fueran ustedes niños hábiles con los puzzles.

—¿Por qué dice eso? —preguntó Rialto—. Yo jamás he hecho un puzzle. Mi madre me obligaba día tras día a leer al Padre Brown. ¿Por qué cree que me hice detective?

—Lo raro es que no se haya ordenado sacerdote —dijo Morales, que en sus ratos libres también leía.

—Fue por miedo a tener acólitos como usted.

—Claro —dijo Morales, consciente de que había al menos tres rangos entre los dos.

—Como sabéis, ayer sacaron a un hombre del estanque de El Retiro, sin papeles, con las manos atadas con un cable de auriculares telefónicos —dijo Lahoz—. El tipo murió hace exactamente seis días, pero se mantuvo en el fondo porque tenía la mano derecha y el pie izquierdo atados a una mancuerna de siete kilos.

—Concienzudo —dijo Portal, dándole vueltas a su vestigio de desayuno—. Si lo hubieran atado por las manos o por los pies, el resto del cuerpo se habría visto. ¿Cuánto tiene ese estanque? ¿Dos metros de profundidad?

—1'81, en su punto más hondo —dijo Lahoz.

—¿No se sabe quién era? —preguntó Rialto.

—Dejemos eso para luego. Collins cree que los dos crímenes están relacionados, por el hecho de que en ambos cadáveres aparece un cable con auriculares.

—¿Y no es así? —terció Morales.

—Así es —dijo Lahoz—. Pero no es eso lo que los relaciona realmente. Es este teléfono. Como he dicho, lo llevaba en el bolsillo el tipo que encontraron en el agua.

—¿Contiene llamadas del otro?

—No, Morales —dijo Portal—. Era el teléfono del otro.

—¿Del primer muerto, de Doncel?

—Del mismo —dijo Lahoz.

—No lo entiendo —insistió Morales—. ¿Cuándo se lo quitó al que encontraron en el parque de Ana Tutor? ¿O cuándo se lo dio éste?

—Según Asterión, está apagado desde la noche en que Doncel, supuestamente, murió. O sea que Doncel lo llevaba en el parque de Ana Tutor, aunque es evidente que el hombre que acaba de aparecer no pudo quitárselo, porque estaba muerto. La última localización que tenemos de ese teléfono es muy cercana a la casa del dueño, en el barrio de Salamanca. No creo que en ese momento estuviera en otras manos, aunque todo es posible.

—¿Cuándo ha sabido eso? —preguntó Rialto.

—Anoche, cuando Asterión analizó la tarjeta.

—¿Qué tenemos? ¿Un muerto que roba teléfonos? Eso es sumamente raro.

—Utilizaremos esa idea —dijo Lahoz—, pero sólo como tesis, de momento.

Lahoz pensaba que había otras formas de verlo, sin duda, y también que si el que los había matado a los dos era el mismo, las había tenido en cuenta. La cosa, de pronto, se volvía algo complicada, no sólo porque hubiera un muerto que roba teléfonos. También porque uno que estaba vivo, uno de esos que necesita el teléfono para seguir vivo, se lo había dejado robar. ¿Cuándo había llegado el teléfono al bolsillo de aquel hombre que llevaba cinco días en el agua? Alguien lo había puesto allí. Esa posibilidad lo dejaba todo claro. Le había tocado, como a un inspector de película, un tipo que lee el guión antes de aceptar el papel, un doble crimen con un culpable que pasea en barquito y sabe dónde está el cadáver que ha arrojado tres días antes, para meterle un teléfono en el bolsillo.

—¿De qué murió el último? —preguntó Portal.

—De lo mismo que el primero. Un golpe en la cabeza, hecho con un objeto romo, quizá un martillo que, desde luego, no se ha encontrado. Tengo aquí el informe de Suárez. No pudo ser a la luz del día. El estanque no se queda solo hasta que las puertas se cierran. Es posible que ni así. Sabemos qué puede buscar un asesino en El Retiro después de que hayan cerrado sus puertas, pero no qué busca una víctima…

—¿Una casualidad? —dijo Morales, para quien todos los caminos eran llanos, repletos de altarcitos para echar el tarot y sacarse unos euros.

—Si fuera así no estaríamos aquí —respondió Lahoz—. Al menos yo.

—¿Es posible que se conocieran? —preguntó Portal.

—Tengo una sospecha —dijo Lahoz—. En todo caso, lo sabremos hoy.

—Bien —dijo Rialto—: ¿Qué hacemos?

—De momento, no mucho. Encárgate de las cámaras de las inmediaciones, las de los bancos de Menéndez Pelayo, las que haya en Alcalá, y también las de Atocha.

—Por esos lugares pasa mucha gente.

—Lo sé, céntrate en la franja horaria que nos interesa, después de las diez de la noche.

—A esa hora sigue pasando mucha gente. ¿No debería dedicarse Asterión a esto?

—Está en otra cosa. Portal puede echarte una mano. Aunque nos pese, sólo nos queda permanecer a la expectativa.

—¿Hasta que maten a cuántos más?

—No creo que haya que esperar tanto, pero no hay un camino abierto y, si lo hay, estoy convencido de que no va a aparecer en un lugar que conozcamos, en las calles, me refiero... —dijo Lahoz. Tenía una sospecha, pero debía aguardar la llamada de Asterión. Mandó a todo el mundo a mirar las cámaras de seguridad, y a Morales a la comisaría, aunque protestó como un príncipe destronado. Él llamó a Asterión.

—Estos tipos se mueven a otro nivel —dijo Asterión—. Tengo torificados todos los ordenadores, pero me asombra que esta gente, a pesar de ser principiantes, no salgan de la dark web. Voy a seguirles los pasos. Dame un poco de tiempo.

Volvió a mirar los informes. Le parecía que algo se le pasaba por alto, algo de lo que necesitaba alejarse un poco para apreciarlo. Esa sensación la había tenido muchas veces. Resuelto a poner la distancia suficiente, volvió al Retiro cuando cayó la noche, justo a las diez menos cinco. Le enseñó la placa al guardián que cerraba la entrada de la esquina de O'Donnell y éste le dejó la llave desde fuera, a través de los barrotes, después de recibir la garantía de que la encontraría a la mañana siguiente bajo la barra inferior de la misma cancela. Observar era lo único en que Lahoz creía, aunque no le había servido de nada en el parque de Ana Tutor. Allí estaba todo limpio cuando llegó. Aquí había visto el cadáver, había recibido las pruebas y, en una instancia remota, o sin ubicación, había intuido que los motivos para suicidarse en Madrid son como las tiendas de helados. Están en todas partes.

Llevaba el arma reglamentaria en el bolsillo. Pasó junto a la Montaña de los Gatos y enfiló lentamente hacia el estanque. La Casita del Pescador quedó a su derecha. De niño, su padre lo llevaba allí. Mientras sus amigos se iban a provincias durante las vacaciones, a él su padre lo llevaba al Retiro. Vamos a pescar, le decía. Siempre le pareció una compensación por perder, o postergar tardes bajo el sol, o por buscar las posaderas del arcoíris. Tenía familia en una ciudad de Extremadura, pero su padre estaba reñido con esa facción fantasmal de su estirpe política. Su madre sí lo llevó alguna vez, pero nunca demasiado tiempo. Desde luego, nunca las vacaciones completas, como sus compañeros de colegio. En la plaza de El Salvador contempló el monumento a la República de Cuba. Las luces de Madrid, desde más allá de los macizos de árboles, lo convertían en un vitral tenebrista. Las tinieblas se extendían porque las sembraba cada noche una mano hostil y gigantesca. Lahoz se preguntó si a la gente le gustaba quedarse en El Retiro después del cierre. Seguramente sí, aunque no hubiera muchas razones para hacerlo en noviembre. Siguió por el Paseo del Estanque y, poco a poco, intentó ponerse los ojos del asesino, o los de la víctima. Aquí podría morir cualquiera, sobre todo de un martillazo en la cabeza, pensó. La noche empezaba a hacerse opaca sólo en aquellas ciento dieciocho hectáreas. El resto de Madrid se extendía sin interés ni profundidad, por eso era a los parque solitarios adonde iban los asesinos. El miedo volvía a la soledad, en un mundo que forzosamente había tenido que dejarla atrás. La Casa de Vacas quedó a su derecha, y al frente divisó la Fuente de los Galápagos. A su padre le encantaba ese monumento, y los días que no montaban en barquita iban hasta allí y le explicaba que todos los galápagos que poblaban los regachos de Extremadura también eran de bronce.

Entonces, al llegar al extremo del Paseo de Nicaragua, recibió la llamada de Asterión.

—Lo tengo —dijo—. Estabas en lo cierto. El hombre del agua es Crom. Escribía en *Now.0.* Usaba ese avatar, pero según la IP vive en el Paseo de la Reina Cristina.

Esa era su sospecha, que el muerto tenía que ser el que había dejado de escribir en el foro cinco días antes de que Doncel, es decir, Vincent, muriera: Crom.

—¿Cómo se llama?

—Anselmo Cortés. Te mando la dirección completa por correo electrónico.

—¿Has enviado a alguien a hablar con la familia?

—¿Estás loco? Acabo de rastrearlo. He mandado a Collins el informe, pero no creo que él lo haga tampoco. Te lo dejará a ti, por si quieres entrar en el ámbito de la víctima.

Lo haría por la mañana. El muerto no figuraba como desaparecido. Lahoz empezó a preguntarse si viviría con alguien, si no sería otra muestra de esa consunción endémica que provoca, en un tiempo en que todos estamos comunicados, la soledad.

La dirección era Paseo de la Reina Cristina, 24. En el ático. A Lahoz no le gustaban los áticos. Infunden la idea falsa de que uno es libre, porque ha establecido su vida sobre bases lo bastante anchas.

—Asterión, localízame a los otros tres: Stanislav, Wendy y Pris. Y sobre todo…

—Sí, lo sé: a Galactus

—¿Qué hay del tío de la foto?

—Sigo sin saber quién es, pero lo tendrás pronto. He corrido la voz entre un grupo de frikis que tengo en la policía. El problema es que ahí abajo no todos los caminos están trillados.

—¿Frikis obsesionados con lo que no existe, como tú?

—Sólo nos intercambiamos a las novias.

Después llamó a Collins y le dijo:

—Yo se lo comunicaré a la familia, mañana, después de los churros. ¿Sabes quién era?

—No está fichado. No hay nada de él. No ha contraído matrimonio, ni aparece como dueño de ningún inmueble.

—¿Eso te lo han hecho los becarios?

—Los que están en prácticas. Son los mejores, incluso mejores que Morales.

Esa era la ironía que debía tragarse por tener tan buen corazón. Pero no había elegido a Morales por eso, sino por lo contrario. Precisaba de alguien que viera las cosas como si no hubiera un asesino en serie al final del pasillo, sino un enfermo, o un desocupado. A menudo es el periodismo el que atribuye una serie a cualquier asesino. Y la fama, claro, en un mundo en que ser famoso no depende jamás de uno mismo, del arte que uno pueda sacar de sí, de cualidades que sólo uno posea. Todo es una conquista de posesiones que los demás detentan. Todo es mentira. Stanislav podía ser una mujer, y Wendy y Pris dos maromos. Los que no pueden dominar el mundo se enfangan en la *dark web* para ser otros. Una conquista. Una frustración, también. La pregunta esencial era si sus vidas corrían peligro y, de ser así, cuántas de ellas corrían peligro: las tres, o solamente dos, porque el otro o la otra era el asesino.

Había pocos metros de la Fuente de los Galápagos a la baranda del estanque. Cuando llegó a ella miró la losa brillante de las aguas, pulida como un abismo, hecha a luces que ya se habían retirado, o que aguardaban a una profundidad que no existía. Vio las pequeñas lanchas amarradas en el embarcadero, y la franja del Paseo de Nicaragua a todo lo largo del estanque. El lago estaba iluminado como algo perteneciente a la memoria, no a los ojos. A Lahoz no le extrañó ver al fondo, en el lugar donde había aparecido el cuerpo el día anterior, y donde se habían sumergido los buzos, el tránsito de algo que blanqueaba el agua. Parecía una barquita, pero el hecho de que las farolas estuvieran apagadas a esa hora, por encima del borde del agua y de la valla, hizo que dudara de que allí hubiera algo. Sabía que las barcas eran recogidas en su totalidad. ¿Entonces? En efecto, era una barca. ¿Perdida? ¿Olvidada? No, había un figura dentro, porque observó que el movimiento de los remos se hacía para no provocar sonidos. Más que observarlo, lo intuyó, de la misma forma que supuso que había alguien a bordo de la barca. En principio pensó que quizá era el amor el responsable de aquella extravagancia. Los enamorados son los únicos que ansían una soledad desmedida. Algunas parejas se quedaban atrapadas en el parque después del cierre, y tenían que buscar agujeros ocultos por los que escapar. Entonces oyó el golpeteo de la borda contra la pared del estanque. Quienquiera que estuviera en aquella barca, quería abandonarla. Lahoz, en una oscuridad que lo tragaba todo, sólo pudo sorprender movimientos. Echó a correr, con una linterna encendida que había tenido la precaución de traer. Muchas veces lo había hecho de niño. Recordaba el tiempo que gastaba en llegar con su padre, por el Paseo de Nicaragua, al final del estanque. Ahora no era un niño, aunque tampoco hacía mucho deporte. Llegó en no más de veinte segundos. Quienquiera que fuese había desaparecido, en caso de que no se tratara de una simple presencia imaginada por sus oídos, y la barca un nudo mal hecho en el embarcadero.

Recorrió las inmediaciones. El ruido de los coches atravesaba todo El Retiro como una calle de aspersores. No oyó nada más. Sabía que no podía ser una pareja de enamorados. El barullo de dos personas es completamente distinto. Se produce frente a frontones más grandes, más receptivos. Sin embargo, el que había oído no dejaba rastros, era un ruido que acababa de fundirse con los de un animal, hasta llegar a un mutismo infrahumano. Los caminos y parterres que recorrió, con la pistola en la mano, no lo encaminaron en ninguna dirección. No obstante, la barca estaba allí, golpeando en la pared del estanque, justo en el lugar donde los buzos se habían sumergido el día antes.

Volvió a encender la linterna y enfocó al agua. Nada flotaba en ella. ¿Y debajo? Si quien había tomado esa barca era el que había depositado el cuerpo de Anselmo Cortés, atado a una mancuerna, en el fondo, era posible que hubiese vuelto para dejar algo en aquel cuerpo, igual que había dejado el teléfono de Salvador Doncel. La cosa —pensó— empieza a tener visos de comedia. Los comediantes eran fiambres. No dejaba de ser un inconveniente. A Lahoz le gustaba mirar al hombre como el producto de un impenitente sentido del humor, pero no estaba seguro de compartir ese punto de vista con el asesino.

Enfocó la linterna hacia la barca. Había en la proa una especie de mantel de picnic, a cuadros blancos y rojos. ¿Es eso lo que ha venido a dejar? —se preguntó. Volvió a enfundarse la pistola y miró en todas direcciones. Debía vigilar especialmente la nuca. Observó que había el suficiente espacio libre como para que nadie pudiera sorprenderlo. Eran precauciones de novato, pero estaba seguro de que en aquel caso era mejor comportarse como si uno temiera a la muerte. Se agarró a la valla, saltó dentro de la barca y levantó el mantel, doblado como si debajo hubiera una cestita con emparedados. Halló varios objetos, los envolvió en el mantelito y volvió a tierra. Se sentó en un banco, de espaldas al estanque, y los repasó concienzudamente. Eran objetos personales: una cartera que contenía dinero y tarjetas de crédito. En ella encontró un carné de identidad. En efecto, Anselmo Cortés, fotografiado con una apariencia de varios años atrás. No había preguntado la edad del difunto. Nacido en mil novecientos setenta y cuatro. Cuarenta y cinco años. Mucha gente muere antes, pero aquel individuo lo había hecho a la fuerza, y seguramente sin percatarse. Tales casos eran lo peor de estar en la policía. Quizá fuera una foto reciente, y la muerte hubiese envejecido la apariencia que tenía en ella. Seis días en el agua suelen hacer muy bien ese trabajo. El agua es mala arreglista.

Se puso los guantes de látex que siempre llevaba en el bolsillo y fue metiendo todo en una bolsa. Había también un par de tabletas de pastillas. Durante los veinte años que llevaba en la policía sólo había encontrado pastillas de dos tipos. Lo demás no tenía mucha importancia: un recibo de aparcamiento, una pequeña libreta de claves y contraseñas que contenía todo lo que no puede llevarse en un teléfono móvil. Lo único que faltaba era eso, el teléfono móvil. Igual que a Doncel, le faltaba el teléfono. ¿Es una consigna o el modo que tiene el asesino de jugar con la policía? —se le ocurrió—: ¿Vamos a encontrar el teléfono de este tipo en la siguiente víctima? O sea que la serie iba a continuar. ¿Era lo que quería comunicar el asesino? Odiaba cualquier tipo de serie, le parecía que todas estaban sacadas del cine, y que el asesino mataba por mantener una pose, una caracterización. Este igual. Un tipo que no apreciaba demasiadas diferencias entre lo que ocurría en la calle y en los teléfonos móviles. No era un caso que pudiera atribuirse a la realidad española. En España, en Madrid, los asesinos solían comportarse como mendigos, o como burgueses. Todos iban a por su tajada, o a vengarse por la que les habían quitado. Este no, al menos aparentemente. Si no fuera por los muertos que estaban apareciendo, el caso sería más adecuado para un psicólogo con mucha teoría en la cabeza.

Había otra cuestión: ¿Por qué devolver los objetos que le había robado a su víctima? ¿Por qué facilitar que la policía los tuviera? En una barca flotando en mitad del lago donde se había cometido un asesinato no iban a ser encontrados por el público dominical, sino que serían remitidos a la policía. Había sorprendido a aquel individuo en plena faena, pero la devolución era completamente premeditada, más de una semana después de perpetrado el crimen. Sabía que no habría huellas. Sabía que el método que el asesino había mostrado hasta ese momento no era el de un amante celoso, pero tenía que comenzar por las futuras víctimas: los componentes de *Now.0* que aún vivían. ¿Por qué alguien los mataba? ¿Ese alguien era uno de ellos? Quedaban tres. El propio círculo podía guardar la solución del problema. A Lahoz le importaba un carajo que murieran los tres. Formaba parte de su postura ante la sociedad. Era un crítico feroz, pero únicamente observaba. Le parecía que la totalidad de lo real no merecía otra cosa. Incluso hubiera estado dispuesto a pagar una entrada. El mundo era demasiado pequeño, estaba demasiado perdido para que salvarlo fuera importante. Era mejor observar y aplaudir. Como cuando se iba al circo.

Llamó a Suárez. Sabía que estaba acostumbrado a que lo llamara muy tarde. No importaba. Suárez apenas dormía, igual que Asterión, por causas muy distintas, y sospechaba que ninguna tenía que ver con el trabajo. O quizá sí, el trabajo era sin duda el que marcaba cualquier deformación profesional.

—A estas horas sólo podías ser tú —dijo Suárez.

—¿Verdad que no estás en casa?

—¿En casa? Sigo en el Anatómico.

—¿Qué es el Adderall?

—¿Qué va a ser? —dijo Suárez—: Una dextroanfetamina muy popular. ¿A quién se la has pillado?

—A un muerto. Debes de tenerlo ahora mismo sobre la mesa de autopsias.

—¿Te refieres al segundo muerto? Es curioso, el mismo golpe en el mismo sitio.

—¿Con qué?

—Seguramente el mismo martillo que el del otro. Las contusiones son idénticas.

—Puede ser una pista falsa. Me la ha servido en bandeja el propio asesino.

—Eso es nuevo.

—¿Para qué se usa ese fármaco?

—Para mantenerse despierto, para creer que se vive sin tener que hablar ni relacionarse. Aumenta los niveles de actividad motriz del sistema nervioso central. Es un reforzador de la vigilia. Lo toman todos los que no tienen otra cosa que hacer.

—¿Por qué es tan popular?

—Las pastillas de los desocupados. Lo usa esa gente que se mantiene pegada al ordenador durante días. No amplían la concentración, sólo la vigilia.

—¿Y el Lexapro? —dijo Lahoz, enumerando la otra tableta de pastillas.

—No me extraña que el tipo esté muerto. Es un antidepresivo. Mantenerse despierto no le quitaba las penas. Todo lo moderno me da asco. Menos mal que no tengo que hablar con la mayoría de los que toman esas pastillas. Sus conversaciones serían peores que las de Andy Warhol.

—¿Hay algún problema con mezclarlas?

—En principio no. Yo diría que son fármacos que hablan más del carácter que de las enfermedades de los que los toman. Gente insegura.

La cartera no contenía mucho más. Dos tarjetas de crédito, el DNI y dos billetes de veinte euros. Al asesino no le importaba el dinero, o no le importaba tan poco dinero. Lo más inusual que halló fue la tarjeta color magenta, hecha con bastante estilo, de una editorial: El carnicero Ediciones. Detrás tenía una especie de exlibris donde ponía: Galactus.

4. EL EXTRAVÍO DE UNA MÁSCARA

A la mañana siguiente Lahoz tuvo la impresión, nada más levantarse, de que las noticias siempre llegan tarde. Asterión le había enviado los nombres que correspondían a los seudónimos de los que participaban en *Now.0.* Wendy era Noelia Núñez, que vivía en una calle del barrio de Lavapiés, al menos allí estaba su dirección IP. Pris era Marina Paula Ferrer. Asterión le adjuntó un comentario: ¿Sabes quién se llama igual? Lahoz lo sabía: uno de los replicantes de Ridley Scott. Había visto la película varias veces. El mundo representado por Scott era mucho mejor que este, porque este es un mundo en el que lo que más aísla es el pesimismo. Pris vivía en la calle Mayor. Stanislav era Daniel Caparrós, residente en la zona de la calle de Ibiza y, por tanto, muy cerca de donde se había cometido el segundo crimen.

Lo primero que hizo fue llamar a Collins.

—Asterión me ha enviado las direcciones de las futuras víctimas, si el asesino ha previsto bien todo. Quizá alguna de esas direcciones sea la del propio asesino. Ponles vigilancia inmediata, día y noche. Una semana. Puede que se le ocurra volver a matar.

—¿Eso es todo? ¿No puedes utilizar a tu equipo? —dijo Collins.

—Están en cosas más importantes.

—¿Sabes el papeleo que me ha costado traer a gente de otros distritos?

—Lo imagino. Envía a personal competente. No quiero que se cometan más errores.

—¿Qué errores hemos cometido?

—El equipo. Ha sido un error… Ahora no voy a tener más remedio que necesitarlos.

—Muy gracioso, Lahoz. De acuerdo, les pondré a todos vigilancia. Pero sólo una semana. Hay muchos delitos pendientes.

—Sobre todo suicidios.

Sabía que si aceptaba pasar por lo del equipo tendría las manos atadas. Una cosa era conseguir que no hubiera más víctimas, y otra enchironar al que ya había matado a las dos primeras. De momento, le había encargado a Asterión casi todo. Menos mal que Asterión estaba entusiasmado con la existencia de un asesino en serie. En Madrid no los había y, cuando los había, solía ser un tipo torpe que usaba Google Maps para encontrar a los que va a pasar por el cuchillo.

Tenía que presentarse en la casa de Anselmo Cortés. Tomó un taxi, no le gustaban las escoltas policiales, ni siquiera la de Morales. Ahora que Morales se hallaba en el conocimiento de quién era El fantasma, tenía que tratarlo con más cercanía, pero a Lahoz le daba cierta vergüenza usarlo de chófer.

Llegó al número 24 del Paseo de la Reina Cristina y miró los buzones. Anselmo Cortés y Carlota Rodríguez. Después habló con el portero. Conocía al aludido, a Anselmo Cortés. Vivía con su esposa, o al menos él creía que era su esposa, en el ático. No, no solía verlo mucho. Era un tipo raro. La esposa también, no sabría decirle por qué. Sí, seguro que trabajaba, porque todos los días salía por la mañana temprano, la esposa. Pero ignoraba en qué. Iba siempre al mismo supermercado, el que había, saliendo, a diez metros a la izquierda. No, que él supiera Cortés no salía por las noches, aunque no podía asegurarlo, porque solía irse a la cama temprano. Sus servicios en portería concluyen a las ocho de la tarde, como en casi todas las porterías de Madrid. En efecto, quizá aquella gente, Carlota y Anselmo no tuvieran una vida normal, diaria, como la tienen los tenderos o los funcionarios. Una vida sobre la que maldecir todos los días. Una vida que tu esposa eche de menos cuando desapareces casi una semana. No obstante, aquella esposa, Carlota, no había denunciado la desaparición de Anselmo Cortés. Llevaba cinco días en el fondo del estanque de El Retiro, y uno en la morgue del Anatómico, y ella bajando con la misma bolsa al supermercado que hay al lado de casa.

Subió hasta el séptimo piso y llamó a la puerta. Había dos, una era de servicio, para que entrara la criada y para sacar la basura, que se arrojaba por una trampilla en la pared. Supuso que quizá la señora de la casa no estuviera, pero estaba. Una mujer de unos cuarenta años, con evidentes síntomas de no dormir demasiado, asomó los ojos por el resquicio que había asegurado con una tiranta de hierro a modo de cadena.

—¿Qué quiere? —dijo.

—¿Es usted Carlota Rodríguez? Soy policía —contestó Lahoz, mostrando la placa—. Vengo por causa de su marido.

—No estoy casada con Anselmo. Vivimos juntos, si puede decirse así.

—¿Puedo pasar? Tengo algo importante que decirle.

La mujer liberó la puerta y la abrió, pero Lahoz advirtió que a su rostro no asomó el menor síntoma de curiosidad.

—¿Le ha pasado algo a Anselmo? —dijo la mujer, con una voz tranquila, sin el estremecimiento que produciría que la policía viniera a comunicar algo de alguien a quien se quiere. No obstante, Lahoz se percató de que no había preguntado si había hecho algo. Eso creó un punto de contacto con Doncel. Ninguno había hecho, en realidad, nada. ¿Estaría el resto de los asiduos de *Now.0* en la misma situación?

—Estoy aquí porque Anselmo ha muerto —dijo Lahoz.

—¿Muerto? —dijo, sin apartar los ojos del ventanal que daba a una pequeña terraza—. ¿Cómo que ha muerto?

—Lleva una semana muerto. ¿No lo había advertido usted? No ha denunciado su desaparición.

La chica fue a sentarse en el tresillo del salón, en un sillón rojo bastante amplio, y se quedó pensativa, con la mano a modo de visera. A Lahoz le pareció que no tenía lágrimas que ocultar. No obstante, la frialdad de aquel rostro no borraba las huellas de lo que estaba oyendo. El escenario era parecido al que vio en la calle de Goya: la televisión gigantesca, el aplique junto a ella, las lámparas de pie, los cuadros de pinturas modernas y sin matices enmarcadas en un baratillo. Ni un solo libro. Todo ello llevó a Lahoz a pensar que desde que apareció la primera víctima no había encontrado una sola persona por cuyo cuerpo, o por cuya actitud pudiera demostrarse que circulaba una corriente vital. Carlota miraba hacia el exterior, a la terracita en la que había dispuestas una mesa de plástico con sus sillas, polvorientas ahora en noviembre, y una maceta de madreselva que apenas trepaba por el tutor que le habían colocado. Finalmente dijo:

—Anselmo solía desaparecer durante días. No es la primera vez.

—¿Sabe por qué?

—Nuestra relación es así. Somos libres. No tenemos hijos, por tanto no tenemos obligaciones.

—Y, cuando salía, ¿estaba usted acostumbrada a no recibir ninguna comunicación de él? ¿No se llamaban? ¿No se enviaban mensajes?

—No siempre.

—Voy a hacerle una pregunta que si no quiere no conteste: ¿Dormían juntos?

—Sí.

—¿Dónde iba Anselmo cuando estaba solo? ¿Se aislaba, o tenía amigos?

—Sí, se aislaba en su despacho.

—¿Y cuando estaba fuera?

—Eso no lo sé.

—¿Pasaba noches fuera?

—Demasiadas.

—¿Podría ver su despacho?

—Claro —dijo Carlota, levantándose—. Sígame.

Finalmente, formuló la pregunta que tenía en la cabeza. Preguntar era lo único lógico que podía ocurrírsele a esas alturas:

—¿Cómo ha muerto? Estaba algo delicado del corazón.

—Lo han asesinado.

La mujer se sentó en la butaca del despacho en que entraron. Había muy poca luz, procedente de una ventana con mosquitera que llevaría bajada desde el verano, por la que se veía la misma terraza en que desembocaba el salón. En esa parte había otra maceta un poco más grande en la que crecía lo que a Lahoz le pareció un pequeño lilo. Le quedaban algunas hojas, pero casi estaba en el chasis.

—¿Quién lo ha asesinado? —preguntó Carlota, mirando el ordenador portátil que tenía delante como si estuviera viendo allí la escena del crimen.

—Aún no lo sabemos.

A Lahoz le incomodaba refugiarse en ese plural. Daba mucha plasticidad a la situación, pero advertía de que la falta de esperanzas era más importante, pues el peso de los instrumentos que se tenían para localizar al culpable eran mostrados con mayor evidencia. Esta vez no preguntó si ella sabía si su compañero tenía enemigos. Esta vez la pregunta era distinta:

—¿Le oyó hablar alguna vez de una página web llamada *Now.0*?

—Visitaba demasiadas páginas web. A veces se metía aquí y no lo veía durante tardes enteras. Las noches ya no importaban demasiado.

—¿Y usted? ¿Era aficionada también a esto? —dijo, señalando el ordenador.

—No tanto como él.

Ni una lágrima, ni una exclamación. Todo demasiado frío. Reconoció que hasta la vida que él, Lahoz, hacía, pese a la rutina, tenía más altibajos que todas aquellas, más emoción, incluso más ética. La ética, de alguna forma, pertenece a las emociones, y aquella mujer parecía que lo comprendía todo, las tragedias en las vidas de los demás y en la suya propia, pero no podía hacer nada por abordar algo que remotamente se pareciese a una pena. A Lahoz se le antojó exasperante. Estaba de pie, mirándola, con una mano puesta sobre el busto de un Buda de plástico que había encima de la mesa del despacho. Repitió:

—¿No tiene idea de adónde iba cuando desaparecía?

—Alguna vez he intentado seguirlo, me refiero a vigilarlo. Siempre me ha preocupado la distancia que había entre nosotros. Me metía en su ordenador y miraba el historial.

—¿No tenía contraseña?

—Era mi nombre.

Un gesto de amor, por fin, pensó Lahoz.

—¿Encontró algo?

—Sólo personas que yo no sabía quiénes eran.

—¿Qué tipo de personas?

—Desconocidos que le hablaban como si tuvieran cosas muy íntimas en común con él. Pero no puedo repetir ninguna. Me desentendí. Cuando una se desentiende, no le da importancia a nada.

—Tengo la impresión de que no le ha extrañado lo ocurrido, ¿no es así?

—De Anselmo no podía extrañarme nada. Era una persona sin horizontes, eso me entristecía. Si alguna vez intenté saber qué hacía con el ordenador fue por comprender su soledad. También la soledad me llevaba a mí a apartarme, incluso a seguirlo por esos lugares deshabitados, por esos espacios vacíos. Siento hablarle así, pero me aterraban los caminos que él iniciaba. No sé por qué él no sentía lo mismo.

—¿No lo conocía?

—No he conocido a ninguno de los hombres con los que he estado. Y creo que ninguno me ha conocido a mí tampoco.

Lahoz intentó desprenderse de las conclusiones que estaba sacando, dejarlas a un lado.

—¿Cuánto hace que viven juntos?

Empleó el presente por piedad. Si un inspector se hubiese presentado en su casa para comunicarle que su mujer había sido asesinada, le habría gustado ese último gesto con el que la muerte se posterga, o se disfraza. Pero en su caso no fue un inspector, sino un cartero con el burofax donde se le comunicaba el deseo de divorciarse de su cónyuge.

—Cuatro años —dijo Carlota—. Sé lo que piensa, lo que le extraña, pero en realidad los dos conocíamos a mucha gente que no conocíamos.

—Entiendo. Se refiere a toda esa gente que, en la red, lleva vidas paralelas, ¿no?

—Vidas que ni ellos mismos saben que llevan. Todos siguen ahí, disponibles, como extras de una película. Todo esto es demasiado extraño. Nada pertenece a nadie.

—¿Puedo? —pidió Lahoz, señalando los cajones del escritorio. Carlota, aquella mujer que compartía a su compañero con el inmenso territorio que ocupaba la nada, le dio permiso con un asentimiento. Lo mismo de siempre. Lahoz se había acostumbrado a no encontrar más que llaves de puertas que no sabía adónde daban. Ni un solo libro, nada de papel. Sólo memorias USB, discos DVD, discos duros, conexiones, cables, *hubs*... Esta vez ni un solo teléfono móvil. Tampoco impresoras. Aquel hombre no necesitaba imprimir. Imprimir es la obligación de mirar hacia atrás, pero hemos entrado en una era —pensó Lahoz— de vidas sin papeles, pese a que la verdadera memoria requiere que uno no se deshaga de todo, absolutamente de todo. Una vida, por tanto, sin memoria. El ordenador portátil que ocupaba la mesa del despacho tenía al lado una fila de *pendrives*. Estaban alineados de tal forma que suscitaban la existencia de una clave, pero no pudo imaginarla. ¿Dispuestos por orden de importancia? Sacó el teléfono y tomó una foto de ellos, después dijo a Carlota que los requisaba. Podían tener información importante para la investigación.

—¿Sabe si tenía un teléfono móvil?

—¿No lo llevaba consigo?

—No.

—Muy raro. No se desprendía de él.

—¿Pertenecía a alguna red social?

—No. Nunca le gustaron esas chorradas. Era como Anselmo las llamaba: chorradas. Decía que las redes eran para gente que no creía en sí misma.

—Tendré que llevarme el ordenador. Se lo devolveré. Lo que contenga no saldrá de usted y de mí.

—Bien.

Junto a este había una pequeña maceta que había sido regada recientemente. En una de sus hojas colgaba un pósit con una nota que decía: «La mayoría de los que pasan a tu lado van a otros encuentros». Parecía una advertencia desencantada. La luz que había arrojado la muerte de quien la puso ahí la convertía en eso, en un momento para pensar que es mejor volver atrás. ¿Pero quién lo hace en los tiempos que corren? —pensó Lahoz.

—¿Sabe qué significa esto? —preguntó a Carlota, una mujer que, de pronto, miraba los objetos que la habían rodeado toda su vida como si fueran pronósticos a los que no había prestado ni ojos ni oídos.

—Es algo que su padre le decía. Lo conocí, era un hombre muy especial.

—¿Vive su padre?

—Murió hace dos años —contestó Carlota Rodríguez—. Pero Anselmo cambiaba esa nota una o dos veces al mes, creo, siempre por sentencias de su padre.

—¿Conserva usted las anteriores?

—Él mismo se deshacía de ellas —dijo Carlota.

—¿No las comentaba con usted?

—Teníamos muy poca comunicación. Se estaba tomado un año sabático. Trabajaba en el Ministerio de Sanidad, en el Paseo del Prado. Se levantaba tarde y desaparecía después de comer. Yo volvía del trabajo a las cinco. Ya no estaba aquí.

—Ya…

—Conozco a muchas parejas que viven así —dijo ella, claramente para justificarse. Después reflexionó y añadió:— De hecho sólo conozco a gente que vive así. No sé cuándo se produce esa desconexión, ni sé por qué los que viven juntos la aceptan…

—¿Le comentó algo? ¿Le dijo que se exponía a algún peligro? ¿Se le veía tranquilo?

—Últimamente un poco inquieto, pero lo atribuí a que hacía sólo un mes que no trabajaba y no se había hecho a la nueva situación. A veces, más que inquieto parecía agitado.

En la carcasa del ordenador portátil había una foto. Al cerrarlo la vio. La cara de Daryl Hannah, con los ojos pintados con aerógrafo y el pelo erizado como un gato de dibujos animados. El atuendo terso que le había puesto Michael Kaplan, compuesto de aquel mono que subía por su piel hasta colocarle un collar elástico en la garganta. El espécimen más bello de los Nexus-6. Jodida cultura —pensó Lahoz—, aunque sea cultura cinematográfica. Quizá porque lo era: cinematográfica. O porque no lo era: cultura. El cine había cambiado para bien la vida de tan poca gente, y para mal la de tanta… Lo que no podía pasar por alto era que aquella película era también un referente para Anselmo Cortés, aunque quizá adorase más a uno de sus personajes que a la propia película. Pris.

—¿Podría darme su número de teléfono? Así podré comunicarle lo que sepamos, y usted preguntarme lo que quiera —lo tenía, pero pensó que a aquella mujer le vendría bien saber que creaba un vínculo con un simple destinatario. Las personas con las que había tenido contacto en aquel caso no establecían diferencias claras entre estar solas y tener la posibilidad de hablar con alguien. Él mismo tampoco las establecía, quizá a causa de la vida de buscador de oro que llevaba.

—¿Cuándo van a devolverme a Anselmo?

—Posiblemente hoy mismo. Está en el Anatómico. ¿Quiere que la acompañe cuando vaya a por él? Tendrá que identificarlo.

—Lo haré yo sola.

—Bien.

Un jodido día de noviembre. Desde aquella terracita se veían las copas de los plátanos, como enormes arcas a medio construir. Bajó hastiado de todas las cosas que no podía controlar. No es que fuera un obseso por el control. De ser así, trabajaría en Google. Era que presenciaba, como una sibila, las escenas posteriores a todo lo que habría podido evitar y, sin embargo, ocurría. Llamó a Collins.

—Dime que esas tres personas se hallan bajo vigilancia.

—Sólo dos. No localizamos a la tercera.

—¿Quién es?

—Marina Paula Ferrer.

Pris, pensó Lahoz.

—¿Qué dicen en su casa?

—Vive sola. Su padre murió hace cuatro años. Metió a su madre en una residencia de dos mil pavos al mes, aunque no sabemos a qué se dedica, ni cómo consigue ese dinero. Hemos averiguado que el año pasado se matriculó en la Complutense, pero lo dejó al mes.

—¿En qué facultad?

—Periodismo. Imagen y sonido. Asterión ha localizado una reserva de tren para ir a Burgos. El billete lo compró ayer en Chamartín.

—¿Cuándo salió ese tren?

—Cuatro horas después de que comprara el billete.

—¿Fecha?

—4 de noviembre, ayer.

—¿Un viaje urgente?

—Es lo que parece —dijo Collins.

—¿Quizá una cita?

—Eres un romántico, Lahoz, o lo eras, aunque siempre has sabido disimularlo.

—¿Tiene novio?

—Eso será difícil investigarlo. No tenemos una división sentimental. Tampoco hemos podido hablar con ningún amigo o amiga. En el vecindario no saben cómo se gana la vida. Apenas la ven.

—¿Qué edad tiene?

—Veintiocho.

—Todo un poco corto para una chica de veintiocho.

—¿La información? Estoy de acuerdo, pero seguiremos en ello. Arriba no quieren más muertes —dijo Collins.

—Búscala. Necesito saber dónde está. Cuando la encuentres, ponle vigilancia.

—En ello estoy. No creas que lo he dejado de lado.

Después llamó a Asterión.

—¿Tomó ese tren?

—No tengo datos. Los trenes no son como los aviones. Todo indica que sí. Si compró el billete, con tan poco margen de tiempo, no hay por qué dudar de que lo tomó.

Lahoz tuvo la certidumbre de que estaba dejando algo atrás. Como policía, esa era la única duda con la que convivía a diario: si se saltaba algún paso, si el comportamiento de los demás podía llevarlo a un callejón sin salida en el que encontraría, tendido y sin vida, el método que había empleado.

—¿Qué policías ha puesto Collins a vigilar a los otros dos?

—Felipe Correas está con Wendy. Armando Jiménez con Stanislav.

Los conocía someramente. Eran agentes que hacían bien el trabajo, con muchas horas de rodaje.

—¿Tienes comunicación con ellos?

—Directa.

—Diles que no los pierdan de vista, que te comuniquen cualquier cosa inusual que hagan los vigilados. Y que me llamen a mí si surge algún problema.

—¿Ahora somos guardaespaldas?

—Siempre lo hemos sido. Sospecho que el tipo al que nos enfrentamos está en el mismo círculo.

—Entonces tendría que ser Stanislav. ¿O imaginas a Wendy dejando secos a martillazos a los dos maromos que han aparecido hasta el momento? —dijo Asterión, que tenía poca experiencia como agente de campo, pero era un teórico con el suficiente sentido común.

—El círculo puede que no se restrinja a ellos dos. ¿Qué hay del teléfono de Pris?

—No está operativo, pero esa lección ya te la sabes.

—Por eso sé que las cosas no van por el camino que debieran. ¿Y el que portaba Anselmo Cortés? Es lo único que el asesino no me dejó anoche en la barquita.

—¿Crees que te seguía?

—Creo que lo sorprendí. El tipo iba a dejarlo todo allí, sabiendo que llegaría a la policía. La cuestión es por qué. ¿Qué quiere? ¿Que escriban un guion con sus maldades? Bien, eso facilita las cosas.

—Seguramente extrajo la tarjeta al teléfono de Doncel, y volvió a insertarla cuando la colocó en el cadáver de Cortés, aunque hubiera dado igual: el agua la inutilizó, pero el teléfono estaba conectado.

Ahí estribaba el problema. ¿Entonces por qué el teléfono de Pris, de Marina Paula Ferrer, seguía inactivo? Nadie tiene el teléfono inactivo durante tanto tiempo, sobre todo si inicia un viaje.

—¿Por qué los teléfonos? —formuló finalmente Lahoz.

—¿Que por qué? —dijo Asterión—. Los teléfonos son la vida de la gente. Morir no es más que una desconexión.

—Morir es otra cosa.

—Sí, por supuesto.

—Sigue atento al de Cortés. Tiene que aparecer.

—Estoy pendiente también del de Pris. En cuanto haya pistas te llamo.

—No olvides a los de los otros dos: Wendy y Stanislav. No saben que están siendo vigilados. Puede que hagan o reciban llamadas que nos lleven por algún camino.

Prefería no verse con el resto de aquel llamado equipo en la comisaría. De hecho, era seguro que los detendrían: todos de paisano, introspectivos y suspicaces como poetas en ciernes. Todos con caras que nadie había visto por allí. Los detendrían y Morales ni siquiera aclararía que fueran policías. Morales cargaba con bastante reconcomio acumulado. Cuando vieran a Rialto con aquella placa flamante y aquel chaleco de cuero bajo la gabardina, seguramente los llevarían al manicomio de Las Tablas.

Recibió una llamada, precisamente, de Rialto, y quedó con él en la cafetería del Doré. No hubiera nunca imaginado que se tratara de un asunto de ética profesional. Parecía un hombre recto, sin fisuras, pero tenía todo eso tan asumido que no parecía que pudiera ponerse a hablar de esos temas tomando una cerveza. Lahoz pensó que era algo que tenía que ver con la vigilancia de las cámaras.

—¿Algún resultado?

—Nada, como era de esperar. Son cámaras colocadas ahí para los antidisturbios, no para identificar a un individuo concreto, sobre todo un individuo que puede ser cualquiera.

—Sólo ha sido un intento.

—Es evidente —dijo Rialto—. No tenemos nada de ese tipo. No deja huellas. No existe.

—Existe, te lo aseguro —dijo Lahoz—. Anoche lo tuve delante.

—¿Cómo?

—En El Retiro. Fui por una corazonada y lo encontré en una barca, pero escapó. Imposible seguirlo a esas horas, en medio de la oscuridad. Dejó en la barca todo lo que le robó a Cortés.

—¿Algo importante?

—Sólo una referencia al que dirige la página web en la que están todos los implicados, de momento.

—¿El tal Galactus?

—El mismo. El teléfono de Cortés sigue sin aparecer. Acabo de hablar con su viuda. Vive aquí al lado.

—¿Estaba casado?

—No.

—¿Qué vamos a hacer?

—Cometerá un error.

—No lo ha cometido hasta ahora.

—Pero compite con nosotros. Ha salido de las profundidades y juega a darnos las pistas que nos faltan. Es un tipo raro, desde luego.

—¿Entonces?

—De la misma forma que han salido las IP y las direcciones de los tres que siguen vivos, saldrá la dirección del asesino. No se puede matar en la red, hay que plantarse en el mundo real. Cuando la vida deja de ser virtual, hay que cargar con el martillo. Lo perderá, y daremos con él.

Rialto se había bebido la cerveza, medio litro al menos, con una rapidez pasmosa. Lahoz intuía que tenía algo en la recámara. Quizá le había encontrado demasiado poco sentido a pasarse bastantes horas mirando los paisajes que ven los turistas desde los autobuses descapotables.

—¿Qué ocurre? —le preguntó.

—He hablado con Portal. O mejor, es Portal el que ha querido decirme algunas cosas. Quizá él no se atreva a hablar con usted de esto, pero yo sí.

Rialto no lo tuteaba. Algo había reimplantado las líneas de la cortesía. Lahoz empezaba a imaginar qué.

—Pues empiece a hablar.

—Circula por el cuerpo una especie de leyenda negra referida a usted.

—Todo eso ha sido investigado, y aquí sigo.

—Yo necesito que me lo diga mirándome a la cara.

—¿A cuál de los casos se refiere?

— A todos.

—Sólo ha habido dos. Quizá le parezcan muchos.

—Me parecen demasiados. Sobre todo porque siempre se le ha acusado de lo mismo —dijo Rialto—: En las investigaciones que usted emprende hay gente que desaparece.

—¿Quienes desaparecen? ¿Testigos? ¿Víctimas?

—Tengo entendido que culpables, o presuntos culpables.

—El juez siempre tiene la costumbre de eximirme de culpa.

—¿Pero acabó con ellos?

—¿Cree usted que haría una cosa así? ¿Qué soy un vengador?

—No le conozco tanto como para saber eso. Hasta le digo que yo hubiera hecho lo mismo: cargarme a alguien culpable que sabes que va a irse de rositas, que el juez lo va a poner en la calle. ¿No es lo que pasó con Giraldo?

—Giraldo mató a dos personas, pero se buscó la coartada de alguien que era un secuaz. El problema fue que no pudo probarse la relación con él. La policía tiene las manos atadas, siempre las tiene. Y usted sospecha que fui yo quien lo lanzó al Manzanares, con el buche lleno de tranquilizantes.

—Para que pareciera un suicidio, ¿no?

—Para que pareciera un suicidio, que es lo que hacen muchos de los no imputados en Madrid. Se suicidan —dijo Lahoz.

—Así es. Se lo digo con toda sinceridad.

—¿Qué es lo que me dice? ¿Que fui el culpable de aquello?

—Se lo pregunto.

—Porque sospecha de mí.

—Porque tengo dudas razonables —ironizó Rialto.

—Dudas demasiado razonables.

—Llámelo como quiera.

—Dígame: ¿Cree usted en la justicia? —preguntó Lahoz.

—Por supuesto que creo.

—Yo no —dijo Lahoz—. Sólo persigo atrapar al culpable. Así que no la administro.

—Pero, según Portal, había pruebas.

—Nunca las ha habido. Hubo dudas, no certezas. No sólo puedo disfrutar de mi libertad, sino seguir en la policía. Me permiten aplicar mis líneas de investigación. Más aún: me necesitan.

—Quiero que me lo diga.

—¿Qué? ¿Que no maté a Giraldo, o al otro maleante, Aarón Rozas, otro asesino, en realidad?

—¿Eran realmente culpables?

—Lo eran.

—¿Acabó con ellos?

—No voy a decírselo. Si trabaja conmigo, tendrá usted que sacar sus conclusiones, y me da igual cuáles sean. He vivido perseguido por la sospecha durante años. No me hago preguntas, ni sé qué es un remordimiento. Si necesita una confesión para seguir conmigo, tendrá que marcharse. Igual que Portal.

Rialto no apartaba los ojos de los de Lahoz. No los apartó en ningún momento, como si se asomara a un brocal para ver si las aguas se movían abajo. Finalmente, señaló la cerveza que tenía delante y dijo:

—¿Otra?

—¿Por qué no? Así podremos vigilarnos más estrechamente.

—O fingir que lo hacemos.

5. UNA PUERTA ENTREABIERTA

Lo que recibió sobre Stanislav y Wendy no era más preciso que lo que tenía de Pris. Antes, Lahoz había optado por que no supieran ni que estaban amenazados, ni que eran vigilados. Esa vigilancia los ponía a salvo, incluso a salvo uno del otro. No obstante, el paso de las horas hizo necesario hablar con ellos. Cualquier sospecha apuntaba antes a Stanislav, si es que la sospecha podía recaer sobre quienes hasta ese momento habían sido víctimas descarriadas, pero sólo porque Stanislav era un hombre. Aún así, no podía advertir a Wendy de que uno de los que hablaban con ella en su foro de encuentros había acabado con dos y quizá ella fuera la siguiente. Ninguno de los tres que quedaban se conocían personalmente, sólo a través de los mensajes que habían intercambiado en *Now.0*. Al menos, tales mensajes no indicaban lo contrario. Stanislav tenía treinta y un años. Trabajaba a media jornada, de analista de mercados, para una multinacional, la mayor parte del tiempo desde su casa. ¿Por qué media jornada?, se preguntó Lahoz cuando le llegaron aquellos datos. Debía de ser bastante bueno en lo que hacía, porque las compañías transnacionales no suelen conceder esos privilegios a la gente que necesitan. Más bien la exprimen. ¿Y por qué un analista de mercados necesitaba participar en un foro donde gente que no se conoce llega a la conclusión de que lo mejor es no conocerse? Era una de las preguntas que más acuciaban a Lahoz, sobre todo porque no veía las dimensiones de la habitación en penumbra en la que aquella gente se movía. Tanto Stanislav como Pris reservaban un tiempo para hacer algo que todo el mundo, incluida la policía, ignoraba. También Vincent y Crom lo habían hecho. ¿El foro? No, el foro sólo era un momento de conversación, un punto de encuentro, una mirada desafiante, sostenida entre dos emoticonos.

Asterión añadió al envío lo que había averiguado sobre Wendy: una dependienta de veintiséis años de una tienda de moda perteneciente a una cadena bastante importante, a la que sus jefes habían advertido varias veces, y sancionado una, por impuntualidad. La libertad es siempre un viaje que se inicia en el momento en que no sólo se ha dejado atrás el trabajo, sino también los amigos, la novia, o el novio, incluso a uno mismo. Wendy no poseía enteramente su libertad, y por tanto no podía compartirla. La tenía al alcance de la mano, en pantallas de infinitos píxeles, pero seguía siendo un paraíso remoto. Quizá también ajeno, por ser una libertad que, aunque inalcanzable, sólo le incumbía a ella.

Sin embargo, había que volver al asesino. ¿Cuál era el móvil? Descartada la enfermedad mental, quedaba una suerte de dolencia concerniente a la visión del mundo que había visto en otros asesinos. Este no era de los que se dejan llevar por los sentimientos, entendiendo como tales la envidia, o el odio. Alguien que envidia, u odia, no tiene por qué matar con un tornillo de veinte centímetros. Tampoco parecía haber motivos para envidiar u odiar hasta tal punto que ello llevara al asesinato. ¿Entonces? Entonces Lahoz no podía permitirse el lujo de esperar a que el asesino cometiese un error, como dejarse sorprender en una barca con las pertenencias de una de las víctimas en el hatillo. ¿Y si estaba allí, a tales horas, porque quería ser encontrado? Tenía todo a su favor para escapar, como en efecto ocurrió. Era una sombra en un bosque, con la llave de una puerta trasera por la que entraba en las intuiciones de la policía. Había matado y podía seguir matando. Ni una sola pista. Esto obsesionaba a Lahoz, esto y el hecho de no haber llegado siquiera, en el proceso de la investigación, a ese momento en que podía tener intuiciones. Otras veces, las había tomado de entre las flores que las familias les dejaban a sus muertos. Estos muertos no tenían familia, o no se relacionaban con ella. Eran víctimas que parecían reversibles, que podían haber sido asesinos con vidas igualmente indistintas, estancas e impunes. Así que debía joderse y esperar. Todo estaba bien atado, lo cual era una ironía. Los cebos estaban dispuestos, pero no había una trampa. La muerte merodeaba en un lugar donde sólo había observadores, pero el asesino era invisible.

Esa mañana, el periódico seguía dándole vueltas al hallazgo del cadáver de Anselmo Cortés. El cronista debía tener un soplón en la comisaría, porque el artículo mostraba pormenores muy concretos: la aparición de un único teléfono y el detalle de la mancuerna. No se decía que el teléfono aparecido en El Retiro no era del muerto de El Retiro, sino del muerto del parque de Ana Tutor. ¿Asesino en serie?, se preguntaba la periodista, y relacionaba ambas víctimas, sin aportar datos que sostuviesen ese vínculo. Las relacionaba de oficio, como un narrador buscando un argumento. La periodista se llamaba Nereida Valerio. Lahoz no recordaba haber leído nada de ella anteriormente. Ni siquiera le sonaba el nombre. Al menos, igual que Collins, había visto los dos cables de auriculares. Jugaba con la idea de que el asesino fuese un tipo conectado a las nuevas tecnologías, uno de esos que contemplan la vida de los demás como páginas de un *Powerpoint.* O quizá las víctimas formaran parte de un círculo que las cuestionase, y de pronto se habían visto con las manos atadas por ese cablecito hasta perder la vida.

Quizá tenga razón, pensó Lahoz, consciente de que lo pensaba como algo casi inasumible. La experiencia le había mostrado que las explicaciones nunca son tan simples. El artículo no aportaba ninguna otra novedad, excepto al final. Al parecer, la periodista había localizado y hablado con Carlota, la compañera de Anselmo Cortés, y reproducía algunas palabras de ella. Las palabras eran el titular del artículo, pero Lahoz, al no saber en un principio a quién atribuírselas, no las había conectado con lo que contaba la crónica. Mi marido hubiera muerto tarde o temprano. Ese era el titular, que reproducía una frase dicha por Carlota Rodríguez. A él le había dicho que no era su marido, así que Lahoz atribuyó esa relación a la propia periodista. Ser la esposa te coloca en una situación peculiar ante la persona que quizá menos conoces. En cuanto a la declaración, no podía haber salido de la inventiva de Nereida Valerio.

Todos los titulares son interpretativos, pero aquel atravesaba un abismo sin ningún medio de sustentación. Llamó a Carlota:

—¿Ha dicho usted lo que aparece en el periódico?

—Ya le dije que esta película tenía demasiados extras.

—¿Conoce a alguno?

—Qué más da, inspector —exclamó Carlota.

—Explíqueme por qué su marido habría muerto tarde o temprano.

—Nunca supe quién era la gente con que se relacionaba, pero era mucho peor que él. Tampoco él me hablaba de ella. Nunca encontraba buenas personas en los caminos que recorría. Es la única certeza que tengo. A usted le toca investigar, aunque me da igual que me diga quién o quiénes son los culpables. Todo ha dejado de tener importancia para una viuda.

—¿Una viuda?

—Ahora sí. Soy yo la que voy a enterrarlo, y nadie va a salir de la red para darme el pésame. Ya no pienso en que ha sido asesinado, ni quién podrá ser el culpable. He sobrepasado todo eso. Ahora soy una simple viuda que no se acostaba con él. Somos las más fieles: las que compartimos los gastos del piso donde viven los que nos aman.

—¿Por qué ha hablado con esa periodista?

—¿Con Nereida? Vino a verme, igual que usted. Es una chica bastante comprensiva, más que el hombre con que vivía. Sabía que usted llevaba la investigación, aunque me dijo que no lo conoce. Que nadie lo conoce.

Lahoz pensó que esa información sólo podía venir de la comisaría. La periodista tenía algún contacto dentro, pese a que la policía está al tanto del significado de esas puertas entreabiertas. Además, los implicados saben que siempre termina averiguándose quien es el que abre la espita. No quería a una periodista que se cree enterada diciéndole cosas al asesino. Aún no existía un secreto de sumario, porque el asesino seguía libre, pero la policía podía imponer la salvaguarda de la investigación. Había leyes que estaban por encima de la libertad de prensa, es decir, del derecho de los periódicos a presentar las noticias de la forma más adecuada para ganar dinero.

Así que lo próximo que dudó fue si llamar o no a la periodista. De ella no podía obtener nada para la investigación, pero sí mantener a la investigación como estaba, con todas sus huellas y rodaduras borradas con tiernas ramas de abedul. El único que hubiera podido apreciar ese preciosismo era el asesino, sin duda, porque los periodistas sólo dan valor a las exclusivas, pero esa periodista quizá hubiera visto algo diferente a lo que Carlota le había dado a él. Muy poco, por cierto. Asterión le facilitó el número y en cinco minutos tuvo al habla a Nereida Valerio.

—Soy Lahoz.

—¿Lahoz? ¿El fantasma?

—El inspector —matizó Lahoz.

—Lo sé, inspector. El inspector. De acuerdo. Es difícil seguirle la pista.

—Creo que mi paradero se lo dicen en comisaría, cuando lo saben.

—¿A qué viene eso? En su comisaría no saben ni quién es usted. Sólo que aparece cuando no hay nadie delante.

—¿Y no es eso lo que explica la existencia de los fantasmas?

—Sólo he encontrado dos en mi vida. Uno es usted, el otro me pidió matrimonio hace dos años.

—¿Y qué le respondió?

—Sigo soltera.

—Lo celebro. Los hombres no merecemos la pena.

—Algunos sí. ¿Acaso me ha llamado porque hay algo que le interesa de mi entrevista a Carlota Aimerich?

Lahoz pensó en el apellido. Al leerlo anteriormente en el informe había reparado en que no coincidía con el que aparecía en el buzón de correos del Paseo de la Reina Cristina. Carlota Rodríguez. Ahora, al escuchar cómo lo pronunciaba la periodista, el sonido le saltó como un animalillo que cruzaba aquel camino borrado con tiernas ramas de abedul. Era habitual que mucha gente ocultara nombres tan distintivos como Aimerich, por cualquier motivo, quizá porque Aimerich lo usaba para otras cosas. ¿Sería ese el propósito de tal cambio? Dijo:

—¿Francés?

—Aimerich es de origen francés, en efecto —concedió la mujer soltera que estaba al otro lado del teléfono—. El abuelo de la señora Aimerich era francés. Se enamoró de su abuela, por parte de padre, durante los años de la Guerra Civil que pasó aquí como corresponsal. La abandonó antes de volver a Francia, pero inscribió a su padre como hijo propio, y sufragó su manutención durante muchos años.

—Veo que ha investigado. ¿Por qué? ¿Tan importante le parece Carlota Aimerich?

—Si le soy sincera, aún no lo sé —dijo la periodista—. ¿Es importante? Me refiero en su investigación.

—Tampoco lo sé. Me inclino a pensar que no.

—¿No va a decirme nada más?

—¿Para qué? ¿Para que se lo diga al asesino de su marido? —recalcó Lahoz—. Porque le dijo a usted que era su esposa, ¿no?

—Sé que no lo es, pero las mujeres sabemos lo que significan esas pequeñas mentiras. No hay que concederles demasiada importancia.

—¿Qué significan?

—Que se sentía más cerca del hombre que murió de lo que le ha dicho a usted.

—¿Y por qué finge lo contrario?

—¿Me está interrogando? ¿Y por teléfono? —ironizó Nereida Valerio—. ¿No está satisfecho con las respuestas que le dio?

—Ha interrogado usted a un testigo de la policía, en un caso abierto aún, y publicado sus declaraciones. No quiero hablar de quién mató a Anselmo Cortés, pero ¿puede imaginar que quizá esté poniendo en peligro a la que vivía con él?

—¿Se trata, entonces, de un asesino en serie?

—¿Ha visto usted alguno fuera de los cines de Gran Vía?

—¿Por qué me llama entonces?

—Para decirle que nuestra sociedad ha llegado por fin a tal idiotez que empieza a segregar asesinos en serie. ¿Buen titular?

—Es un titular para tertulianos de casino.

—¿Tan cierto le parece lo que digo?

—Frente a una taza de cognac podría ser defendido con algún éxito, sin duda. Dígame: ¿qué le interesa de lo que me dijo Carlota?

—De eso nada, pero me habían comentado en la comisaría que es usted muy guapa.

—Usted no va por la comisaría —aseguró la periodista—. ¿No quiere que quedemos y hablemos? Así me verá de cerca.

—Soy como doña Inés, me gusta que me seduzcan por el oído. Prefiero el teléfono.

—¿Entonces?

—Aimerich —dijo Lahoz.

—Quizá sólo a ustedes, quiero decir a su equipo informático, les resulte posible seguirla. Es escurridiza.

—¿Ha mentido, entonces?

—Todos mienten. ¿Conoce la página *El carnicero*?

—Sí —mintió el inspector.

—Aimerich utiliza su propio nombre, como si fuera un seudónimo, y se planta allí para encarnar papeles que le hubieran dado miedo a su propio marido. Quiero decir, al que ahora trata de marido. Por eso supe que era ella. ¿Han investigado la página?

—Sí —volvió a mentir Lahoz.

—Es una página sobre gente que tiene argumentos policiacos y quiere publicarlos, o convertirlos en novelas o juegos de rol. Se cruzan consejos y toda esa mierda. Dicen que hay editores muy pendientes de lo que dicen todos ellos. Lo sé por los fondos del periódico.

—¿Va a abrirle la puerta a la literatura? Es lo que nos faltaba.

—¿Por qué lo dice?

—Porque si los hechos no dicen nada, la literatura menos.

—¿Acaso los hechos no lo son todo? —terció Nereida Valerio —. Me parece que es lo que enseñan en la primera clase de periodismo.

—Créame: los hechos no demuestran nada.

Sin pensar en por qué había dicho eso, ya que la periodista no tenía por qué presenciar sus procesos mentales, Lahoz estaba seguro de que era así. Algo por encima de los hechos, quizá ajeno a ellos, organizaba la elección de las víctimas y móviles. La mente que había diseñado aquellos crímenes, pues tenían un componente de diseño, y después estaba tratando de dar pistas sobre por qué se habían cometido así, era una mente que trabajaba desde un argumento preconcebido.

—¿Entonces a qué van a agarrarse ustedes, la policía?

—A los hechos, por supuesto, aunque sólo nos lleven a callejones sin salida.

—No lo veo muy convencido de lo que está haciendo.

—Eso déjelo de mi cuenta. Atraparé al asesino.

—Pero los crímenes son hechos, están ahí.

—¿Qué quiere? ¿Que le dé un titular? No puede publicar declaraciones de la policía. La policía, en el curso de una investigación, nunca declara nada.

—Lo sé muy bien. Pero tengo curiosidad. ¿Si no demuestran nada, qué ve usted en los cuerpos que han aparecido?

—Prejuicios. Es lo único que la gente se lleva a la tumba, incluida la gente que lleva a la tumba a otros.

—¿La gente?

—También la incluyo a usted.

—¿Soy sospechosa?

—Claro que es sospechosa. ¿No es la única forma de pertenecer a la noticia? ¿O quiere que la llame cuando atrapemos al culpable, para comunicarle que no era usted?

Se despidió de ella, emplazándola a que siguieran en contacto. Era la mejor forma de no cenar solo algún día. Buscó en internet imágenes de la chica. No era fea en absoluto. Poseía un mentón decidido, pero sutilmente bello y delicado. Poseía, además, lo que más marca la belleza de una mujer en el mundo en que la belleza supuestamente significa algo: una boca grande que sabía expresar, con una simple sonrisa, ese apunte inacabado donde podía alojarse la ironía. No había, de todas formas, muchas fotos de ella. Entre treinta y cinco y cuarenta años. En una salía con un vestido rojo que parecía hecho para pasear en góndola, con el cuello alto y cuadrado que le rodeada los hombros a la altura del nacimiento de la garganta. Imaginó la entrevista que le había hecho a Carlota Aimerich: una intentando que su belleza pasara inadvertida, ya que Carlota no era una mujer muy agraciada, y la otra preguntándose si debía sentirse dirigida por lo que su oponente había ido a conseguir. Lahoz recordó lo que Carlota le dijo: que su hombre nunca encontraba buenas personas en los caminos que recorría. Quizá fuera cierto, pero esos caminos seguían siendo demasiado largos.

Esos caminos atravesaban territorios en los que había cavernas y escondites, como en las costas donde los piratas encendían luces para provocar naufragios.

Hubiera preferido aguardar a que los que estaban vigilando mostrasen sus cartas, pero también era posible que no tuvieran nada que mostrar. Que todas aquellas cartas fueran perdedoras. Entonces era preciso, en efecto, adelantarse. Lo único que podía hacer en aquel momento era hablar con ellos, entrevistarlos. Dejar que le dijesen lo que ocultaban, o simplemente lo que eran. No podía esperar más. Había sobrepasado un punto de no retorno, igual que el asesino. Quizá el punto en que se cruzó con el asesino.

Llamó a Rialto.

—Dígales a Correas y Jiménez que lleven a Noelia Núñez y a Caparrós a la comisaría esta noche. A las diez. Si protestan, que les comuniquen que son testigos de un caso que la policía investiga.

—¿Testigos?

—Dígales lo que le parezca. Que son sospechosos. O culpables.

—¿Le parece bien que les diga que simplemente son víctimas de su ironía?

—Da igual, con tal de que vayan a parar a la comisaría. Asústelos y ya está, aunque sea con eso de mi ironía.

—¿Por separado?

—No. Vamos a celebrar un careo. Llevarán, Portal y usted, auriculares por los que podré trasladarles mis preguntas. Afiladas por la ironía, por supuesto.

—¿No estará usted presente?

—No. Me llaman El Fantasma. No necesito que me vea el resto de la comisaría, sobre todo Collins. Siempre pretende presentarme a algún político. Así que ustedes dos serán el poli bueno y el malo. Pónganse de acuerdo y elijan los papeles. Y no quiero la presencia de un solo abogado.

—Sabe que eso es ilegal.

—No. Acaba de decírmelo, y no voy a darme por enterado. Todo es demasiado urgente e improvisado para salvaguardar la legalidad. Cuando atrapemos al culpable compraremos palomitas y nos reuniremos para ver cómo el juez, con la ley en la mano, lo pone en la calle.

—¿Dónde los llevamos?

—A la sala 2. Le han puesto cámaras y micrófonos nuevos.

—¿Sólo nosotros y ellos dos?

—Así es. Le diré a Asterión que lo grabe todo, para que pueda demostrarse, si nos denuncian, que no hablamos de nada de lo que se puedan sacar conclusiones importantes para la vida.

—Ok.

—Y otra cosa. Necesitamos saber si se conocen. Que se vean, casualmente, en la sala de espera. No deben ir esposados.

—Bien. ¿Qué vamos a plantear en el interrogatorio? ¿Adónde se supone que hay que llegar?

—A todo lo que puedan tener en común, aunque no lo sepan. Quiero saber si alguno de ellos tiene cualidades para ser un asesino.

A las 21:30, Jiménez y Correas abordaron a las dos personas con sobrenombre que estaban vigilando y las condujeron en coche policial a la comisaría del distrito de Fuencarral-El Pardo. Sólo les informaron de que tenían que contestar a varias preguntas sobre algo que, de momento, no podían decirles. Daniel Caparrós formuló una pregunta que a Jiménez le pareció de coña:

—¿No queda muy lejos esa comisaría?

—Si quiere, vamos en metro —le contestó Armando Jiménez, mostrándole al otro subrepticiamente la pistola que llevaba al costado.

Caparrós había formulado el comentario con cierta lógica, porque cuando Jiménez se presentó estaba comiendo con una chica muy linda en un restaurante hindú de los alrededores de la plaza de Lavapiés.

—¿Puede acompañarme? —preguntó Caparrós al policía, refiriéndose a aquella chica tan linda—. Para que vea que todo esto es una terrible confusión.

—No, no puede, porque quizá no haya tal confusión —dijo Jiménez, que solía pasar por un individuo con bastante sorna—. También porque aún no tenemos nada contra ella.

La chica se levantó de un salto, mirando con un irrefrenable temor al agente, que iba de paisano y parecía un ordeñador de vacas. Éste dijo a Caparrós:

—Que pague ella. Así tendrá usted una oportunidad de volver a verla. No quiero estropearle la noche.

—Ya me la ha estropeado.

—Cosas que pasan. Así es la ley.

—Un hombre a la vieja usanza.

—Con creencias atávicas —sentenció Jiménez.

Cuando llegaron a la comisaría todo estaba preparado. Lahoz tenía tres pantallas frente a sí: dos enfocaban, desde ángulos opuestos, la vacía sala de interrogatorios. La tercera abarcaba en su totalidad el pasillo donde ambos sospechosos debían encontrarse. A Noelia Núñez, alias Wendy, Lahoz había tenido la extravagancia de ordenar a Correas que le colgara del cuello una placa de agente de policía. En principio le pareció un buen anzuelo. Histriónico, pero bueno. Si Stanislav la reconocía hubiese tenido mucho que echarle en cara. No obstante, Daniel Caparrós, alias Stanislav, no dejó que esa evidencia lo atrapara. Pasó junto a ella sin mirarla siquiera o, si la miró, no mostró indicios de haberse dado cuenta de que estuviera allí. A la propia Wendy debió de resultarle algo cómico. Se miraba la chapa, al final de su cinta roja, con una sonrisa diminuta en la cara, como si fuera víctima de un experimento de cámara oculta y estuviera esperando a que alguien le dijera que podía reírse de lo que le ocurría. Cuando Correas se la quitó, antes de hacerla pasar a la sala de interrogatorios, ella le dirigió unos ojos que preguntaban qué clase de sospechosa era, si la trataban como a un voluntario que sale de entre el público para subir al escenario. Correas dijo a Lahoz que Wendy no había puesto reparos a la detención. Tampoco ella reconoció, en apariencia, a Caparrós. Cuando ambos fueron introducidos en la sala, y sentados frente a frente, a Lahoz no le pareció que tuvieran nada que compartir, excepto la pregunta de por qué comparecían con aquella otra persona. La sala se cerró y los que iban a ser interrogados se encontraron solos con Portal y Rialto. Rialto, con su chaleco de piel y su gabardina de Dick Tracy, creaba un contraste con el algo más esmirriado Portal, sentado y silencioso en uno de los rincones. Lahoz advirtió pronto que ambos intentaban no dirigir la mirada a las cámaras. Aunque fueran policías experimentados, los desconcertaba la tranquilidad de Wendy. No había mostrado ninguna sorpresa al ser llamada a comisaría, y una vez en comisaría parecía uno de los maniquíes que se introducen para hacer bulto en una rueda de reconocimiento.

—Supongo que no se conocen —comenzó Rialto. Parecía una aseveración—. Quiero decir, que no se han visto nunca, aunque se conozcan...

—No he visto jamás a esta señorita —dijo Caparrós—. Y tampoco la conozco.

—La conoce, aunque nunca la haya visto, si es verdad que nunca la ha visto.

—Le aseguro que nunca la he visto.

—Señor Caparrós, le presento a Wendy, con la que suele compartir impresiones en eso que ustedes llaman *Now.0*.

Rialto señaló ceremoniosamente a la chica que tenía enfrente. Cuando observó la frialdad con que Caparrós reaccionó, supo que aún no se había quita la máscara. También lo supo Lahoz. Caparrós era uno de esos individuos que nunca se la quita. Vive con ella. Noelia Núñez reaccionó de la misma forma. Nunca se habían conocido, nunca habían compartido ni las palabras que colocaban en la plataforma que los ponía en contacto, así que Lahoz se preguntó quién era cada uno de ellos, dónde estaban los lugares a que pertenecían.

—¿Es usted el tipo que se metió en el foro para decirnos que era el hoyo donde iban a enterrarnos?

—Y usted fue el único que contestó —dijo Rialto, al que Lahoz había puesto en antecedentes—. ¿Sabe por qué?

—Ya nos dijo que Vincent está muerto, que lo han asesinado. ¿Qué tenemos que ver con eso? Tampoco lo conocíamos —dijo Caparrós, mirando por primera vez a Noelia Núñez—. ¿Lo conocías tú?

—No —contestó ella, y no añadió nada más.

—¿Y a Crom? ¿Lo conoce? —preguntó Rialto.

—No —repitió Wendy.

—Se llamaba Anselmo Cortés. También está muerto.

—¿Muerto? —preguntó Wendy, con un tono de suspicacia que empezaba a ir más allá del tedio que, al parecer, estaba produciéndole aquel interrogatorio.

—Sí, uno, dos... ¿Hay alguna diferencia? Dos de los que participaban en ese foro están muertos, y una se halla desaparecida.

—¿Pris? —preguntó Wendy.

—Sí, la señorita Marina Paula Ferrer. Déjenme adivinarlo: tampoco la conocen...

—Nunca la he visto, como a ninguno de los demás —aseguró Caparrós—. ¿Quiere decir que...?

—Que si ninguno de ustedes dos es el asesino, forman parte de su lista, sea quien sea el que está cometiendo los crímenes —dijo Rialto—. La cuestión es por qué.

Lahoz empezó a pensar que Rialto se tomaba demasiado en serio su papel. La pasión siempre ha sido un valor añadido, pero el propósito de aquel careo era sondear la posición de cada uno en relación al resto. Fue evidente que apenas existían puntos en contacto, a menos que estuvieran mintiendo. No obstante, Rialto iniciaba un camino que quizá fuera provechoso: el de la desproporción. Encerrar a todos en la misma habitación y mostrarles que lo que les había ocurrido a los dos hombres muertos podía ocurrirles a ellos.

—¿Por qué Wendy, si me permite la curiosidad? —repitió Rialto. Seguramente fuera curiosidad auténtica, pensó Lahoz. Él también la tenía.

—No le comprendo —dijo Noelia Núñez.

—¿Por qué ha elegido ese nombre?

—No sé. Estoy harta de mi forma de llamarme, de mi forma de vida. El sueldo que me dan en la tienda no me llega para cumplir los sueños.

—¿Cree que los sueños se cumplen así, con dinero? —terció Rialto.

—Simplemente busco mi camino de baldosas amarillas.

—Esa es Dorothy —intervino Portal, irguiéndose de su aparente estado de postración en el sillón de la esquina—. Era Dorothy la que iba por el camino de baldosas amarillas, al encuentro del Mago de Oz.

—¿Dorothy? Eso no lo sabía.

—¿Qué edad tiene?

—Veintidós.

Portal sabía muy bien su edad. La había leído en el informe. Esa edad le fascinaba, como todo lo que resulta inalcanzable a quienes están obligados a convivir con ello. Dijo:

—Los aparenta, sin duda, pero no los tiene. Tiene usted cuatro años más. Veintiséis. ¿No le gusta cumplir años? Quiero decir: ¿Le disgusta más que a cualquiera que diga los años que verdaderamente tiene?

—No lo sé.

—Entonces por qué se los quita —dijo Portal—. ¿No es todavía demasiado joven para hacer eso?

—Nunca se es demasiado joven...

—Estoy pensando que quizá todos ustedes, los que viven segundas y terceras vidas en esos foros en los que nunca llegan a conocerse, no quieren crecer, como Peter Pan. ¿Sabe cuál era la novia de Peter Pan?

—Wendy —dijo Noelia Núñez, alias Wendy—. He visto miles de veces la película. La vi durante un año entero, día tras día. Fue el único método que usó mi madre para que me olvidara del tío que la dejó embarazada y seis meses después la abandonó.

—¿Su padre?

—Mi padre.

—¿Sigue viéndola?

—Sí.

—¿Por qué?

—Es un refugio.

—¿De qué se refugia?

Noelia Núñez pensó un momento, en apariencia sorprendida de que le hicieran esa pregunta.

—De todo.

—¿De todo? —exclamó Portal, yendo a colocarse detrás de donde estaba sentado Caparrós—. ¿Quién la persigue para que necesite ese refugio?

—Nadie me persigue.

—¿Quiere decir que sentirse perseguida es una especie de pecado original?

—No le entiendo.

—Igual que nacer daltónico, o con miedo a las alturas: un pecado que usted no ha cometido y, por tanto, un pecado cuyo castigo tiene que sufrir sin merecerlo. ¿Ha ido alguna vez al psicólogo?

—Todo el mundo va al psicólogo.

—Ya veo que depende de la edad —se burló Portal. La señorita Noelia Núñez no lo tuvo en cuenta.

Lahoz susurró por el micrófono: ¿Qué psicólogo? Y Portal miró a la cámara que había sobre la cabeza de la interrogada.

—Lo digo porque el mío no me ha solucionado muchos problemas —dijo—. ¿Cuál es el suyo? Quizá vaya y lo pruebe.

—El doctor Germán Ilari.

—¿Le ha proporcionado algún consuelo? Quiero decir, más que Platón, o que la cocaína...

—No lo sé. Al menos, me escucha.

—¿No tiene amigos que hagan eso?

—¿Amigos?

En efecto, fue extrañeza lo que Lahoz vio en sus ojos. También Portal, que volvió a fijarse en la cámara por la que Lahoz los veía a todos.

—Claro, amigos. Cuando yo tenía su edad nunca iba al psicólogo. Hasta era feliz. ¿Le extraña? Tenía amigos. Íbamos al parque, hablábamos de chicas. Nos gustaban mucho las chicas. Algunos intentábamos ser mejores para merecerlas. ¿Le suena todo lo que le digo?

A Lahoz se le ocurrió que Portal seguía burlándose. Tanto que había dejado a Rialto en un segundo plano. Rialto lo observaba como si el otro tuviera un camino marcado, muy claro ante sí. Guardó silencio porque le gustaba aquella narración, igual que a Lahoz.

—No lo sé —dijo Wendy. Era la chica del no lo sé. Pertenecía a la generación del no lo sé. Creía en el no lo sé, igual que otros creen en Dios, o en que el trabajo aguza los ingenios. Caparrós era otro tipo de persona, pero se había dejado atrapar por aquella estatua esculpida con el cincel de la ignorancia. Era más viejo, y había tenido un contacto más estrecho con las piezas del materialismo. Wendy, evidentemente, no sabía nada, por eso podía formar parte del grupo de personas que no saben que aquel asesino que paseaba en barca los estaba diezmando.

—¿No lo sabe porque nunca lo ha oído, o porque no entiende lo que digo?

—No podría decírselo —ratificó Wendy.

Lahoz recibió el mensaje correspondiente de Asterión: doctor Germán Ilari, calle Príncipe de Vergara, frente al Auditorio Nacional. Especialista en trastornos de conducta y déficit de atención. Psicología infantil. Además de un hermoso comentario: ayuda a todo el que no ha podido hacerse a sí mismo, y ha dejado que sea el mundo quien lo moldee. Seguramente, el doctor Ilari tampoco se ha hecho a sí mismo. No sabría tratar ese tipo de dolencias. Lahoz pensó en lo de psicología infantil. En efecto, Wendy era una niña perdida, intercambiable, dotada de un adorable vacío. El único asesinato que podría declarar sería el de sus sueños. ¿Y Caparrós? Caparrós estaba enamorándose de Wendy, pensó Lahoz, si un depredador como él pudiera enamorarse. No obstante, la contemplaba como si tasara una gema que aún no posee todas sus facetas, a la que quizá pudiera arrancar algunos kilates más. Empezaba a admirar en ella sólo lo que era susceptible de corrupción, pero llegar al punto de cometer un crimen le venía un poco grande. Era un tipo demasiado pragmático para matar a gente de la que no pudiera sacar después algún provecho. Caparrós era un ladrón, no un asesino, y ninguna de las víctimas había sido robada. Así que Caparrós podría convertirse —pobre hombre— sólo en una víctima más, la siguiente. Este pensamiento empezaba a calar en él, en Caparrós, en Stanislav, y sus ojos iban de Wendy a Rialto, y de Rialto a Portal, mientras se preguntaba qué lugar ocupaba él allí, o qué lugar querían que ocupara.

—A Dorothy fue el azar el que la llevó al país de Oz. A Wendy la llevó Peter Pan. Wendy sólo hizo su papel. Como usted ahora. Usted, querida, que no sabe nada —dijo Portal.

—¿Me está acusando? —preguntó Wendy, con aquellos ojos enormes y abiertos.

—No, querida. Sólo intento saber quién eres, puesto que tú no vas a decírmelo.

—¿Por qué?

—Porque no lo sabes.

De pronto Portal se volvió hacia Stanislav y formuló la pregunta que oyó por el pinganillo:

—Y finalmente: ¿Qué busca un analista de mercados en una página donde nadie quiere conocerse? Si no quiere ligar, ¿qué pretende paseando como una grulla, en plena noche, por esos parajes?

—¿Qué parajes?

—Los de *Now.0.*

—¿Puedo irme ya?—contestó Caparrós.

—Satisfaga primero mi curiosidad, por favor.

Caparrós miró a Wendy, que reparaba por primera vez en la cámara que veía sobre la cabeza de Stanislav, y dijo.

—No lo sé.

Entonces Lahoz esbozó una sonrisa casi mimética, porque había visto a Wendy hacer lo mismo.

6. DESGARRONES EN LA NIEBLA

El careo no había supuesto mucho más que lo esperado. Lahoz contaba con ello. Ahora había que proporcionarles protección. Collins le pondría reparos. Proteger gente esquilmaba los recursos de la policía. Es lo que decía siempre, incluso cuando a la gente que no protegía la asesinaban en el césped de sus chalés, o bajo los doseles de las tiendas de marca, o en restaurantes a los que acudía para no parecer perseguida. Wendy y Stanislav estaban amenazados, y seguía sin noticias de Marina Paula Ferrer. El caso se había convertido en un mercado continuo en que el miedo cotizaba. El miedo siempre cotiza al alza, hasta que un cambio insospechado lo coloca sobre la mesa de autopsias. Entre ese principio y el final, la gente muere porque Collins no tiene personal para protegerla, porque los políticos creen que en las calles debe ocurrir lo mismo que en los hospitales. Unos viven y otros mueren. Había cursado una orden para localizar a Marina Paula Ferrer: Madrid y Burgos, y todas las estaciones y localidades comprendidas entre ambas ciudades. De momento nada. Ninguna comisaría había emitido parte alguno. Ni Madrid ni Burgos, ni Aranda de Duero, ni Lerma. Era pronto. Quizá aquella chica no estuviera extraviada, sino voluntariamente ilocalizable. Pero quizá su destino fuese un paseo hacia la muerte, para estirar las piernas. Lahoz sentía curiosidad por la vida de aquellas personas que podían estar en cientos de pantallas a la vez y cuyos cuerpos carecían de ubicación en el espacio y en el tiempo. ¿Dónde y cuándo vivían? ¿Por qué renunciaban a sí mismas? Lo extraño es que no hallaba un punto de partida, ni en el caso ni en el análisis de la mentalidad de las víctimas. Eso dificultaba el acceso a la mentalidad del asesino. Lahoz tenía cuarenta y tres años: ¿en qué momento había empezado a ignorar por qué la gente era asesinada? ¿Dónde se había producido la fractura? Quizá sea mejor que me retire, pensó, a pesar de que le quedaban, al menos, veinte años de trabajo en el cuerpo. Pronto no existirían motivos por los que cometer crímenes. Ocurrirían sin justificaciones. Volver al pecado original, a la tara con que unos nacían, que hacía que otros murieran. Todos víctimas. Vaya mierda de tiempos. Esos eran los pensamientos que le asaltaban en aquel receso eterno donde el tipo que había matado a Salvador Doncel y a Anselmo Cortés parecía todos los personajes de *Extraños en un tren*.

Asterión le envió diez archivos de vídeo, con una exclamación que Lahoz había oído ya alguna vez: «¡Eureka! La he encontrado». «¿Dónde está?». «Eso no lo sé. Sólo puedo decirte qué es...» Y sonaron en el teléfono los diez pitos, uno por cada archivo, encriptados en una carpeta que rezaba Marina Paula Ferrer. Lahoz entró en una cafetería para verlos con tranquilidad. Se puso los auriculares y los abrió uno tras otro. Duraban exactamente tres minutos cada uno, ni un segundo más. En el primero aparecía una chica rubia, en el segundo una morena. En el tercero, la chica era pelirroja, y en otro tenía una melena verde cortada en ángulos. La rubia hablaba de literatura, la morena de los trapos que una compañía de ropa le había enviado, la del pelo verde sobre películas de cine negro. En otro vídeo recitaba poemas que ella misma había compuesto. En otro comentaba un pequeño ensayo de Montaigne. Había otro donde se daba untura en los labios con ocho barras que había dispuesto frene a ella, es decir, entre ella y el espectador, o la espectadora que la había seguido en todos los previos. Los diez vídeos mostraban tal duplicidad entre lo sublime y lo chabacano que Lahoz no estuvo seguro de cuál era la máscara de cuál. En el último de los vídeos, Marina Paula Ferrer se reía de todos los anteriores y declaraba que estaba harta de todo, que ese fin de semana iba a descansar, que iniciaría un viaje para encontrar a alguien muy especial. Y, por supuesto, que daría cuenta de todo a su vuelta. ¿Qué sentido tenía que lo dijera, si no? Que sus seguidores no se preocupasen, que no sintiesen la vacuidad de sus vidas, porque ella lo compartiría todo a cambio de unos *likes*. «Si no hay *likes* no hay ropa», declaraba. Los quería a todos. Del hecho, Lahoz reparó en que era la palabra que más se repetía —y se repetía la mayoría de las palabras— en los vídeos. La palabra todos. Aquella mujer era incapaz de hablar de algo que no rozara el absoluto. Escribía, hablaba, mentía y se confesaba para todos y sobre cualquier cosa. El inventario de complementos era espectacular, y separar de las prendas el cúmulo de etiquetas que amontonaba sobre la mesa en la que se sentaba, para grabar aquellos vídeos, suponía con seguridad más tiempo que el que empleaba para presentarlos ante su público. Todo era improvisado, excepto los preparativos, supuso Lahoz.

—¿Cuántos vídeos de estos ha colocado en la red? —le preguntó a Asterión.

—Cientos. Es capaz de ilustrar a las chicas sobre cualquier cosa. Hay un vídeo que enseña cómo tiene que defenderse una mujer sola, con el bolso lleno de tarjetas de crédito, de un agresor armado hasta los dientes.

—Mira en los archivos si ha sido víctima de algo así.

—¿Víctima? Quizá haya sido la agresora —bromeó Asterión.

Sí, tengo que retirarme cuanto antes, pensó Lahoz. Voy a solicitarlo. Soy incapaz de soportar la amoralidad de la policía, sobre todo la de Collins, aunque Collins iba a decirle, cuando recibiera su solicitud, que siempre había una puerta oculta en cada comisaría que daba a un claustro común a todas, lleno de arriates bien regados con rosas de todas clases, al que podía acudir en busca de aire limpio y asesinatos justificados y con una perspectiva humana. Collins pensaba que, aunque los crímenes de hacía cien años escondían explicaciones obvias, las razones de los actuales eran las mismas. Collins era como un poeta arraigado, uno de esos poetas que creían que un motivo para matar era como un comodín. Si hay motivo todo está claro. Todo es fácil. Sin duda, en aquel caso lo había. Quizá el dinero estuviera detrás. Esa era la cuestión, que ya nada podía hacer un policía con intuición. Todo estaba sometido al azar.

—Hazme una lista de temas. Dime cuáles son los que más aparecen.

—¿Quieres saber algo de la Ferrer, o del público que la sigue?

—Uno me dirá lo que necesito de la otra. Aunque creo que eso ya lo sabes.

—Cierto. Los *big data* sólo descubren sueños que son demasiado elevados para formar parte de un estudio y, por tanto, de una inversión.

Después llamó a Collins.

—Tienes que mantener la vigilancia sobre esos dos chicos. Caparrós y Núñez.

—¿Todavía? ¿No has cogido al asesino?

—Sabes que sí. Enviaré a una patrulla a que lo detenga esta noche. Pan comido.

—¿Quién es?

—El Ministro del Interior.

—El de siempre, ¿no?

—Añade como cómplice a cualquiera de los que te felicitaron en la última semana de septiembre.

—¿El día de la policía?

—En cuanto a la vigilancia, mantén a Correas y a Jiménez. Que no los pierdan de vista.

—¿Es realmente necesario? Ya sabes que los recursos que tenemos...

—Es necesario. Los dos están en la esfera del asesino. La cuestión es por qué. Hay que vigilarlos estrechamente. Y hay que mover la búsqueda de Marina Paula Ferrer.

—No te preocupes por eso. El propio Director de la Policía está detrás de ello. Hay una periodista por ahí que ha puesto a todos los altos cargos con la mosca detrás de la oreja. Pronto aparecerá.

Pris tenía que haber llamado a amigos, si es que tenía amigos reales, pero era posible que esta carencia la compartiera con Wendy. Era hija única, y huérfana. Llenaba su tiempo con las multitudes invisibles que la seguían como la frustración sigue a los deseos, pero hacía día y medio que no se había puesto ante una cámara para mostrar lo guapa que era. O estaba con el novio, y nadie sabía quién era el novio, o estaba en manos del asesino, un tipo que de momento había cometido sus dos crímenes de noche. Ya tendríamos el cuerpo, pensó, a menos que el asesino lo hubiese ocultado en lugares que podían confundirse con platós de cine. En ambos casos había surgido una voluntad infantil de que todo pareciese una película.

Sólo le quedaba volver a ver el vídeo número cuatro. Lo había hecho de corrido, pero era el único vídeo en el que había una televisión encendida tras ella. El mensaje de ese vídeo era algo más profundo: Marina Paula Ferrer, o sea Pris, hablaba de los motivos que la habían llevado a pensar que lo que hacía no tenía sentido. Hablaba del vacío en internet, de la incapacidad de ser sincera, de las máscaras que todos llevaban puestas. Al final decía que había pensado en suicidarse, si el fin no justificara los medios. Y se preguntaba: ¿Realmente el fin los justifica? Es decir: ¿El nivel de vida que tenía justificaba aparecer en internet como alguien que no era? Lo que llamó la atención de Lahoz no fue esa declaración, o esa confesión, sino lo que ocurría en la pantalla a sus espaldas: un tipo hablaba con un martillo en la mano, un tipo con patillas a lo Asimov y la cabeza rasurada como la punta de un taco de billar. Ahí estaba otra vez, aquel emisor de psicofonías que no provienen de ninguna parte. Una especie de mentor de gente que apenas tenía nada que aconsejar. Le dijo a Asterión que se fijara en la pantalla del vídeo cuatro, y Asterión le comunicó que ya lo había hecho, pero no podía escuchar lo que decía el personajillo. Ni siquiera sabía si lo decía hablando o improvisando una letra de rap. «Aún no he dado con él. Ese tío no está en la web normal. Debe de estar más abajo, lo cual es extraño», dijo Asterión. «¿Por qué?». «Porque no tiene pinta de vender nada ilegal. Sólo habla, y no creo que sea de las propiedades de las vitaminas».

Para dar el siguiente paso tenía que utilizar casi el mismo procedimiento de tanteo, igual que había ocurrido con Stanislav y Wendy. El camino no conducía a ninguna parte, al menos de momento. Ahora había que echarle un vistazo al psiquiatra. Sus entrevistas con los psiquiatras no solían arrojar grandes resultados. Un psiquiatra es un tipo que nunca habla a otros de lo que los pacientes le cuentan, porque sus emolumentos se lo impiden. Tomó un taxi que lo dejó en la calle de Príncipe de

Vergara, junto a metro Cruz del Rayo. En la consulta lo recibió una chica con el pelo recogido en un moño muy profesional, sujeto con un lápiz. Le preguntó si tenía cita, y él le dijo que no. ¿Era un paciente? Y él le dijo que no. ¿Era, entonces, su primera consulta? Y Lahoz volvió a responder que no. Enseñó su placa y dijo que era inspector de policía. Ella indicó que el doctor estaba ocupado, que tenía un paciente. ¿Cuánto le queda con ese paciente? Aproximadamente, diez minutos. Esperaré. Anúncieme cuando el paciente se haya marchado. Y se sentó en una recoleta sala de espera con una mesa con patas terminadas en garras de animales, demasiado historiada para que le hubiesen puesto una encimera de metacrilato. Sobre ella había una docena de fascículos de *National Geographic*. Frente a él, una niña de no más de dieciséis años, con el pelo teñido de canas, le recordó los vídeos de Marina Paula Ferrer. Tenía varios tatuajes en uno de los brazos y le miraba como si estuviese a punto de sentirse acosada.

—¿Me das un cigarro? —dijo a Lahoz.

—No.

—¿Por qué no?

—Los quiero todos para mí.

—El doctor me da.

—¿Y tus padres lo saben?

—Forma parte de la terapia.

—¿Qué terapia? ¿Te da problemas respirar demasiado bien?

—La terapia para los trastornos de ansiedad, depresión, hiperactividad y déficit de atención, trastornos de la conducta, hipersensibilidad. Además, soy polímata.

—¿Qué es eso?

—Altas capacidades intelectuales.

—¿Qué eres, una mezcla de Einstein y Mister Bean? De todas formas, sigo queriendo los cigarros sólo para mí.

—¿Estás enfermo?

—¿Por qué lo dices?

—Estás aquí, ¿no?

—Soy policía. He venido a llevarme a la cárcel a tu médico por darles cigarrillos a menores que no saben ni dónde tienen la mano derecha.

—Yo lo sé.

—¿Entonces por qué estás aquí?

—Es cosa de mis padres.

—Detendré también a tus padres. Son ellos los que tendrían que venir a esta consulta.

—Ya se lo he dicho yo.

—Estarán los tres en la cárcel, tus padres y el jodido psiquiatra. ¿Qué te parece?

—Tendrá que detener también a sus parejas. Mis padres están separados.

—¿No te caen bien las parejas de tus padres?

—Como una patada en la barriga. Están más locos que ellos.

—¿Quién de los dos paga al psiquiatra?

—Los dos. Se llevan muy bien. Aunque discuten por muchas cosas.

—¿Por ejemplo?

—Por ejemplo, quién va a tener el próximo hijo. No se han divorciado todavía, y nadie quiere mantener al hijo del otro.

La recepcionista del moño profesional apareció con un cartelito en el pecho donde ponía Vanesa. Lahoz no lo había apreciado con anterioridad. Le dijo que el doctor le había buscado un hueco. Que, por favor, fuera breve. Lahoz la siguió al interior de la consulta. El psiquiatra estaba echándose un vasito de agua de un dispensador vertical que tenía una garrafa vuelta hacia abajo.

—¿En qué puedo servirle? —preguntó.

—Quiero que me libre de unas cuantas neurosis.

—¿Viene como paciente?

—Vengo como el elemento que siempre se echa de menos en la consulta de los loqueros.

—¿Y cuál es?

—La verdad. Necesito información sobre un par de pacientes suyos, quizá de más.

—Sabe que eso es secreto profesional. Va contra la ley de protección de datos.

—Ya, pero si no me da esa información usted estará obstruyendo una investigación policial y, por tanto, a la justicia. Saldrá de aquí en un furgón que lo dejará en la puerta de Alcalá Meco, sólo por un periodo preventivo, máximo tres días, hasta que el juez le ponga las manos encima, lo siente en un sillón y vaya sumando meses de cárcel a las preguntas que no conteste. En estos casos los policías solemos cruzar apuestas.

—¿Ha traído sus nombres?

—Aquí los tiene —dijo Lahoz, tendiéndole una lista con los cinco que participaban en *Now.0*

El psiquiatra les echó un vistazo rápido y dijo:

—Son pacientes míos.

—¿Cuáles?

—Todos.

—¿Todos? ¿También Daniel Caparrós?

—Sobre todo, Caparrós. Creo que es el que más tiempo lleva tratándose aquí.

A Lahoz le extrañó que no lo hubiera mencionado cuando Noelia Núñez dijo qué doctor la trataba. Tendría que revisar los gestos de Caparrós, en la grabación, cuando Wendy se refirió a ello. En cualquier caso, no tenía por qué decirlo. Si Caparrós era un enfermo, quizá fuera un enfermo tímido, de paisano, quizá con una enfermedad sólo atribuida.

—¿Existe la posibilidad de que se hayan visto en esta consulta? —preguntó al médico.

—Déjeme que lo mire, aunque no puedo contestarle con seguridad a eso.

El médico consultó sus archivos en el ordenador, mientras Lahoz miraba los diplomas de la pared. Harvard, Buenos Aires, Stanford... Lahoz tenía algunos prejuicios contra los psicólogos, sobre todo tenía la certeza de que casi todos trataban a locos que eran, además, ricos. Aquel tipo tenía muchas especialidades en psicología y psiquiatría. Lahoz le dijo:

—Tengo entendido que trata usted a niños.

—No —matizó Ilari—. Trato enfermedades infantiles, pero no a niños.

—¿Quiere decir que los que vienen a su consulta ya no se cagan en la cama?

—Usted lo ha dicho. La enfermedad es el único espacio en que podemos negarnos a ser mayores, a madurar. Y le aseguro que hay mucha gente que no quiere que el tiempo pase.

—¿Qué me dice de esos cinco sujetos?

—Déjeme ver. En los últimos seis meses creo que ninguno de los cinco ha venido en horas consecutivas a la consulta. Supongo que se refiere a eso. Con una excepción.

—¿Cuál?

—El señor Cortés podría haber coincidido con la señorita Ferrer en las cuatro últimas citas. Cambié su consulta de día, porque él me lo pidió. Desde entonces tienen consultas en horas sucesivas. Es posible que hayan coincidido en la sala de espera, o se hayan cruzado, no sé.

—¿El resto no?

—No, todos acudieron en días diferentes. Incluso las citas anteriores de Cortés y Ferrer fueron en días distintos. Sólo en las sesiones del último mes.

A Lahoz no le sorprendió. ¿Sabría ella que estaba muerto? ¿La gente como Marina Paula Ferrer lee los periódicos? ¿Conoce a alguno de aquellos con los que intercambia mensajes? Los crímenes no habían aparecido en la televisión, aunque era posible que esos seres insomnes e intuitivos, buscando algún meme, los hubieran colgado en la red. Le encomendaría a Asterión que lo averiguase.

—¿De qué trata usted a Cortés?

—Supongo que trato sus contradicciones.

—¿Qué son? ¿Enfermedades?

—Síntomas.

—Cuéntemelo todo. Está muerto.

Por los ojos del doctor Ilari cruzó un rayo de perplejidad, pese a que seguramente estaría habituado a que todo lo normal iniciara el camino hacia lo desconcertante. Los psiquiatras son así.

—Era joven. ¿Suicidio?

—¿Cree usted que era un hombre capaz de suicidarse?

—No —dijo el doctor.

—¿Por qué no? ¿No podría suicidarse cualquiera de los que vienen a sus consultas?

—Ninguno de los cinco que me ha mostrado haría eso.

—¿Es una opinión facultativa?

—Hace tiempo que he traspasado con los cinco esa línea. Los considero más bien amigos. Gente a la que conozco muy bien.

—Esperaba que dijera eso. ¿Qué les ocurre entonces?

—No les ocurre nada a ninguno de ellos, por decirlo de alguna manera. Les ocurre a todos lo mismo —dijo Ilari—. Claro que eso podría decirlo del noventa por ciento de mis pacientes.

—Me gustan los matices, pero me alegro de que podamos simplificar de esa manera.

—Se llama nomofobia —explicó el psiquiatra—. Al menos, ese es el nombre que le han puesto los foros de psicología. Miedo a no estar conectado. Está en todas las guías turísticas de la enfermedad mental.

—Ya. La enfermedad de los imbéciles.

—En realidad, no se sabe si es una forma de disfrazar el miedo a la soledad, o un intento de definir el miedo a otra soledad diferente, puesto que los que padecen nomofobia ya están solos. Necesitan tender puentes entre ellos, conscientes de lo insoportable que resulta el aislamiento, tan insoportable como acercarse a los demás de una manera más directa. Por ejemplo, cuando se habla cara a cara, o a través de una relación normal. Es difícil, estudiando la sintomatología, penetrar en el origen de esa anomalía, porque también los que estamos fuera participamos de ella. ¿Sabe quién mató a Anselmo Cortés?

—¿Cómo deduce que es un asesinato?

—Anselmo Cortés tenía buena salud.

—¿Diría usted que lo asesinó alguno de los otros cuatro?

El psiquiatra miró al techo. En el techo había una lamparita diminuta, muy funcional, que parecía haber sido desatornillada del camarote de un transatlántico esa misma mañana. Lahoz observó que enfocaba, clara pero difusamente, el título de ampliación de estudios que la Universidad de Harvard concedió hacía algunos años al doctor Germán Ilari.

—Diría que no —respondió Ilari.

—¿Y si le digo que Salvador Doncel también está muerto?

Ilari puso sus ojos en el documento de Harvard, enmarcado en madera noble, muy noble, el tipo de madera que enmarca las cosas importantes a las que apenas se les da importancia, y pintada con buen barniz.

—Doncel era el más frágil de todos —concluyó.

—También el más accesible.

—Sin embargo, Cortés no lo era.

—¿Frágil o accesible?

—Sólo puedo hablar de la fragilidad, que no deja de ser supuesta. Cortés dejó el trabajo para dedicarse a salir de donde estaba. Odiaba la esclavitud.

—Creo que la esclavitud es otra cosa.

—Quizá porque a usted le gusta lo que hace.

—No me gusta en absoluto. ¿Y a usted?

—Mi trabajo tiene un gran inconveniente: no puedo permanecer ajeno a lo que me cuentan. Podría fingir que soy un simple oidor, un frontón, pero me resulta imposible.

—Hábleme de Marina Paula Ferrer.

—Marina Paula está obsesionada con la fama. ¿Ha visto sus videos?

—Algunos.

—Cómo me relaciono con mis fans, como administro la fama, qué me pongo hora tras hora y día tras día, por qué no renuncio a ser lo que los demás quieren de mí... Qué ventajas tiene ser sólo eso, una imagen. Por qué los demás me necesitan. Qué hacer cuando un *fan* dice que no le gusto. No sabría decirle por qué en ninguna de estas cinco personas hay un pensamiento propio. Volvemos a la colmena, y no me pregunte por qué. Yo no tengo explicaciones, sólo les pongo frente a caminos que los lleven a la felicidad, cuando es posible encontrarlos.

—¿Podría prestarme los informes médicos de todos ellos?

—Son mis pacientes. Imagine que se enteran. Me demandarían, con todo derecho. Sólo puedo darles los informes de los que han muerto. Le doy acceso a los demás, pero cónsultelos aquí, en mi presencia.

—Déme los de los fallecidos.

El médico se levantó y fue al archivador que tenía a su espalda. Era un tipo de unos cuarenta y cinco años, con gafas sin montura y unos cristales amplios que lo reflejaban todo. Puso los informes, en carpetas, encima de la mesa. El orden era categórico, como el de un matadero. Nombre, historial, y una curiosa hoja azul en la que aparecía la fotografía del paciente, hecha en la propia consulta. El clásico diván caoba que tenía Lahoz a la derecha se mostraba en varias de aquellas fotografías que encabezaban las carpetas. Marina Paula Ferrer aparecía sentada en él, con una lámpara de pie a su lado, tan funcional como la del techo. Esa lámpara había desaparecido.

Ilari apartó los dos informes y se los tendió. Lahoz vio las fechas de admisión. Las dos se remontaban a tres años atrás.

—Viejos pacientes, por lo que veo.

—Sí.

—¿No ha conseguido curarlos?

—Tiene ahí todos los procedimientos. Espero que no se aburra. Fueron pacientes con demasiadas inseguridades.

—¿Los muertos?

—Los muertos. Los vivos también las tienen, idénticas.

—¿Le recetó a Cortés Aderall y Lexapró?

—Lo segundo sí, estaba bastante decaído. Se le había metido en la cabeza que no superaría una supuesta depresión. El Lexapró es inofensivo, pero no se me hubiera ocurrido recetarle Aderall. Es contraproducente. Lo tomaría para no dormir. Se pasaba horas en el ordenador. Mentalmente no existía fuera del tiempo en que todo el mundo duerme, sólo paseaba sin mucha conciencia de lo que hacía. Sufría insomnio. Era hiperactivo cuando llegó a esta consulta, pero en los últimos tiempos buscaba una salida a largos periodos de marasmo.

—¿Y Doncel?

—Doncel nunca creció. Tenía serias dificultades para iniciar un camino en la vida. Ambos necesitaban ayuda. Doncel apenas salía de casa. Sus padres no se lo permitían, y él jamás se opuso a sus padres, en parte porque no sabía cómo hacerlo. No estudió en la universidad. No inició ninguna relación amorosa. No me refiero a una relación seria, me refiero a ninguna absolutamente. Sus padres temían que los abandonara si aparecía una mujer. Su madre, especialmente, se hubiera sentido huérfana si su hijo la abandona.

Ilari apartó cuidadosamente las carpetas de Pris, Stanislav y Wendy y las colocó encima del montón que había traído del archivador. A Lahoz le pareció curioso que un psiquiatra encabezara sus dossieres con fotografías. Supuso que las fotos lo llevarían al paciente con más rapidez, pero no dejaba de dar también facilidades a quien viniera a mirarlos. He leído demasiada novela negra, pensó, aunque apenas había leído poco más que a los clásicos. Entonces reparó en que la última de las carpetas que descansaban en la mesa, cuya fotografía se mostraba sólo un par de centímetros. No tenía la textura de las demás fotos. Lo que aparecía visible parecía tomado con un objetivo mojado en vaselina. Además era la foto de un objeto, no de una persona.

—¿Me permite? —dijo Lahoz, tirando de la carpeta.

En la foto apareció un tipo con patillas a lo Asimov, las únicas que no habían sido rapadas en aquella cabeza puesta de perfil. Incluso había posado para hacérsela, besando un martillo, que era el objeto romo que primero había visto Lahoz. La carpeta contenía un prometedor historial de treinta páginas al menos.

—¿Quién es este tipo? —le preguntó a Ilari.

—¿También es necesario para su investigación?

—No he dicho que estuviera investigando nada.

—No puede ignorar las evidencias, a menos que me tome por tonto.

—¿Quién es?

—No sé su nombre.

Lahoz abrió la carpeta. En efecto, en el espacio destinado al nombre y los apellidos sólo aparecía una anotación: Galactus.

—¿Galactus?

—Era un enemigo de *Los 4 fantásticos*. Pertenece al universo Marvel.

—Eso lo sé. ¿Es también paciente suyo?

—Desde hace un año.

—¿Ha empezado a tratarlo sin saber su nombre?

—No es imprescindible —contestó el psiquiatra.

—¿Por qué no se lo ha dado?

—Ha preferido no hacerlo, lo siento. Creo que ni él mismo lo sabe. Sólo Galactus, que es como se llama en la red. Tampoco sé si es un nombre elegido por él o simplemente se lo han puesto y lo ha aceptado.

—¿Y la dirección?

—Tampoco la tengo. No sé dónde vive.
—¿Y él lo sabe?
—Tendría que preguntárselo. Por referencias que alguna vez me ha dado, no vive en un sitio fijo. Cambia continuamente de domicilio. Lo único que necesita es una wifi, un ordenador y una cámara.
—El signo de los tiempos.
—Así es.
—¿Cuándo tiene programada la siguiente consulta?
—No hay ninguna programada. Él me llama y la concierta.
—¿También nomofobia?
—Este caso es más complejo, me temo.
—Tengo toda la tarde.
—Le recuerdo que mis pacientes esperan.
—Entonces tengo que llevarme el dossier, por requerimiento policial.
—Lo que usted diga.
—¿Le hizo usted la foto? ¿Trajo el martillo a consulta?
—No me permitió hacérsela. La trajo él. Digamos que es su atributo de semidiós.

Lahoz tomó los tres informes. El de Galactus era el más voluminoso. Entonces sonó el teléfono. Cuando oyó la voz de Rialto, Lahoz supo de qué se trataba. Se levantó y le dijo a Ilari que volvería a verle pronto. Tomó los tres informes y miró la foto del primero. El rostro dulce y algo pícaro de Marina Paula Ferrer. Una dulzura conseguida a base de maquillaje, sin duda, pero ella sabía aplicárselo. Una dulzura dispuesta para que te amaran tus seguidores. Rialto le informó de que habían encontrado su cadáver.

7. NOCHE DE TORMENTA

Cuando llegó por la mañana a su apartamento, y se metió en la cama, recordó el año posterior a que lo nombraran inspector. Parecía que todos los mandos querían burlarse de él, asignarle casos de robo que no eran urgentes, pero que una fórmula protocolaria, aplicada a los novatos, los presentaba así. Había prisas y la obligación de que todo se creyera inaplazable. Hasta que llegó su primer caso de asesinato, extrañamente semejante al de Marina Paula Ferrer. También un cadáver en un maletero, que parecía haber penetrado allí como por su propio pie, a la vista de todo el mundo.

Tras recibir la llamada de Rialto, que se hallaba con Asterión cuando la seguridad privada de la estación de Chamartín encontró el cadáver, tomó un taxi y se dirigió hasta allá. La estación no estaba muy lejos de la comisaría y, justo en mitad de la línea recta entre ambas, el Ayuntamiento había interpuesto la pequeña arboleda del parque de Ana Tutor. Fue Rialto quien le enumeró los pormenores del hallazgo, mientras se dirigían a la zona que había acordonado la policía. Sólo algunos viajeros habían apreciado el despliegue policial. Los empleados de la empresa afectada, de coches alquilados, esperaban y murmuraban entre ellos como si ninguno hubiera sido consciente de existir en el momento en que todo ocurrió.

—Un operario la encontró al cambiar de sitio la furgoneta, una Iveco Daily. Hacía siete días que no se movía, pero iban a prepararla para un cliente que la recoge mañana. Abrió el portón, sólo para comprobar, y vio el cuerpo. Entonces llamó a la vigilancia privada de la estación, y ellos nos llamaron a nosotros.

Atravesaban el aparcamiento cuando estalló una tormenta que había estado barruntándose toda la tarde. Lahoz pensó que las tormentas lo dificultan todo, como ir a la biblioteca con las gafas equivocadas.

—¿Han tocado el cadáver?

—No, ni el empleado que la encontró ni los forenses, todavía.

Los forenses habían instalado dos focos bastante potentes, y esperaban en la furgoneta policial. Lahoz se asomó y vio a una mujer de veintitantos años, con la ropa ensangrentada, una minifalda rosa parcialmente tapada por un jersey largo de lana blanca y unos zapatos con un tacón enorme. Tenía los ojos abiertos. Abiertos y color turquesa.

—Esto es nuevo —dijo.

—¿A qué se refiere?

—La sangre. El modo de matar...

—En la víctima del parque de Ana Tutor también había sangre.

—Cierto, pero aquella sangre parecía una simple consecuencia. Aquí se han explayado.

—¿Cree que el asesino ha cambiado de planteamiento?

—No sé qué es un planteamiento cuando se mata, pero algo no cuadra. Es posible que hayan sido las circunstancias. En una zona de alquiler de vehículos dudo que haya espacio para planificar, como hizo en el parque de Ana Tutor.

—El aparcamiento parece bastante tranquilo —dijo Rialto—. Es la zona de vehículos comerciales. Las furgonetas no se mueven tanto como los turismos.

—¿A qué hora salía su tren?

—A las 20 horas del día 5 de noviembre. Anteayer.

—Si no tomó el tren, es que lleva dos días muerta. ¿Tenemos el arma del crimen?

—El asesino la arrojó al fondo del camión. Los forenses la han encontrado. Un cuchillo de cocina.

—Un cuchillo de cocina... La mejor forma de volver a perderse en la multitud.

—Quizá tenga huellas, aunque lo dudo.

—No pudo matarla fuera de aquí —dijo Lahoz—. La atrajo hasta este aparcamiento, fuera de él la agresión la hubiera presenciado mucha gente. Es el lugar más público de Madrid. Hay que buscar aquí. Ocurrió entre las siete y las ocho de anteayer. La mató en algún lugar del aparcamiento, y la arrastró hasta meterla en la furgoneta.

—A menos que la trasladaran en coche desde más lejos —dijo Rialto.

—Es otra posibilidad, pero remota. Quizá la víctima no conocía al asesino, pero el asesino sabía que tomaría ese tren.

—¿Cómo?

—Mire a su alrededor —meditó Lahoz, sabiendo que no era más que una intuición—: Dejamos restos de lo que vamos a hacer por todas partes. Muchos criminales no tienen ningún vínculo personal con los que matan. Los tres asesinatos están relacionados, pero sólo podemos apoyarnos en la débil coincidencia de que, curiosamente, todos visitaban una página que los relaciona. No hay más. Y ya van tres.

En ese instante llegó Portal, acompañado de uno de los guardas de la seguridad privada, que portaba un paraguas.

—Estos no han visto nada —dijo.

—¿Nadie la vio? —preguntó Lahoz a aquel hombre con la chapa en el pecho y la porra colgando del cinturón, mientras abría un poco más la puerta de la furgoneta—. Fíjese bien. ¿No cree que es difícil no ver a alguien así?

No obstante, el hombre miró el cadáver, con aquellos ojos abiertos, y después puso sus ojos en las ocho o diez personas que empezaban a agolparse más allá de los coches del aparcamiento.

—Mi compañero y yo no estábamos en ese turno.

—¿Qué turno?

—Anteayer por la tarde.

—Llame a su jefe y que vengan los que estuvieron a esa hora. Pero antes dígame: ¿Cuáles son habitualmente sus zonas de patrulla?

—Fuera de este perímetro. No vigilamos los coches, sólo las entradas. Además, nos contratan varias compañías. Hay que cubrirlas a todas.

—Eso responde a muchas preguntas —dijo Portal.

—Quien la haya matado no ha podido cargar con ella sin delatarse, por el bulto y por la sangre. Iré a mirar las cámaras —dijo Rialto—. Seguramente alguna haya captado algo.

—¿No hay sangre por ninguna parte, en el suelo? —preguntó Portal.

—Anteayer llovió, más o menos a esta hora. Es posible que el crimen se cometiera bajo la lluvia —dijo Lahoz.

—Quizá el asesino es meteorólogo —dijo Portal—. No lo sabremos hasta que se lo preguntemos a él.

Dos noches antes un intenso diluvio tensaba los amarres de la estación de Chamartín. Lahoz lo había pasado en casa, después de la conversación en que Rialto le había preguntado por la verdad de sus dos o tres tropiezos en la policía. Rialto había usado la palabra, creía recordar, desapariciones. Aquella niña, Marina Paula Ferrer, había muerto sin ninguna razón. Aquellos ojos abiertos se habían puesto a salvo del dolor sentido mientras la apuñalaban. Un apego inevitable al mundo, pensó Lahoz. Y de nuevo le vino a la mente la conversación con Nereida Valerio. Los hechos no demuestran nada. Quienquiera que fuera seguía matando, rodeado de impunidad. Sabía que las cámaras que Rialto había ido a mirar no contendrían nada. Llamó a los forenses, que únicamente habían envasado el cuchillo, y les preguntó lo mismo que a los del estanque de El Retiro:

—¿Cuánto hace que murió?

Los forenses auscultaron lo único que lo decía todo, los ojos abiertos como amplios ventanales hacia un futuro que ya no viviría.

—Cuarenta y ocho horas.

—Bien, veamos qué tiene en la mochila.

—¿Qué esperas encontrar? ¿El teléfono de Cortés? —preguntó Portal.

— He dejado ya de deducir. Más bien, espero —contestó Lahoz—. Quizá sea el teléfono del último cadáver.

—No es el último —puntualizó Portal.

—Lo sé. Quien lo matara llevó el teléfono de Doncel al estanque donde estaba Cortés. El teléfono de Cortés aún no ha aparecido, pero murió primero. ¿Por qué no ocurrió al revés? ¿Por qué no encontramos el teléfono de Cortés en el cadáver de Doncel?

—No lo sé. Quizá el asesino empezó a pensar entonces.

—¿Pensar?

—Planearlo todo. No sería extraño. Simplemente, quizá decidiera seguir matando en ese momento. Entonces corrigió: llevó el teléfono del segundo muerto y se lo metió en el bolsillo al primero. El de Cortés debería aparecer en esa mochila.

Portal se puso guantes de látex y tomó la mochila. No había muchas cosas: cremas, lápiz de ojos, una pequeña cámara de vídeo, dos tabletas de pastillas que a Lahoz le recordaron las que había hallado en la barca, y un teléfono. No pudieron ponerlo en funcionamiento, tenía la batería agotada, además Lahoz supuso que tendría una clave. Lo metieron en una caja y lo colocaron en el furgón policial.

—Falta una maleta —dijo Portal—. La vuelta estaba programada para mañana. No creo que una chica que se dedica a las relaciones públicas vaya sin su maleta a ninguna parte.

—Quizá no la encontremos —ironizó Lahoz.

En el camión no estaba. Llegaron un par de agentes enviados por Collins y la buscaron debajo de los vehículos. Nada. Miraron en los lugares donde alguien que improvisa un crimen podría abandonar lo que le sobra: maleteros abiertos, algunos contenedores para complementos que había junto a la puerta de admisión de clientes, los bajos de una escalera antiincendios que subía al primer piso. Nada.

—Se la ha llevado —dijo Portal.

—¿Por qué?

—Quizá contuviera algo que buscara.

—¿Un robo? A estas alturas no tiene sentido —dijo Lahoz—. ¿Una prueba que no quería dejar atrás?

—Sólo hay una forma de saberlo.

—Encontrándola, pero no me cuente el final.

Portal sabía reír sin que lo pareciera. Dieron permiso a los forenses y se quedaron junto a ellos. Ni la cazadora de felpa, ni el jersey blanco tenían bolsillos, ni la minifalda rosa, ahora llena de sangre. Sólo el contenido de la pequeña mochila y de la maleta, si existía. Lahoz mandó a uno de los policías motorizados a la comisaría, con la caja que contenía el teléfono, remitido a Asterión. Después lo llamó y le dijo:

—Ponte con ello inmediatamente. Telefonéame con los resultados en cuanto los tengas.

—Empiezan a darme miedo esos teléfonos que me envías.

—Espero tu llamada.

Los forenses extendieron el cadáver y, antes de meterlo en la bolsa de nylon, sin desnudarlo, lo inspeccionaron rutinariamente.

—¿Qué tenemos? —les preguntó Lahoz.

—Creo que, por las manchas de sangre, cinco puñaladas —dijo uno de ellos—. Tres de ellas en el vientre, o un poco más abajo, casi a la altura de la ingle. Otra en el pecho. Seguramente murió a causa de ésta, directa al corazón. Mañana Suárez le pasará el informe.

—¿Se defendió?

—No tiene nada en las uñas. Debió de ser un ataque inesperado, o conocía al agresor.

—Y si no fuera así, ¿cómo la atrajo hasta este aparcamiento?

Cuando Lahoz miró por última vez el rostro de Marina Paula Ferrer, antes de que cerraran la cremallera, vio que uno de los forenses le había bajado los párpados. Supuso que se hacía de oficio, pero no lo preguntó. Hicieron pasar a la ambulancia y cargaron en ella el cadáver. Lo único que indicaba que se trataba del cuerpo de una mujer eran las dos agujas de los tacones en el extremo de la bolsa.

—Zapatos para tropezar —dijo Portal. Era una forma de expresar cierto desencanto. Después dijo que si había que olvidar, prefería irse a casa.

—Le acompaño —dijo Lahoz—. Pero antes vamos a dar un último vistazo.

Pidió una linterna a los guardias de la seguridad privada y miró entre la fila de coches que había más allá de las furgonetas. No todos estaban recién lavados. Eran los que no habían sido alquilados en los últimos tres o cuatro días, supuso Lahoz. Conservaban en las lunas de cristal el polvo del ambiente posterior a la lluvia de dos días antes. Los parabrisas no se habían puesto en marcha.

—Aquí la mató —dijo Lahoz. Portal se acercó al lugar, entre uno de los coches y la pared, donde Lahoz se había agachado.

—¿Por qué lo sabe?

Lahoz levantó del suelo un objeto circular y lo mostró a la luz de la linterna.

—¿Un anillo?

—Una alianza.

—Marina Paula Ferrer no estaba casada, según los informes.

—No, pero este anillo es demasiado convencional para que lo usara como un adorno. Lo llevaba porque suponía una especie de compromiso.

—¿Seguro que es suyo?

—Aquí hay manchas de sangre, debajo del coche, donde la lluvia no ha llegado. Es sumamente extraño.

—¿Qué?

—Ningún anillo tiene por qué caerse solo, ni forcejeando, teniendo en cuenta que no se defendió. Se lo arrancaron del dedo, después de matarla. Seguidamente, arrastraron el cuerpo hasta un camión que tenía el portón abierto. Era el más cercano.

Metió el anillo en el sobre que Portal le tendió y, tras ver que las manchas de sangre en el suelo no excedían ese entorno, ambos salieron al vestíbulo principal de la estación. Eran las doce y media, pero el tráfico ferroviario parecía como el de los suicidios en Madrid, un flujo continuo y en apariencia improvisado.

—Tercera víctima —dijo Portal cuando entraron en una cafetería de la estación y se pidieron un café—. Es posible que el teléfono de Cortés nos diga algo.

—¿Por qué cree que el que llevaba encima es el de Cortés?

—¿No es el único que nos falta? No suelo basar nada en una esperanza, pero en este caso parece fundada.

—Puede ser el suyo, el de Marina Paula Ferrer.

—¿Se ha fijado en qué tipo de móvil llevaba?

—No mucho —dijo Lahoz.

—Alguien como la señorita Ferrer, con su falda rosa a la última moda y su mochila comprada en Fuencarral no lleva un móvil negro que tiene, al menos, dos años de uso. Si fuera suyo rompería con la lógica del tipo que perseguimos.

—Ya hay elementos que han roto con esa lógica: las puñaladas —apuntó Lahoz—. Hasta ahora habían sido golpes certeros y secos en la cabeza. Cinco puñaladas me parecen un cambio demasiado radical. Cinco puñaladas están más cerca de una explosión pasional que de un procedimiento. Bien, esto nos acerca las cosas...

—Quizá el sospechoso ha dado ese paso. Yo lo daría, si me cruzara con alguien como la señorita Ferrer.

—No le entiendo.

—Quiero decir, alguien que podría levantar pasiones.

—Sin embargo, da la impresión de que todo ocurre en un lugar en el que nadie siente nada por nadie —dijo Lahoz—. La cuestión es por qué matar a una chica de ese modo. Las otras dos muertes han sido diferentes. Frías, me refiero.

—No atribuya sus prejuicios a los demás.

—Tiene razón.

—Porque parece que lo dice desde una trastienda llena de pistas que sólo usted conoce.

—En absoluto, pero tengo un mal presentimiento sobre todo esto.

—¿Cuál?

—Es sólo una frase de una película.

Sin embargo, lo tenía. La impresión equivocada de que quizá todo fuera más fácil, que era necesario volver atrás y verlo desde una perspectiva que sirviera de llave, porque era evidente que fallaba la perspectiva.

—Váyase a casa. Mañana sabremos de quién es ese teléfono —dijo Portal.

—Esperaré a que Asterión me llame.

—Olvidé que usted nunca va por la comisaría.

—Casi nunca. Los crímenes que se cometen en las comisarías no me interesan. Se sabe el motivo y, por regla general, el asesino es el mayordomo.

Era la una de la madrugada. Cuando cerraron la cafetería, Portal se marchó en un taxi y Lahoz salió y buscó otro en las inmediaciones. No le gustaban las estaciones, sobre todo a horas tan extrañas para tomar un tren. Los trenes seguían saliendo, pero cargados de viajeros que parecerían refugiados si no fuera porque todos iban solos. Era la hora de los solitarios. Viajes de negocios y de mujeres jóvenes a las que mataban antes de llegar a Burgos. Correteó fuera de la estación, pero sólo encontró un *After hours*, en la calle Agustín de Foxá. Hacía años que no escuchaba tecno y house. Le parecía que aquella música era para caballos que van al psicólogo. Se acomodó en la barra y puso el teléfono móvil junto al café solo con anís que le sirvieron. La última vez que bebió café con anís tenía ocho años. Su abuelo lo llevaba muy temprano al mercado de abastos para que viera a los jornaleros reunirse allí antes de montar en los remolques para salir a vendimiar, y le invitaba a tomar aquel filtro que se suponía que era beneficioso para mantener la vigilia.

Recibió la llamada de Asterión justo a la una y media. Tenía cierto tono anfetamínico en la voz.

—Supongo que el teléfono no es de Cortés —le dijo Lahoz.

—No. Si fuera de Cortés hace una hora que yo estaría en la cama. Es de una tal Carlota Aimerich.

—Solicita una orden en el Juzgado de Guardia, aunque no creo que haga falta. Alega flagrante delito, y envía un cerrajero al Paseo de la Reina Cristina, 24. Que me espere en la puerta. Llegaré en media hora.

—¿Sabes qué hora es? Tendré que sacar al juez del *yacuzzi.*

—Hazlo. Es muy urgente.

Lahoz tomó un taxi que lo dejó, justo en media hora, frente al número 24 del Paseo de la Reina Cristina. Un policía lo esperaba frente al portón de entrada, con una pequeña bolsa de herramientas.

—Me han enviado de la comisaría de Arganzuela —dijo a Lahoz.

—¿Estaba de guardia?

—Sí, hasta las dos —dijo el policía, señalando el reloj.

—Déjeme que, primero, llame al portero.

Pulsó varias veces el timbre, hasta que el hombre con el que había hablado la vez anterior contestó.

—La policía. Abra, por favor.

—¿Usted, otra vez?

—Salga, rápido.

En dos minutos el hombre llegó a la entrada, vestido con un albornoz de espantapájaros, y Lahoz volvió a enseñarle la placa. Entonces abrió y se apartó.

—¿Qué ocurre?

—Váyase a la cama.

Subieron hasta el ático. La puerta de Anselmo Cortés y Carlota Aimerich estaba cerrada. Tenía dos cerraduras, una de seguridad y otra supletoria, más arriba. La puerta de servicio también estaba cerrada. Lahoz pulsó el timbre repetidamente y esperó. Nadie contestó, ni se oyó dentro ningún ruido.

—¿Cuál de las dos puertas le parece más fácil?

—La de servicio.

—Ábrala.

El policía sacó las herramientas: un pequeño taladro portátil, que metió en la cerradura y lo puso en marcha hasta que la atravesó por entero. Después aplicó un cincel de punta redonda y golpeó el bombín con un martillo. La puerta se abrió y entraron en lo que parecía la cocina. El suelo ya lo conocía, era una tarima bastante vieja, sin acuchillar.

—No se vaya. Quiero que testifique —le dijo al agente.

—De acuerdo.

Había alguna luz encendida. Lahoz se dirigió hacia ella. Recordaba la distribución del piso: el salón, frente al ventanal de la terraza, las habitaciones y, sobre todo, la situación de la puerta principal, a la que había que llegar rodeando por el salón, puesto que había un tabique entre ésta y la de servicio. Igual que dos días antes, estaba todo en su sitio. Cuando llegaron al salón vieron que la lámpara que permanecía encendida era la de pie. Bajo ella, sobre una de las antiguas mesas de teléfono, había un teléfono fijo que, conectado con su cable a la pared, parecía totalmente extemporáneo. Todo estaba tal y como Lahoz lo recordaba de su primera visita a aquella vivienda. Lo único que se había incorporado a ella era el cuerpo de Carlota Aimerich, alias Carlota Rodríguez, tirado en el suelo del pasillo que daba a la puerta principal. Había caído en dirección al salón, como si estuviera entrando en casa, y tenía —conclusión casi inevitable— un golpe en la nuca que había bañado de sangre todo el recibidor. Carlota Aimerich tenía los ojos cerrados y el torso echado de lado, lo que indicaba que quizá había intentado levantarse después de recibir el golpe. Lahoz se puso dos guantes de látex y le registró los bolsillos. Había un teléfono portátil en uno de ellos.

—Creo que este sí es el de Anselmo Cortés— murmuró.

Hizo una llamada a comisaría, informó y pidió una ambulancia y una pareja de forenses. Después inspeccionó el resto del piso, con el policía pegado a su espalda. Para alguien que hubiese estado antes allí no había nada que llamara la atención, nada anormal, excepto las deformidades que formaban parte de aquel escenario: las notas manuscritas de Cortés, los recordatorios, los raros axiomas de alguien que pide un año sabático para descuartizar lo que ha sido hasta ese momento. Recibió la llamada de Asterión:

—¿Es tan malo como parece?

—¿Qué me dices del ordenador que saqué de la casa de Cortés? ¿Lo has visto?

—Te mandaré el informe mañana. No puedo decirte nada que salte a la vista porque no conozco a todos los que forman parte del caso, pero tú sí sabrás qué conclusiones extraer de él. ¿Quién es Carlota Aimerich?

—Quién era. Acabo de encontrar su cuerpo, con la nuca destrozada. Voy a mandarte otro teléfono. Dame mañana la lista de llamadas y de mensajes que contenga.

—Ya estoy quitando tiempo a mis cinco horas de sueño.

—Igual que yo a mis tres.

Asterión colgó. El cerrajero de la comisaría de Arganzuela pidió permiso para marcharse y fue lo que hizo. Lahoz, entonces, se sentó en uno de los sillones con orejas del salón y tuvo conciencia, por primera vez, de que todas las personas que habían vivido allí estaban muertas. Habían desaparecido en el lapso de diez escasos días. Tampoco en el crimen de Carlota Aimerich cuadraba todo. Se levantó y examinó el cadáver, que no había perdido aún un rictus de dolor en las líneas de la boca. No quería tocarlo hasta que llegaran los forenses. Al día siguiente tendría que hablar con Suárez sobre dos muertos. Suárez sabía siempre dónde mirar. Era un médico que había visto muchas películas grotescas, de crímenes, películas a las que sacaba siempre el fallo, el punto en que a los guionistas los habían informado mal. Suárez le hablaría de las puñaladas de Marina Paula Ferrer, y del golpe en la nuca que había recibido, yendo a buscar algo al interior de su propia casa, Carlota Aimerich. Tenía el moño recogido, era evidente que sólo lo llevaba así en casa. Entonces Lahoz se percató de que en el oído que casi tocaba con el suelo habían introducido algo. ¿El consabido auricular?, pensó. No, no era un auricular. Parecía otra cosa. Quizá para ocultar aquel pequeño objeto su asesino le había dado la vuelta. Había dos gotas de sangre, separadas del manantial de la nuca, que caían directamente del oído. Bien, esto sí cuadra, pensó Lahoz.

Los forenses llamaron por el intercomunicador y les abrió. Después les señaló dónde tenían que mirar. Habían subido la funda de nylon que siempre traen, y abajo esperaba una ambulancia, aunque era el eufemismo que se utilizaba para no tener que nombrar a la parca.

—¿Qué tiene en el oído? —les preguntó Lahoz.

Los dos agentes, después de tomar las treinta fotos reglamentarias, le dieron la vuelta y sacaron el objeto a que se refería: un *pendrive.* Era arriesgado pensar que contuviera algo decisivo, no obstante estaba allí por alguna razón, aunque sólo lo supiera el asesino, así que Lahoz lo metió en la misma bolsa que el teléfono móvil que había encontrado en el bolsillo de Carlota Aimerich. Lo único que llamó la atención de los forenses fue que había sido introducido hasta el tímpano, seguramente después de la muerte. La sangre se debía a la utilización de alguna herramienta. La tarjeta de visita de quien ha matado a Salvador Doncel y a Anselmo Cortés, pensó Lahoz. Tendría que enviar a que analizasen las muescas, si es que había alguna.

Mientras metían a Carlota Aimerich en la bolsa estuvo dando vueltas por la casa. El despacho de su compañero seguía exactamente igual. La plantita con los *pósit,* la puerta que comunicaba con la terraza. Daba la impresión de que no hubiera pasado en casa más de cinco minutos, desde que él entró a hacerle aquellas preguntas que apenas contestó. ¿Quizá era Nereida Valerio la que había dejado aquellos rastros femeninos? El invento de un marido, aquella cajita de pasadores del pelo que descansaba en la mesa de la televisión, los dos ejemplares del periódico en que Valerio trabajaba, uno de ellos con el artículo en que hablaba de ella.

Fuera seguía lloviendo, cada vez con menos intensidad. Inspeccionaría la casa a la mañana siguiente. Eran las cuatro y estaba agotado. Pese a ello, recibió en ese momento la llamada de Collins.

—Creo que las cosas se han complicado —dijo.

—Bastante. Era de esperar.

—¿Eso crees? ¿Dos muertos más?

—Dos muertos más, pero no parece que sea el mismo asesino.

—¿Te has vuelto loco? ¿Quieres que iniciemos otra línea de investigación?

—No. Forman parte del mismo caso.

—¿Estás seguro de lo que dices?

—Completamente.

—Bien. ¿No tienes todavía ningún sospechoso?

—Sólo uno, pero creo que no se sostiene.

—¿Quién?

—Yo mismo. Voy a declararme culpable, para cerrarlo y poder dedicarme a casos de tráfico de tabaco. Al menos, fumaré gratis.

Esa noche apenas durmió. La tormenta se volvió ensordecedora hasta el amanecer.

8. TRAVESÍAS DOMÉSTICAS

La tarde del ocho todo parecía novedoso. Primero porque, pese a lo ocurrido la noche anterior, Lahoz no precisó del equipo hasta pasadas las cinco. Lo dejó todo para después del café. Morales se presentó con dos botellas de zumo de naranja, como si la reunión fuera una partida de póker donde hubiera niños. La cosa, en principio, provocó cierto asombro, porque Lahoz concitó a todos en el piso de Carlota Aimerich. Ni siquiera Collins puso reparos. No había familia, nadie que objetara lo más mínimo, y los vecinos no vieron la salida del cuerpo de Carlota Aimerich en la bolsa de plástico. Si lo hubieran visto no habrían apreciado nada inusual. Todo es de plástico en el mundo en que vivimos. Además, nadie habló con el portero. El portero apenas hablaba y, si lo hubiera hecho, tampoco habría contado cómo la vecina más rara de aquel bloque salía camino del Instituto Anatómico Forense. Era un tipo bastante soberbio que llevaba en el edificio desde que triunfó el Frente Nacional, y solía pasearse en albornoz como si todos los días fueran aquel sábado.

Hubo otras novedades. Cuando Rialto y Portal llegaron encontraron a Lahoz acompañado. Asterión estaba con él. Lo de Asterión resultó tan necesario como insólito. Muchos decían que dormía en comisaría, incluso que su mujer venía a dormir con él, pese a que nadie sabía si tenía mujer. Había instalado, en la mesa del salón, un pequeño ordenador portátil conectado a la línea telefónica por un cable. Al parecer, no se fiaba de no ser rastreado a través de una estación inalámbrica. Lahoz había dispuesto sobre la mesa todo lo que era preciso supervisar. El informe de lo que contenía el ordenador de Anselmo Cortés estaba disponible. Lahoz encargó a Rialto que mirara en el teléfono de Cortés, hallado en aquel piso. Asterión lo había traído después de eliminar los filtros y contraseñas que tenía. Después le dio a Portal el teléfono de Carlota Aimerich, hallado en el cadáver de Marina Paula Ferrer, también exento de contraseñas, con el mandato de que mirara las llamadas y los mensajes de WhatsApp, así como los SMS emitidos y recibidos.

—¿No cree que Asterión haría mejor todo esto? —replicó Portal.

—Aunque sea así, necesito que confrontemos información al instante —respondió Lahoz—. Es preciso saber qué ha ocurrido, aunque puedo imaginarlo. No obstante, imaginar no es saber.

—La realidad es más extraña que la ficción, ¿no? —dijo Morales, que sólo renunciaba a un aforismo de autor, adquirido siempre oralmente, si podía sustituirlo por un buen refrán.

—¿Pero sabes qué es la ficción? —le increpó Rialto, que casi acababa de conocerlo.

—Asterión ha venido a vincular lo que encontremos en esos teléfonos con otros datos que tenemos en nuestro poder —dijo Lahoz—. Creo que puede ser útil, siempre que seamos sistemáticos.

—He sido sistemático toda mi vida —concluyó Morales.

—¿Ese zumo de naranja es para infundirnos la ilusión de que trabajamos en un sistemático horario laboral? Creo que un policía no lo tiene, Morales.

Morales no contestó. Era un virtuoso de la indiferencia. Había hecho muchos recados y tenía una idea aproximada de cuáles eran los rentables. Aquellos comentarios no lo afectaban, de la misma forma que el paso del crepúsculo no afecta a una cantera solitaria. Rialto tomó el teléfono que tenía asignado y empezó a mirar las llamadas y mensajes. Portal, sin embargo, dejó encima de la mesa el de Carlota Aimerich, quizá porque viera aún rebozos de sangre, y salió del salón buscando algo que podría haber pasado inadvertido. Volvió a los cinco minutos y Lahoz le preguntó:

—¿Has mirado en los armarios?

—En todos —respondió Portal.

—¿Algo interesante?

—Me ha gustado mucho un estampado de gatos, aunque quizá no vaya con la decoración de esta casa.

Después se puso con el teléfono, lo cual resultó realmente asombroso, porque nadie lo había visto hasta ese instante con un teléfono en la mano.

—Empecemos por Cortés —dijo Lahoz.

—Creí que lo más urgente era lo que pasó anoche —dijo Rialto.

—Por esa razón hay que empezar por Cortés.

—Suárez, del Anatómico, llamará en una hora —dijo Asterión—. Quizá aporte alguna prueba importante.

—¿Quizá la aporte o seguro que la aporta? —quiso saber Rialto—. ¿Te han llegado rumores?

—Nada de nada. Lo de quizá lo he dicho para animaros. Según mi experiencia, si Suárez tarda —y está tardando— es porque quiere lucirse con un hallazgo asombroso e irrefutable. Suárez es el mejor cronista de cualquier asesino en serie.

—¿Conoces a alguno más? —le espetó Lahoz.

—No, por eso sé que no podrá resistirse a entregarnos el ADN de este en un portamuestras. Después nos pedirá que miremos y al final preguntará: ¿Pero cómo? ¿No sabéis quién es?

—¿Qué hay en el ordenador? —preguntó Portal.

—¿El de Cortés? —dijo Asterión—. Está todo transcrito. Lo tenéis ahí.

El informe estaba en manos de Lahoz, pero el contenido era casi inabarcable, por esa razón tuvo que mirarlo con rapidez. Había cientos de mensajes de correo electrónico a docenas de personas, la mayoría ocultas detrás de máscaras. Canciones, vídeos, páginas de internet, diferentes páginas de contactos... Allí estaban *Morgenstern* y *El carnicero*. En los últimos días había una inicial que se repetía en el correo de Cortés. Lahoz supuso que era el correo habitual, porque había un acceso directo en el escritorio. Una simple inicial —P— que no había visto en el foro de *Now.0*. Cortés intercambió, al menos, quince mensajes con quien estuviese detrás de esa inicial. Seguramente era la inicial de un nombre, aunque podía ser un símbolo. ¿Por qué P, sólo P, y no Pris, por ejemplo? No obstante, era P la letra que se repetía mensaje tras mensaje. El tono que empleaba Cortés era el que se utiliza con una mujer, y ella, P, contestaba como si aquellas anotaciones anodinas en que hablaban de algún programa de televisión, o de la existencia del amor más allá de la muerte fueran grandes descubrimientos. No había mucho más, aunque finalmente apareció un encuentro borroso, sin fecha, sin voluntad ni iniciativa. Extraños amantes, pensó Lahoz. Los mensajes llegaban justo hasta el día antes de morir Cortés, según los forenses el veintinueve de octubre. Había hablado con P hasta el día anterior a que lo lanzaran al estanque de El Retiro. Él y P no hacía mucho que se conocían. Lahoz comprobó que la relación, a partir del primer mensaje, databa de un mes, más o menos. Sí, extraños amantes. En la red jamás se renuncia a la adolescencia. Lahoz, sin saber si tenía derecho a ello, compadecía a ese tipo de gente. Anselmo Cortés, antes de ser una víctima, había sido un hombre que de pronto se cruza con la mujer que ama, o podría amar, o con la vida que siempre ha perseguido, que desea, o podría desear.

—Me he encontrado con una historia de amor —dijo.

—¿Cual?

—La de Anselmo Cortés y Marina Paula Ferrer. Creo que nunca se enviaron una foto. Al menos, él sabía cómo era ella. Hay aquí dos docenas de vídeos suyos. En cuanto a ella, a las mujeres parece que no les hace falta saber cómo son los hombres.

Encontró retazos de pensamientos y anotaciones que pertenecían más bien a un diario, pero estaban insertas en los folios que Asterión había transcrito: «No me ama, siempre ha querido al otro, pero reacciona frente al hecho de que yo busque el amor en otras». ¿Era una reflexión, era una cita? Lahoz no había leído mucho, por eso todo le sonaba a palabras de poetas.

—¿P es Pris? —preguntó Rialto, sin dejar de mirar el teléfono.

—Apostaría una quincena de sueldo —arriesgó Lahoz.

—Entonces yo tengo aquí otra, es decir, la misma. La P se repite —dijo Rialto.

— ¿Os habéis fijado en la pegatina del ordenador de Cortés? —señaló Lahoz.

Estaba encima de la mesa del salón, vuelto del revés. En su carcasa estaba todo claro: el rostro de aquel Nexus 6, con los ojos pintados a aerógrafo y el pelo cortado con tijeras para flejes. La siguiente pregunta era inaplazable. Lahoz se la hizo a Rialto:

—¿Dónde has encontrado la P?

—En el teléfono de Cortés. Hay un perfil de WhatsApp donde viene la foto de la chica que murió anoche en Chamartín.

—¿P?

—P. En efecto, P es Pris.

—Cuáles son las fechas de esos mensajes.

—El último, hace tres días. A las 19:45 del 5 de noviembre. Un cuarto de hora antes de que partiera el tren hacia Burgos.

—¿Qué dice?

—Dice: Estoy aquí mismo, zona de las compañías de alquiler de coches. Cinco minutos.

Lahoz recordó el *pósit* colocado en una de las hojas de la maceta que había en el despacho de Cortés: «La mayoría de los que pasan a tu lado van a otros encuentros». Evidente y descorazonador, pero no se había producido en este caso. La noche del 5 de noviembre varios, quizá todos los que pasaron junto a Marina Paula Ferrer fueron a su encuentro.

—¿Entonces las dos víctimas tenían una aventura? —preguntó Morales, que estaba empezando con la primera botella de zumo de naranja, y había revelado la existencia de una caja de pastas holandesas.

—Iban a verse por primera vez —dijo Lahoz.

—¿Pero por qué en Burgos?

—Tiene una casita de campo que heredó, pero aún no había hecho el registro a su nombre en el catastro. Está a nombre de su padre —dijo Asterión.

—Pero no llegó a Burgos —sentenció Rialto—. Además, quien la mató usó el teléfono de Cortés para hacerse pasar por él. Los que aparecen después del día veintinueve de octubre no los envió Cortés. Cortes estaba muerto. Sin embargo, aquí hay un montón de mensajes anteriores que expresan, durante el último mes, la necesidad que tenían de verse. A Cortés le preocupaba la diferencia de edad. Creo que eso fue lo que postergó tanto este proyecto de encuentro. Eso y...

—Carlota Aimerich —dijo Lahoz.

—Sí, quizá tuviera remordimientos de conciencia. Son algo con lo que el hombre moderno terminará pronto —dijo Rialto, hurgando en el teléfono—. Pero el señor Cortés aún los tenía.

—¿Menciona alguna vez a Carlota en esos mensajes? —preguntó Lahoz.

—No. Tampoco dice nunca que no estuviera con nadie. Incluso hay ocasiones en las que emplea un nosotros cuando se refiere a la vida que lleva, a lo que hace a diario.

—Bien, aunque no se vieron mucho en los cuatro años que llevaban conviviendo, la relación se había consolidado —dijo Portal—. ¿Eran cuatro años, no?

—Sí —corroboró Lahoz—. Los suficientes para que un hombre casado que no estaba casado dudara en iniciar una aventura con una chica que sólo aparece anunciando gafas en internet. A menudo esas chicas no existen, o son otras personas.

—¿Una aventura? —dijo Portal—. ¿Cree que no le veía mucho futuro a la relación?

—No sé él, pero Carlota Aimerich sí —contestó Lahoz.

—¿A qué se refiere? —preguntó Morales, con su vaso de zumo en la mano—. ¿Es que lo sabía?

—Fue ella quien mató a Marina Paula Ferrer —dijo Lahoz.

—Aquí hay cosas que no cuadran —replicó Rialto.

—Todo cuadra —objetó Lahoz—. Pero cuadra para llevarnos al principio.

—¿Qué quiere decir?

—Supuestamente, Cortés murió el día veintinueve de octubre. ¿Nota algún cambio en los mensajes a partir de ese día, en relación a los anteriores?

Rialto volvió a consultar la pantalla, y respondió:

—Son más apremiantes.

—Y supongo que insistirán en que se vieran. La pobre Pris nunca supo lo que se le venía encima. No sabemos nada de ella, creo que apenas tuvo relaciones. Puede que considerara vacíos a los hombres que habitualmente se le acercaban, y de pronto alguien con cultura, que sabe hablar de otras cosas ajenas al mundo que ella había fabricado le dice que la necesita.

—¿Quiere decir que no era cierto, que Cortés también engañó a Marina Paula Ferrer? —preguntó Morales.

—Seguramente se enamoró de ella —dijo Lahoz—. En el mundo virtual que ambos frecuentaban la palabra amor es como la puerta de la habitación de Barbazul. Prometedora y, sin embargo, mortalmente azarosa. Marina Paula Ferrer fue en busca de su salvación, y encontró a una desconocida que la cosió a puñaladas.

—Usted habló con Carlota Aimerich —dijo Rialto—. ¿Cree que era de ese tipo de mujeres?

—Creo que era del tipo de mujeres que nadie conoce, aunque lleve con ellas treinta años. Es muy posible que Anselmo Cortés tampoco la conociera.

—¿Pero cómo pudo hacerlo? —quiso saber Rialto, que tenía en su mano un teléfono que había pertenecido a dos personas.

—Carlota Aimerich sospechó de que existía otra mujer y consiguió hacerse con el teléfono de su «marido», simplemente. He visto que a partir del día veinticuatro de octubre el número de mensajes por correo electrónico se incrementa bastante. Cuando Cortés pierde su teléfono dejan de comunicarse por WhatsApp. La comunicación por WhatsApp supongo que se reanudaría a partir del día veintinueve de octubre, día en que Cortés murió.

—Un poco más tarde —dijo Rialto—. P reaparece el día uno.

—Lo cual quiere decir que esa fue la fecha en que Carlota Aimerich supuso que su hombre ya no volvería más a casa.

—Pero eso es una conjetura. ¿Por qué no imaginar que se había ido ya con la otra?

—Porque ella tenía el móvil de su hombre —dijo Lahoz—. Según veo en los informes del contenido del ordenador, él renunció a los mensajes de WhatsApp y se comunicó con ella desde su correo electrónico. Marina Paula Ferrer no se enteró de que el hombre que ansiaba conocer estaba muerto. Todas las pruebas las tenemos delante: los mensajes, el romántico viaje a Burgos. Y la forma en que la mató, antes de arrancarle el anillo y arrojarlo lejos del cadáver. Todo indica el crimen de una mujer.

—¿Por qué tanta saña? —preguntó Rialto.

—Sólo podemos hacernos una leve de idea de lo que estaba ocurriendo en la cabeza de Carlota Aimerich. Se trata del tema que más se repite en las obras de entretenimiento: la venganza. Vengarse de ambos, de su marido y de la chica con que la engañaba.

—¿Venganza? ¿Eso es todo? —dijo Morales.

—¿Todo? Tenga en cuenta que esa historia le pertenecía a ella, a Carlota Aimerich. El viejo tema de Medea. Consiguió convencer a la otra de que fuera a Chamartín, un lugar público donde iban a encontrarse para huir, pero la guió con indicaciones de WhatsApp hacia el aparcamiento de coches de alquiler donde la conoció y la mató. Creo que el proceso es fácil de deducir. Creo que Portal ya lo ha hecho. ¿No? ¿Dónde ha encontrado el estampado de gatos? Supongo que en una maleta.

—La tengo aquí detrás —dijo Portal, saliendo brevemente del salón y volviendo con una maletita con ruedas que tenía gatos dibujados sobre un fondo rosa—. Equipaje para dos días.

—La maleta que nos faltaba de Marina Paula Ferrer —dijo Lahoz—. Por favor, ábrala.

Portal abrió la maleta y dispuso sobre la mesa los objetos que contenía. Lahoz pensó, viéndolos, que no todas las mujeres portarían aquel inventario en un viaje: varios teléfonos móviles, un ordenador con pantalla convertible en tableta, un poema escrito con tinta roja en un *pósit*, diez lápices de labios, dos relojes para contar calorías, un aparato de vídeo en miniatura, diez braguitas, diez minifaldas, diez tops de manga larga y un pequeño boá de plumas sintéticas cuyo brillo estridente la hacía relampaguear, como si no hubiera salido de la pantalla, y una agenda con anotaciones telegráficas hechas con el mismo rotulador con que había escrito el poema. Finalmente, Portal encontró un cestito abierto por una parte, por la que asomaba la cabeza de un pequeño gato ya muerto.

—Comprensible —terció Portal, mientras tomaba el cuerpo del gato y lo llevaba a la basura que había bajo el fregadero de la cocina—. Una chica que ordena las cosas vivas como si fueran objetos. ¿No les parece que es una obsesión desmedida por el orden? ¿Creen ustedes que este gato habría llegado vivo a Burgos, aunque la dueña no hubiese muerto?

—¿Qué dice el poema? —preguntó Lahoz.

—Tenga, léalo usted —dijo Portal, mientras se lo tendía a Morales—. Creo que está usted mejor dotado que yo para la poesía.

Morales tomó el poema —al fin y al cabo, no se trataba más que de leer—, y casi se emocionó cuando recitó:

El miedo es fuerte cuando el amor es débil
El amor es fuerte cuando el miedo es débil

—John Donne. Un poeta inglés del barroco —dijo Asterión, que se movía por la historia de la literatura como hay que moverse, con las manos atadas a un teclado.

—¿Alguien lo conoce? —dijo Morales, para culminar aquel maravilloso paralelismo ineluctable que había recitado más que dignamente.

—La cuestión es por qué ella lo conocía —dijo Lahoz—. Además, de dónde viene ese miedo. Somos policías, nos interesa más el miedo que el amor.

—Cierto, es muy raro que tenga miedo alguien que mete un gato en su maleta —dijo Rialto.

—Debió de ser una chica bastante insegura.

—¿Por qué? —dijo Rialto

—Llevar un gato en una maleta cerrada es un intento casi desesperado de construir un hogar en otro sitio, aunque sea durante un fin de semana.

—¿Y cree que alguien así puede considerar un hogar al sitio en que vive? ¿No sería posible que la inseguridad fuera respecto al tipo al que iba a conocer? Creo que habría que ir a la calle Mayor y echarle un vistazo a su casa.

—Lo haremos —dijo Lahoz—. Pero primero hay que ver qué buscaban cada uno en el otro. Ha de estar todo en sus mensajes. Además, hay algo que no puedo comprender: cómo es posible que una chica de veintiocho años se vaya a pasar un fin de semana fuera de Madrid con alguien del que no sabe nada.

—Bienvenido al templo de los buenos sentimientos. Creo que ahora todo el que tiene menos de treinta nació inseguro —dijo Asterión—. En los papeles que he traído encontrarás algo que explica esa cuestión. Me parece que está al final.

Lahoz tomó la transcripción que había hecho Asterión y le dijo a Rialto que hiciera lo mismo con los mensajes anteriores al veintinueve de octubre.

—Así es. Se conocían. Hubo una cita previa, el pasado dieciséis de octubre. Supongo que descubrirlo fue lo que puso de uñas a Carlota Aimerich.

—¿Dónde se vieron? —preguntó Portal.

—En el hotel Agumar. Justo en la acera que hay frente a donde vivía con la Aimerich. Pero por qué ahí...

—¿Quizá otra venganza? ¿Quiso que ella lo descubriera?

—Acostarse con otra mujer en una habitación que puede ver la otra desde la terraza del hogar que ambos compartían no tiene por qué suponer nada. No creo que la elección tenga que ver con la persona a la que se es infiel. Más bien, tiene que ver con quien lo organiza así.

—¿Una costumbre? —preguntó Portal.

—Alguien que necesitaba ese gesto pero, otra vez, por qué... Cortés, como hemos visto, puso reparos a lanzarse a esta relación. ¿Por qué exponerse de esa manera?

—¿Puede saberse algo así? —preguntó Rialto.

—Hay que repasar lo que el psicólogo ha averiguado de todos ellos. Tengo aquí mismo sus informes.

—¿Vas a dar crédito a lo que diga un loquero?

—Cortés sabía que su mujer no iba a descubrirlo. Quizá el problema estribe en que él sí necesitara tener a su mujer cerca mientras estaba con la otra.

—¿Confías en ese psicólogo, el tal Germán Ilari? —preguntó Asterión.

—No confío en nadie que diga lo que otro piensa, ya lo sabes. ¿Por qué?

—Metí su nombre en vigilancia de fronteras ayer, como me ordenaste. Hace dos horas lo han retenido en Barajas, a punto de tomar un vuelo a Buenos Aires. ¿Ordeno que lo retengan?

—Es un ciudadano libre que puede ir donde quiera —dijo Lahoz—. Así que es mejor que lo retengan hasta mañana por la tarde. Tendrá que ir a comisaría y contestar a unas cuantas preguntas. ¿Podrá encargarse usted, Rialto?

—Será un placer. A mí tampoco me gustan los loqueros, son los que están más locos.

—¿Cuándo reservó ese vuelo? —preguntó Lahoz.

—Ayer, a las diez de la noche —dijo Asterión.

—Casi cuando salí de su consulta. Me extraña que haya sentido una necesidad súbita de visitar a su madre.

—Tendríamos que llamar a la madre, ¿no? —dijo Morales.

—Llámela usted, e invítela a zumo de naranja —dijo Rialto—. Descubriremos que está implicada, igual que los pacientes del doctor Mengele en las prácticas que éste hacía. Hay una cosa que me pregunto.

—¿Qué? —terció Morales.

—Cuanto más avanzamos, menos sabemos. Acabamos de perder a la única culpable.

—La culpable de un crimen —dijo Portal—. Quedan otros tres.

—En efecto —dijo Rialto—. A la chica la mató Aimerich, pero quién ha matado a Aimerich...

—Quien mató a Doncel y a Cortés ha matado también a Aimerich —aclaró Lahoz.

—¿Volvemos a nuestro asesino? —dijo Morales.

Aquel recuento se había clavado en su cabeza. Desde que empezó el caso no hacía otra cosa que recontar. Ahora, Ilari quería escaparse por la puerta trasera, como si lo que ocurría fuera un montaje del asesino, con el único propósito de rodar una tira de dibujos animados. ¿Escaparse por qué?

—Voy a tener que meterme en tu *dark web* y sobrevivir dando tumbos y observando —dijo a Asterión.

—No te lo aconsejo. Ahí no hay nada. Sólo citas en las que unos venden y otros compran. Y te aseguro que nadie sabe quién es uno y quién el otro. Están las presas, que mueren y a veces son los culpables, y los cazadores, que son los que matan. Es indudable que estamos ante uno de ellos.

—¿Has mirado en esas dos páginas: *El carnicero* y *Morgenstern*?

—Sólo hay máscaras, como siempre —dijo Asterión—. Gente muy morbosa que quiere comprar argumentos para convertirlos en juegos de rol, e imbéciles que quieren participar en ellos.

—¿Alguna máscara reconocible?

—Tendrás que ser tú quien mire ahí.

—Si todo eso es cierto —dijo Rialto, tratando de aclararse—. ¿Cómo se inserta en esta cadena de hechos nuestro asesino?

—Ya pensé que nos habíamos olvidado de él —repitió Morales.

—Nuestro asesino sigue aquí.

—¿Sigue aquí? —preguntó Morales—. ¿Dónde?

—¿Cómo les parece que llegó al cadáver de Marina Paula Ferrer el teléfono de Carlota Aimerich, el que nos ha guiado hasta esta vivienda? Nuestro asesino, como ustedes lo llaman, persiguió a la Aimerich hasta este piso y tras acabar con ella tomó su teléfono y volvió a Chamartín. El de Cortés no hacía falta moverlo. No lo tenía cuando murió. Seguramente se presentó en El Retiro sin teléfono, porque previamente se lo había sustraído Carlota Aimerich, quizá unos días antes. No muchos, porque Cortés no tuvo tiempo de adquirir otro teléfono. Ahora es el asesino en serie que buscamos quien posee el único teléfono que falta, el de Marina Paula Ferrer.

—Está apagado, ilocalizable —dijo Asterión—. Como todos los de los muertos anteriores. Cuando aparecen es porque otros muertos los tienen.

El teléfono de Lahoz sonó. Era Suárez.

—Danos algo. Estamos en un callejón sin salida —le dijo al forense.

—Envié a huellas el lápiz de memoria. Nada —dijo Suárez—. Ese tipo es muy listo. No se quita los guantes ni para tocar a la novia. Utilizó unos alicates para clavárselo en el oído a la víctima.

—¿Cómo murió?

—Igual que los otros, un martillazo en la cabeza. A la altura de la nuca. Efectivo. Previsible, pero efectivo.

—¿Y la joven?

—Seis puñaladas, una de ellas fatal. El cuchillo llegó al corazón. Hace falta mucha seguridad, o mucha desesperación, para matar a alguien así. El resto de las puñaladas fueron simple ensañamiento. Para cerciorarse de que no iba a levantarse más. No muy original, pero también efectivo.

—Te veo muy preocupado por la originalidad.

—Bah, da mucho más juego. Sólo eso. Ya sólo abro a muertos de películas. Deformación profesional. Soy un condenado viejo a quien las películas le gustan, como a mi padre. Mi padre fue al pre-estreno de Gilda.

—Olvídate de las películas. Nos contagias esa obsesión.

—Ver tanto muerto me hace creer que están en la mesa de autopsias por algo, que hay algo que se sobrepone, con un sentido, a la carne necrosada.

—¿Vas a decirme que la vida tiene un propósito? —preguntó Lahoz.

—No. Las vidas que yo corto en rodajas cuando rebano el cerebro no. Esas nunca hacen que el mundo se desvíe y vaya por otro camino. ¿Qué tal con los nuevos?

—Tan confundidos como yo.

—¿Sabes ya qué hay en esa memoria USB?

—Vamos a verlo ahora —dijo Lahoz, pasándole el mecanismo a Asterión—. Te llamaré.

Asterión no tardó en mostrar los archivos.

—Aquí está otra vez.

—¿Qué?

—Germán Ilari.

—¿Ilari? ¿Qué hay de él?

—Todo el historial de sus pacientes, uno por uno, incluido Galactus, en un solo archivo, eso sí. Oh, la, la... —dijo Asterión—. Esto debe de ser parte de su vida más inconfesable. Nada menos que su propio historial como paciente, firmado por otro psicólogo llamado Alfredo Boca.

Lahoz se asomó a la pantalla y abrió el informe de Galactus que tenía sobre la mesa. Eran idénticos. Una copia PDF. ¿Quién la había sacado del ordenador de Ilari y clavado en el oído de la Aimerich? ¿Era Ilari, o alguien muy cercano a éste? ¿Sabría Ilari quién lo inculpaba?

—¿El asesino estaba entonces allí, en Chamartín? —dijo Portal—. ¿Por qué?

—Perseguía a Marina Paula Ferrer, igual que su asesina. Coincidieron en matarla esa noche, aunque evidentemente no tenían nada que ver, si una interfirió en lo que iba a hacer el otro. ¿O quizá sí? Lo único que ambos sabían es dónde estaba

Marina Paula Ferrer en ese momento. El asesino puede que no conociera sus planes de viajar, pero tenía localizada su casa. Seguramente la persiguió desde que se metió en el metro para ir a Chamartín.

—¿Coincidieron? —dijo Rialto—. ¿Cree en las casualidades?

—No hay otra explicación. La Aimerich se adelantó, pero su crimen tuvo un testigo: el que el señor Morales llama «nuestro asesino». Al ver que Carlota Aimerich cometía su crimen y, por tanto, cobraba una presa que no le pertenecía, optó por seguirla hasta su piso del Paseo de la Reina Cristina y la mató como a los otros, de un martillazo, como habría matado posiblemente a Marina Paula Ferrer. Fue la manera de decir que se desentendía del cadáver de Chamartín, pero firmaba el que apareció aquí.

—Fue su mensaje, el teléfono de Carlota Aimerich —dijo Portal.

—Tomó ese teléfono y volvió a Chamartin para dejarlo en el cadáver de la otra. Eso nos trajo aquí, a su escenario, y nos lleva ahora a un punto del que tenemos que partir pronto y definitivamente.

—¿Qué punto? —preguntó Morales.

—El del principio —dijeron Lahoz y Portal, al unísono.

9. MIRADA RETROSPECTIVA

Diez días después de la primera muerte, Lahoz seguía pensando que el mundo que recorría era una maqueta, y el asesino quien la había construido. No es que le importase. Le importaban las vidas perdidas y amenazadas hasta que el tipo pudiera decir que lo único que le pertenecía era un rollo de papel higiénico suministrado por instituciones penitenciarias. Solo quedaban vivas dos personas pertenecientes a aquel foro. Una lista bastante corta. Estaba acostumbrado a ver foros con docenas de máscaras mal puestas, desportilladas, mal rellenas de celulosa, mal moldeadas con cola de papel, cuyo anonimato no escondía absolutamente nada: el de gente que se mantiene de incógnito porque así significa más que con sus nombres y apellidos. ¿Era eso lo que el asesino quería dar a entender, cuando colocó en la oreja de Carlota Aimerich aquel lápiz de memoria? ¿Había alguien en él que significara algo para el asesino? ¿Estaba allí el propio asesino? La lista era bastante larga, al menos cincuenta pacientes. Si el culpable aparecía allí, aparecía en demasiados lugares, que era como no mostrarse, como formar parte de la emulsión de los atardeceres o la espesura de los bosques. Ilocalizable, podría decirse. ¿Era aquel listado el de sus futuras víctimas? Los dos usuarios de *Now.0* que seguían con vida estaban protegidos. ¿Había ahora que proteger a cincuenta? El nombre que aparecía en primer lugar era Galactus, el hombre del martillo. Asterión lo perseguía por la *dark web* sin resultados. Un tipo escurridizo, si existía. Lo que no existe es lo que más entidad adquiere en internet. De un pantallazo del ordenador de Cortés Asterión extrajo un fragmento casi irreconocible, un ojo agigantado hasta expulsar fuera de la pantalla al resto del rostro. Había conseguido aislar el ojo y, mediante un programa informático, lo había insertado en el retrato de la lámina que habían encontrado en la habitación de Salvador Doncel. Era el ojo de Galactus. Eso alentaba demasiadas preguntas. ¿Qué papel le daban todos a aquel tipo? ¿Quién había conseguido robar a Ilari toda aquella información? Sabía que Galactus no tenía antecedentes, y nunca había sido fichado. Su fotografía no constaba en los archivos de la policía, igual que la de Ilari, pese a que ambos aparecían en los lugares más desaconsejables.

—Lo tengo —le dijo Asterión por teléfono, mientras le echaba un vistazo más profundo al historial que Ilari había redactado de Galactus. No había pasado por la comisaría porque quería que Ilari, durante aquella larga espera, se diera cuenta de lo que significaba ampliarla a los quince años que le caerían.

—¿Que tienes?

—A Galactus. He localizado una página en Tor. Supongo que no es la única.

—¿De qué es la página?

—Una especie de escaparate. Trafica con todo. Es un conseguidor. Sobre todo mujeres. ¿Sabes a quién tiene en el catálogo?

—A Marina Paula Ferrer.

—A todas, también a ella.

—¿Cómo que a todas?

—Ferrer, Aimerich, Núñez…

—¿Estás seguro?

—Tiene un vídeo donde se comporta como un rapero, con sus exuberantes patillas de gato oriental.

—Esta tarde pasaré por comisaría y me lo cuentas todo. Mira a ver si puedes conseguir su dirección.

—¿Te refieres al sitio donde vive? Imposible, ya te diré por qué.

—Últimamente me encuentro con demasiadas cosas imposibles.

Pasó las dos horas siguientes mirando los informes de Ilari. A la luz de lo que le había dicho Asterión, aquellos informes adquirían un significado algo distinto. Ya no era pertinente lo que uno podía aventurar sobre el personaje, sobre su aparente extravagancia o su deseo de vivir al margen de la ley. Ahora había algo previsible: tenía intereses. Eso facilitaba las cosas. Cuando es la realidad la que aprieta las clavijas no hay por qué mirar en ningún informe psicológico. Lo que Ilari presentaba en aquel informe eran, sobre todo, sesiones de terapia, un índice que incluía, al menos, veinticinco. En la primera preguntaba a Galactus el por qué de ese nombre: Galactus. Entonces remitía a una grabación, denominada G1, que no aparecía en la carpeta. Lahoz supuso que estaba en su despacho de Príncipe de Vergara, así que tomó todo y una hora después, tras solicitar una orden judicial de urgencia, un cerrajero de la policía volvió a abrirle el segundo apartamento. Ilari utilizaba aquella vivienda como consulta, ahora vacía. Había un dormitorio con baño, además de lo que seguramente antes había sido un salón, convertido en despacho en el que entrevistar a los pacientes. Supuso que el dormitorio sería de uso discrecional. No había nada en la mesilla, ni debajo de la cama. Buscó en el archivador y encontró, en efecto, las grabaciones, la G1, que era una cinta antigua de *cassette* para la que tenía preparada su reproductor en uno de los cajones de la mesa. Las grabaciones eran secretas. Había un cable que conectaba esa pequeña grabadora con un micrófono invisible empotrado en el propio diván. Lahoz calculó que, para dar confianza al paciente, Ilari asistía a las reuniones con un simple bloc de apuntes, pero en realidad lo grababa todo. ¿Por qué en cintas de *cassette*? ¿Por simple nostalgia? ¿Se sentía así más cerca de Sigmund Freud? Tendría que preguntárselo al propio Ilari, que era el dueño de esa nostalgia. Tomó la G1, que tenía escrita una fecha de hacía un año, y la colocó en el reproductor. Entonces aparecía la pregunta: ¿Por qué Galactus? ¿Qué te sugiere ese nombre, por qué lo has elegido? Y Galactus contestaba, con una marcada calma en la voz, que era su héroe juvenil. Un personaje poderoso y enigmático creado por Stan Lee y Jack Kirby que, aunque pensaba como si formara parte de la humanidad, en realidad quería devorarla. Para los otros niños los héroes eran *Los 4 fantásticos*. Para mí era Galactus. Galactus había sido convencido, no vencido. ¿Tú eres así?, le preguntaba Ilari a continuación. No sé cómo soy, por eso estoy aquí, contestaba el paciente. ¿Cuál es tu relación con el resto de la gente, con tus amigos? No quiero a nadie. No tengo amigos. ¿Y con tus conocidos? Los pondría a todos en una fila y los metería en un horno crematorio. ¿Por qué? No creen en nada. Son especialistas en lo establecido. ¿Entonces eres un redentor? No, soy una consecuencia. Lahoz se retrepó en el sillón que utilizaba Ilari. Estaba infringiendo demasiadas recomendaciones de la policía, por ejemplo no ocupar arbitrariamente los lugares que tenían que ver con las investigaciones. Él no estaba muy de acuerdo con que fuera arbitrariamente. Pensaba mejor en aquellos lugares, igual que la noche anterior, en el apartamento de Carlota Aimerich. Ya notó, en la primera visita que hizo a Ilari, las obsesiones que después puso al descubierto el asesinato de Marina Paula Ferrer. El método, el orden. Todo compartimentado, asumible, hasta que deja de serlo. Estaba seguro de que muchos de los mensajes escritos que atribuyó a Anselmo Cortés eran acotaciones dirigidas a sí misma, a Carlota Aimerich, y fue ella misma quien las escribió. Le asaltó una sospecha muy justificada y buscó el expediente de Carlota Aimerich en el archivador del doctor Germán Ilari. Aimerich. Allí estaba. Todos los que frecuentaban las páginas de internet necesitaban ayuda psicológica, o pensaban que la necesitaban. No obstante, la psicología no estaba a la altura. Aimerich, en efecto, tenía su historial. Paciente con síntomas de depresión, medicada, víctima de una aparentemente insuperable manía persecutoria que inventaba para seguir con vida, para no caer en un abismo cuya contemplación la aterrorizaba. ¿Cómo puedo, estando así, ayudar a mi marido?, era la pregunta recurrente que le hacía a Ilari. Ilari no podía contestarla. Le aconsejaba que primero tenía que curarse ella, que son las personas sin problemas las que ayudan a las demás. Tales eran los recovecos que médico y paciente recorrían, lo cual llevó a Lahoz a hacerse una pregunta que le pareció importante: ¿Por qué Carlota Aimerich acudía al mismo psicólogo que su compañero? La explicación no parecía tener nada que ver con esa ayuda que quería prestarle. Quizá con conseguir información acerca de él. Quizá el psicólogo era lo único en común que tenía con el hombre con quien compartía su vacío. Quizá aquel hombre le había cerrado todas las puertas y, de hecho, quería escapar con otra mujer. Habría que explorar todos esos caminos, aunque a Lahoz le pareció dudoso que pudiera hacerlo leyendo crónicas de enfermedades incurables.

Abrió el expediente de Marina Paula Ferrer. Estaba esperando la llamada de Portal, que había ido a inspeccionar la casa en que vivió, en la calle Mayor. Quería escuchar lo que Portal tuviera que contarle sobre la asesinada en Chamartín, antes de hablar con Ilari sobre ella, pero no estaría mal repasar aquel índice de caminos sin retorno que aparecía en todos los informes de Ilari. El expediente contenía una sintomatología completa: obsesión por la fama, necesidad compulsiva de ubicuidad (*sic*), de atención, repetidas caídas en la automedicación, depresión, nomofobia, crisis de identidad. Un intento de suicidio. Lahoz pensó que, excepto por lo último, podía intercambiar los padecimientos de aquella joven recién malograda con la niña que había encontrado en la sala de espera de Ilari dos días antes. Quizá Ilari sí estuviera habituado a intercambiarlos. Los psiquiatras sólo manejan lugares comunes, prejuicios, por un motivo evidente: porque pueden meter todo en ellos.

Las notas sobre el intento de suicidio de Marina Paula Ferrer estaban allí, escritas un año antes: la imposibilidad de aceptar la pérdida de una amiga que se había suicidado anteriormente. Se llamaba Claudia Torres. Muerta con veintitrés años. Se había arrojado por la ventana de una suite del hotel Intercontinental, una semana después de haber pasado en ella una noche con un hombre que la abandonó dos días más tarde. Cuánto descubriría sobre la naturaleza humana si no tuviera que resolver crímenes, pensó. Al parecer, Marina Paula no pudo soportarlo, e intentó lo mismo, una semana más tarde: saltar desde la ventana del quinto piso de la residencia donde había internado a su madre. Fue detenida por dos cuidadores que pasaban por allí, cuando ya había roto el cristal con una papelera, y entregada, primero, a la policía, y después a una institución mental donde Ilari tenía contactos que, ante casos poco relevantes como este, los desviaban a su consulta. Lahoz lo adivinó comprobando la cantidad de pacientes que venían de esa institución pública. Había, al menos, doce en los últimos dos años. En aquel goteo faltaban datos. Marina Paula Ferrer provenía también del Centro de Salud Mental de Retiro, en la calle Lope de Rueda. Había sido un tratamiento breve. La diagnosticaron y se la endosaron a Ilari. Todos los informes, incluidos los policiales, le llegaron a Ilari por esta vía. Era un caso fácil, es decir, incurable, porque Ferrer no presentaba una conducta que pudiera abordarse con delicadeza, o comprensión, o con elementos que fueran comunes con el resto de las personas. Ferrer tenía que compartirlo todo, pero ese compartir no era un intercambio, era sólo un esquema: compartir fotos, maquillaje, compartir lo que jamás podría tener en común con aquellos con los que compartía. La cura nunca estuvo en manos de Ilari, por la razón de que Ilari tenía cuarenta y cinto años. Demasiado viejo. Todo estaba desgranado, día a día, en aquel informe grabado en secreto. Lahoz comprobó que la mayoría de su clientela era gente pudiente, así que Ilari lo único que hacía era mantenerlos en una conversación interminable. Sin duda, era lo que sus pacientes necesitaban. Ahora bien: ¿una conversación con varios participantes? Eso quedaba pendiente de clarificarlo con Ilari. Eso, y todo lo que ignoraba de Galactus. El resto del informe, redactado ya por Ilari, aludía a la relación de admirativa dependencia que había existido entre Ferrer y su padre, muerto cuando ella tenía dieciséis años. Algo que Ilari prometía investigar más adelante.

Sonó el teléfono. Era Nereida Valerio.

—Me aseguró que Carlota Aimerich no era importante —dijo, sin presentarse—. Ahora resulta que es otra víctima.

—Iba a llamarla en este preciso instante —dijo Lahoz.

—¿Para qué?

—Para invitarla a cenar. Podemos hablar de todo ello, pero no se lleve ninguna grabadora oculta, ni bloc de notas. Las grabadorasa siempre distorsionan lo que digo.

—¿Le ha dicho alguna vez algo a un periodista?

—No. Es la primera vez.

—Bien. Cenaré con usted. Así sabré quién es la siguiente víctima.

—Eso no puedo decírselo. No es tan fácil adelantar acontecimientos cuando se está en mi posición.

—¿Hay esperanzas de atrapar a quien ha matado a esa chica de la estación de Chamartín?

—Me subestima usted —dijo Lahoz—. Tendría que preguntar si esa chica es o no importante.

En ese instante, se dio cuenta de que había cometido un error.

—Ambos crímenes están relacionados, ¿verdad? —preguntó Nereida Valerio.

—No relacione usted todo lo que ocurra en Madrid. Perderá mucho tiempo.

—Creo que hay una razón para relacionar ambos crímenes.

—¿Cuál?

—Usted no abandonaría la investigación sobre un asesino en serie para encargarse de algo que no tiene nada que ver con él. A Aimerich la mató el mismo tipo, sobre eso no cabe duda. He leído el informe del forense. ¿Ha cambiado de procedimiento con Marina Ferrer?

—No apostaría por ello —le aclaró Lahoz—. El procedimiento es lo que lo caracteriza. ¿Cómo ha conseguido ese informe?

—Gracias a la ouija —respondió la Valerio—. Entonces no ha sido él,¿verdad?

—Si no ha sido él, ¿por qué cree que están relacionados?

—Ya se lo he dicho. Sé que estuvo usted anoche en Chamartín.

—¿Le gusta el *Válgame Dios*, en Augusto Figueroa? A las nueve.

—Lo conozco. Allí estaré. Será nuestro Rick's.

Comió en un bar de Atocha y tomó un taxi hacia la comisaría de Fuencarral-El Pardo. Se cercioró de llevar en el rostro el estigma del que llega de lejos, así nadie sospecharía que tenía un apartamento en las traseras del edificio. Entró por la puerta principal y nadie lo reconoció. Sólo Rialto, que lo esperaba y lo acompañó hasta la sala de interrogatorios. Allí languidecía Germán Illari, dieciocho horas después de ser detenido en el aeropuerto e identificado, algo que Lahoz había impuesto como efecto escénico. Nadie se había acercado a él, excepto el policía en prácticas que le había llevado la comida. Cuando vio a Lahoz, el psicólogo se movió en la silla casi imperceptiblemente. Pasar consulta tras consulta escuchando a sus pacientes le había conferido cierta tendencia a la inmovilidad, puede que también al mutismo. Lahoz abrió la puerta de la sala y se sentó frente a él, que tenía ante sí todavía la bandeja en que le habían servido la comida. No la había tocado.

—¿No le ha gustado? —preguntó, señalando la bandeja.

—¿Por qué estoy aquí?

—Antes de nada, tengo que decirle que vengo de su consulta.

—¿Cómo se atreve? Tengo derecho a un abogado.

—Sí, es una frase de película. Me he atrevido con una orden judicial. ¿Por qué compró un billete a Buenos Aires después de recibirme en su despacho? Tengo curiosidad.

—Lo sabe muy bien. No quiero que me involucre en esto.

—¿Involucrarlo? No tiene más que contar lo que sabe. Es lo que uno hace con la policía cuando es inocente. Cualquier otra conducta indica que no lo es. Por ejemplo, volar a un país donde la justicia española tendría que salvar el escollo de la nacionalidad para que concedieran su extradición.

—Es mi país —dijo Ilari—. Y sabe que esto no tiene nada que ver con la culpabilidad o la inocencia. Quise largarme hasta que se aclarara todo, para evitar lo que ha ocurrido: dieciocho horas en una comisaría por una simple sospecha.

—Fundada. Si no, el juez no habría firmado esta orden —dijo Lahoz, arrojando el papel sobre la mesa.

—Son demasiados muertos. Además, no me fío de Galactus. Desde que entró en mi consulta tuve cierto reparo a que fuera él quien me psicoanalizara a mí.

—¿Por qué menciona a Galactus?

—Vi cómo se fijó en su expediente. ¿Es el sospechoso?

—¿Cree usted que podría ser el asesino? —preguntó Lahoz.

—Claro que sí.

—¿Por qué?

—¿Piensa que un psicólogo tiene el poder de saber si quien entra en su consulta acaba de soltar un martillo con el que ha matado a otro hombre? Si fuera así, sería inspector de policía.

—¿Qué podría inducir a Galactus a hacer eso? Se lo pregunto como experto.

—Tiene una personalidad demasiado invasiva —explicó Ilari—. Nunca tuve conciencia de que quisiera exponer sus problemas. Más bien, ejercer su influencia. Es un tipo al que la realidad le resulta incómoda, un tipo hecho para internet. En el mundo virtual todo es más fácil. No hay moral. En ese mundo ni siquiera la bondad tiene límites.

—O sea que le tiene miedo.

—En el fondo necesita ayuda —se limitó a decir Ilari.

—Es lo que dicen todos los psicólogos en los juicios. Ayuda a justificar lo que cobran por sus servicios.

—¿Sabe que tiene un hijo?

—¿Quién?

—Galactus —respondió Ilari—. Un hijo de catorce o quince años.

—¿Vive con él?

—No lo sé. Sólo lo mencionó una vez.

—¿Qué dijo?

—Que lo quería en sus ratos libres. Pero sé que lo maltrata desde que era muy pequeño. Compadezco a ese crío.

—¿Se lo ha dicho a él?

—No, nunca.

—Ahora hay muchos padres así. ¿Por qué me lo ha contado? ¿Cree que Galactus es incapaz de criar a un hijo?

—De eso no me cabe la menor duda.

—Dígame: ¿Por qué utiliza usted cintas de *cassette*?

—Estudié e hice mis primeras prácticas con cintas de *cassette*, así que no he dejado de hacerlo. Las cintas son cada vez más difíciles de conseguir. Tengo un programa conversor con el que después paso las conversaciones a cedés.

—¿Todavía cedés? ¿Le gusta el pasado?

—Esa es una pregunta que suelo hacer yo...

—¿Para averiguar qué?

—Para ver si el paciente tiene alguna deuda. Siempre hay algo que no pagamos, o pensamos que no hemos pagado, y que nos ata a una determinada época. Se llama complejo.

—¿Hay algo que usted no haya pagado?

—Lo he pagado todo. No tengo complejos. Si los tuviera, no podría tratar a mis pacientes.

—Dígame una última cosa —dijo Lahoz, sin dejar de hojear el *dossier* de Galactus, de observar su nariz pegada al martillo—. ¿Cuánto hace que Carlota Aimerich es su paciente?

—Es reciente. Aproximadamente tres meses.

—¿Nomofobia?

—Carlota no tenía síndromes muy destacables. Era una mujer segura de sí misma, no dependía de una conexión, ni de una imagen. No sabría decirle más. A veces sospeché que iba a mi consulta para averiguar cosas de su marido.

—¿De Cortés? Es posible. Me quedo con su pasaporte, por orden del juez. No puede salir del país, de momento. No se aleje demasiado, puede que lo llame.

Germán Ilari se levantó y miró el espejo de la pared. No dijo nada, porque ya le habían confiscado el pasaporte en el aeropuerto. Cuando tenía empuñada la manija de la puerta, Lahoz le espetó:

—¿Dónde estaba el cinco de noviembre, hace tres días, a las veinte horas?

Ilari miró al inspector, que seguía con el expediente de Galactus en la mano, como si le echara a él en cara todo lo que no sabía de aquel tipo.

—Terminé la consulta a las siete, después fui a tomar un combinado a la calle de Huertas con mi amigo Esteban Llorente. Es también psicólogo. Tiene su consulta muy cerca, en la calle del León. Estuve con él hasta las once.

—Pase una buena tarde —le dijo Lahoz.

Después fue al despacho de Asterión, el eterno vigilante. Entró sin llamar y lo encontró dormido en un sillón de respaldo bajo, con los pies sobre una silla tapizada que había colocado paralela a la mesa donde tenía dos ordenadores portátiles y uno de sobremesa, unidos por una regleta de cables de casi un palmo de ancha a los buscadores Tor. Asterión despertó y dijo:

—Te esperaba más tarde. ¿Le has sacado algo a la maceta que han puesto en la sala de interrogatorios?

—Ha dicho lo suficiente. ¿Qué me dices de Galactus?

—Un tipo escurridizo de verdad. Está en Madrid, pero desvía sus accesos a la red usando servidores de todo el mundo. Sobre todo, a través de wifis públicas. Ese va con un ordenador portátil por toda la ciudad, y se engancha donde puede. Entonces sube a la red lo que le da la gana, sobre todo paquetes grabados previamente. Nunca emite desde una IP. Será muy difícil localizarlo. Igual vive en una caravana, el jodido. ¿Qué sabes tú de él? Quizá si averiguamos sus puntos débiles podamos acotar el territorio en que se mueve.

—No sé si tiene puntos débiles. Ilari no ha podido arrancarle nada de su vida, excepto que tiene un hijo de catorce o quince años al que ama en sus ratos libres. No sé interpretar eso, ni creo que nos abra nuevos caminos, a menos que tengamos un apellido. Y no lo tenemos. En el informe de Ilari no consta que tenga mujer, relaciones, amigos, ni sitios que le gusten. Ni siquiera le ha dado su nombre. Debe de pensar que es la nada, o Dios: dos cosas que tienen mucho en común. Está en todas partes y en ninguna. No tiene enfermedades mentales identificables, según el psicólogo, pero necesita hablar de vez en cuando, entonces telefonea y se pasa por la consulta, normalmente la tarde de ese mismo día. Si Ilari no tiene hueco, se lo hace.

—¿Eso es todo?

—A ver qué puedes sacar de esto. Transcríbela —dijo Lahoz, tendiéndole la cinta de *cassette.*

—¿Cuánto hace que es paciente de ese loquero?

—Un año.

—Quizá no estamos tomando los caminos correctos —dijo Asterión—. Quizá habría que anticiparse.

—¿Sabes tú como hacerlo? Enséñame esa página que has encontrado.

—La cosa ha sido curiosa —dijo Asterión—. Han caído como moscas.

—¿Quiénes?

—La página en la que sale el tal Galactus se llama *El carnicero.*

Lahoz recordó que Nereida Valerio le había hablado de ella. De esa y de *Morgenstern.*

—No creí que esa página estuviera en la *dark web.*

—Está duplicada. Hay otra con el mismo nombre al alcance de los buscadores normales, pero sospecho que los que la frecuentan son más o menos los mismos.

—Enséñame ese vídeo.

Asterión lo puso en el ordenador de sobremesa. En efecto, aparecía el tipo de casi cuarenta años, rapado por arriba y con las patillas a lo Asimov, lanzando mensajes recurrentes sobre cómo vivir y cómo morir. El cómo se repetía. Según él, había que vivir plenamente y, a ser posible, en otros mundos. Morir había que morir a martillazos, decía, como Pasolini. Entonces enseñaba el martillo que tenía en la foto que encontró en el dossier de Ilari. Sabía manejarlo: describía arcos de izquierda a derecha y de derecha a izquierda, y después terminaba besándolo como si fuera la herramienta más útil de la historia. Ahí acababa el vídeo.

—Quizá sea un simple tarado, ¿no?

—Sí, pero un tarado ilocalizable —contestó Lahoz—. ¿Dónde están las chicas?

Asterión explicó que la versión *dark web* de *El carnicero* las tenía expuestas como cuartos de vaca. De hecho, allí seguían. Marina Paula Ferrer, Noelia Núñez, Carlota Aimerich, que aparecía envuelta en un tejido de dril sobre una cama a medio hacer, con un pequeño devocionario en las manos, como en las antiguas postales puritanas. No las había retirado una vez muertas. Había también mujeres jóvenes a las que Lahoz no conocía. A Noelia Núñez, forrada de charol, alguien la había puesto junto a una onza domesticada. El animal miraba fijamente a la cámara, como un peluche que podía cobrar vida.

¿No sabe que han muerto? ¿Están ahí obligadas?

—Eso tendrás que preguntárselo a Wendy. Es la única que sigue viva.

—¿Cómo has conseguido la dirección?

—Ya te he dicho que han caído como moscas. Cerré *El carnicero* por orden judicial, pero antes utilicé otra que diseñé para lo mismo. Todos vinieron y se apropiaron de ella. Sólo Galactus se lo ha olido. Aún no ha dado señales de existir.

—¿Quiénes son los otros?

—No lo sé. Pronto tendré las IP de la mayoría, quizá en la web normal.

—¿Cuántos son? ¿Son clientes que pagan por ellas?

—Parece que hay de todo. Hay un foro en el que hablan de novela negra y de argumentos cinematográficos. He encontrado contenido pedófilo. Los que se aburren en Wikipedia, pasan a la parte oscura. Y ahí están las chicas.

—Ilari me contó algo que va tomando sentido —dijo Lahoz—: Que Carlota iba a su consulta para averiguar cosas de su marido.

—¿Qué sentido tiene eso? ¿Qué iba a averiguar de su marido en la consulta del loquero?

—A eso me refiero: no iba a averiguar nada sobre Cortés, sino sobre Marina Paula Ferrer.

—¿Cómo supo lo de la aventura de su marido?

—Supongo que por los mensajes telefónicos.

—Hay una cosa que no entiendo —dijo Asterión—: Si es verdad que la Aimerich mató a Ferrer, ¿cómo es posible que, siendo una mujer disponible, igual que la otra, reaccione así porque su llamado marido, pues ni siquiera lo era, se busque una aventura?

—Creo que para contestar a esa pregunta tenemos que indagar mucho en el espíritu femenino.

—No sé si Google me podrá iluminar eso.

—En efecto, hay muchas preguntas —concluyó Lahoz—. Dame los nombres y apellidos de los que entran en esa página. Voy a ver a Wendy.

—Esa entrevista no cambiará nada.

—Lo sé, pero me da pereza entrar en Google.

10. CINCO MUJERES

Dobló la esquina del Paseo de Recoletos, hacia Prim, a eso de la 20:45. Prefería que Nereida Valerio no tuviera que esperarle. Llegó al *Válgame Dios* a las 20:50 y, cuando le indicaron qué mesa le tenían reservada, encontró que la Valerio ya estaba allí, seria, dentro de un traje chaqueta gris muy elegante y con una cerveza frente a ella. No se parecía mucho a las escasas fotos que había visto en internet. Era una mujer, incluso a primera vista, con más profundidad que imagen, eso o sabía mantener las apariencias en un segundo plano. Sentada no parecía muy alta, algo que no le quitaba un ápice de atractivo.

—Parece que lleva usted sin sonreír una semana —le dijo porque, aunque en sus ojos había una pequeña luz hiperactiva, el rictus de los labios improvisaba cierta inquietud.

—Perdóneme —respondió, levantándose y estrechando la mano del inspector—. Ya le diré la causa.

—Si hay una causa, se la diré yo. Soy experto en causas, pero eso es porque estoy chapado a la antigua. Últimamente no encuentro muchas.

—¿Se refiere al caso que...?

—No, lo digo en general —la cortó Lahoz y, viendo que ella tomaba la iniciativa, le echó un cebo—: Aunque es cierto que hasta que llegó este caso, todos los asesinatos se parecían.

En ese instante sonó el teléfono. Era Portal.

—He acabado en casa de la Ferrer —dijo—. ¿Quiere que le haga un resumen?

—Sólo lo más relevante.

—Esta chica estaba obsesionada con su padre. Tiene al menos cuatro fotos de un señor muy simpático, que debe ser su padre. Por lo demás, nada del otro mundo. La casa de alguien que dedica su vida a cosas que no interesarían lo más mínimo a nadie que haya leído un par de libros. Me produce escalofríos la gente que hace todo lo posible para no llegar a nada, sin saber que está a punto de morir.

—Lo veré mañana —dijo Lahoz, y cortó. Sabía a qué se refería Portal cuando mencionó a la gente que hace todo lo posible por no llegar a nada. Lo estaba viendo de quince años a esta parte, y confiaba en jubilarse antes de comprenderlo.

—¿Un colaborador? —preguntó la Valerio.

—Así es.

—¿Tiene muchas personas a su cargo?

—Más de las que desearía. ¿Y usted? ¿Ha averiguado algo?

—¿Va a utilizarme?

—A eso he venido.

—Entonces tendré que contarle todo lo que sé.

—La veo preocupada —reiteró Lahoz—. ¿Le han dicho en el periódico que resuelva usted el caso?

—Por favor, tutéeme.

—¿Lo harás tú también?

—Mi preocupación es otra, no se trata del trabajo. Te lo digo así. Me transmites confianza. Pocas personas lo hacen, y menos a primera vista.

—Espero que no me compares con tu padre.

—No confío en mi padre.

Lahoz se dejaba llevar por los registros de aquella voz. Sonaba sincera, llena de estancias oscuras, pero sincera. Parecen elementos incompatibles, pensó, pero sabía que sólo eran contradictorios. Así que puso atención en los corredores por los que aquella voz lo llevaba, por si podía, durante los silencios, intuir lo que realmente estaba ocurriendo.

—Déjame descubrir si tú me la transmites a mí. Será cosa de poco tiempo —dijo Lahoz.

—Sé que no te fías de los periodistas.

—No se trata de eso. Ya sabes que no puedes publicar nada de lo que nos digamos uno al otro. Pero actúo con lentitud. Necesito tiempo para creer en las cosas que veo.

—No te queda mucho. ¿Cuántos han muerto ya?

—Lo sabes muy bien. Tres.

—O sea que es cierto que a Marina Paula Ferrer no la mató la misma persona.

—No, pero creo que eso no te sorprende.

—Me pareció evidente. Un modus absolutamente distinto. ¿Hay algún sospechoso?

—¿Del crimen de Marina Paula Ferrer o de los demás? Ya te lo he dicho: siempre los hay. Estamos comprobando coartadas.

—Lo que me sorprende es la muerte de Carlota Aimerich. La creía a salvo de todo esto, quizá porque su marido fue la primera víctima. ¿Por qué ella? Apenas convivía con él, al menos eso fue lo que me dijo.

—La gente nunca lo dice todo —añadió Lahoz—. Así que eso tendrás que preguntárselo al asesino, cuando lo tengamos.

La periodista consultaba el menú. En realidad parecía leer un guion. Lahoz no estaba admirado por ello. Nunca hablaba con la prensa, eso se lo dejaba a Collins, pero sabía que en cierto modo la prensa, los periodistas algo arrancaban de la opinión pública, para llevarlo como una lámpara votiva a los altares en los que se reza cuando no hay ninguna solución. Lahoz había adquirido el mal hábito de confiar en las explicaciones, pese a que las muertes acaecidas eran tan dispares que resultaba arduo imaginar una aclaración que las contuviera a todas.

Cuando llegó el camarero, Nereida Valerio soltó la carta y dijo:

—Lo dejo a su elección.

No se dirigió a Lahoz, sino al camarero, que asintió como si estuviera acostumbrado a marcar las tendencias. ¿Y usted?, preguntó a Lahoz el camarero.

—A mí tráigame un bocadillo de mortadela italiana, esa que tiene aceitunas.

—¿Perdón? —se le escapó al muchacho.

—Si no vamos a seguir los cánones de la reciente novela negra, en la que la comida es tan importante como los móviles del crimen, lo mejor es que comamos sólo para no morir. De niño me gustaba la mortadela italiana. Además, no leía novela negra.

—¿Un bocadillo de mortadela de aceitunas? —preguntó el camarero—. ¿Es lo que sugiere?

—Está bien, sugiéralo usted: lo mismo que le traiga a ella.

—Bien —dijo el camarero, y ahí concluyó todo.

No obstante, la Valerio no le dio la carta. Permaneció ojeándola, como si los pensamientos no le permitieran soltarla.

—Supongo que sigues investigando —le dijo Lahoz—. ¿Has sacado algo?

—¿Por qué lo dices?

—El otro día, cuando hablaste con Carlota Aimerich, no te conformaste con lo que te dijo ella misma, y creo que ahora tampoco.

—Inspector, me parece que has avanzado poco en la investigación, si me permites decírtelo.

—¿Dónde debería estar?

—No lo sé. Sólo expreso una impresión que tengo.

—Si expresas ese tipo de impresiones es porque sabes algo que crees que yo ignoro.

Después de una leve pausa, soltó la carta. La colocó en la silla que había al lado y revolvió algo en el bolso que colgaba del respaldo de esa silla. En efecto, había investigado, pero la premura con que miraba indicó a Lahoz que necesitaba llegar lo antes posible a las evidencias escondidas de aquel drama. Lahoz le preguntó:

—Mencionaste *El carnicero*. ¿Sabes quiénes participan en esa página web?

—No hemos podido llegar a ella, a la que verdaderamente importa. No hemos hallado su dirección en la *dark web*. La que está en Google sólo es un trampantojo —contestó Nereida Valerio.

—¿Hemos?

—No trabajo sola en esto. Hay un compañero que me ayuda, periodista también. Este caso es un iceberg. Aquí arriba sólo vas a encontrar los cuerpos que mueren abajo y salen a flote. ¿No es lo único que hemos encontrado hasta ahora, cuerpos? Pero no es de El carnicero de lo que quiero hablarte.

—¿De qué, entonces?

—¿Has averiguado algo de Marina Paula Ferrer?

—No hay mucho que decir de ella. Una chica que sólo tenía presente. Lo único que hemos encontrado en su pasado es una relación con su padre que se convirtió en dependencia al morir éste. Creo que ella misma era consciente de que no tenía futuro.

—¿Algo en común con el resto de los que han muerto?

—Apariencias. Todos concurrían a un foro llamado *Now.0.*

—¿Crees que el asesino participaba en ese foro?

—Puede que incluso haya sido creación suya. Hay dos personas que participaban y aún no han muerto.

—¿Sospechas de ellos?

—No —dijo Lahoz—. ¿Qué sabes tú de Marina Paula Ferrer?

—Puede que haya que tener en cuenta otras cosas.

—¿De su pasado o de su presente? —ironizó Lahoz.

Nereida Valerio volvió a hacer una pausa casi imperceptible, una especie de descansillo dispuesto a la improvisación, y reveló:

—Ese amigo que me ayuda me comentó que hace un año una amiga suya se suicidó. El periódico lo envió a él a que hiciera una crónica del suceso. La escribió, pero no se la publicaron.

—¿Cómo se llama tu amigo?

—Neil Palacios. Quizá has oído hablar de él.

—No.

—Es un *freelancer.* En ese momento estaban escasos de reporteros de calle y el periódico lo llamó a él. Un suicidio en el hotel Intercontinental. Una chica de veintitrés años se arrojó por la ventana de una suite de la quinta planta. Murió en el acto. Neil contactó con la familia, y ellos le dijeron que la única amiga que tenía la suicida se llamaba Marina Paula Ferrer.

—¿Habló con ella?

—En principio no pudo localizarla. Consiguió su teléfono y la llamó infinidad de veces, pero nunca respondió a esas llamadas. Más tarde la localizó en Instagram, en Youtube. Esa chica estaba en todas partes, pero rodeada de un muro invisible.

—¿Crees que la relación con esa amiga muerta es importante para el presente caso?

—No sé si directamente.

—¿Cuáles fueron las sospechas de tu amigo Neil?

—Me dijo que fue incapaz de hacer que le dieran en el hotel la lista de ocupantes de la quinta planta.

—¿Por qué jugaba a ser policía? ¿Para qué quería esa lista?

—Para saber con quien había estado la suicida. Habló con la familia. A nadie le cupo en la cabeza que ella quisiera quitarse la vida.

—¿Ni siquiera ante un revés amoroso?

—¿Conoces la historia?

—He oído hablar del suceso, pero no sé si tiene algo que ver con lo que le ocurrió a Paula Marina Ferrer hace tres días.

—La chica que murió hace un año estaba con un hombre que, como te digo, no ha aparecido —dijo Nereida Valerio—. Neil me ha dicho que, si quieres, estará encantado de hablar contigo. Dice que ese dato, el del hombre que estaba con ella, podría abrir una vía de investigación muy importante.

—Sigo sin saber si ese suicidio es pertinente en la muerte de Marina Paula Ferrer. ¿Cree tu amigo que ese hombre tenía algo que ver con ella ahora?

—Ella también intentó suicidarse hace un año, una semana después que la otra.

—Tales casos se dan —dijo Lahoz—. Y tengo que seguir una línea que sea lo menos tortuosa posible. Economía profesional. Hay gente que podría morir mientras leo las novelas de las vidas de otros.

El camarero llegó con dos platos iguales y los dejó en la mesa.

—Perfecto —dijo Nereida Valerio—. ¿Vas a intentarlo, al menos?

—No te prometo nada, ni a tu amigo Neil.

—A él no le importará. Para él es como ganar una apuesta.

—¿Con quién ha cruzado esa apuesta?

—Conmigo —reveló la periodista—. A mí me parece imposible que ambas se enamorasen del mismo hombre.

—¿En qué fecha se suicidó Claudia Torres?

—Sabes su nombre... —dijo ella, con un arrebato nuevo en la voz, como si la sangre hubiese empezado a golpearle más fuerte contra la piel—. Neil me ha hablado tantas veces de esa chica que...

—Que se ha convertido en alguien que te cuenta al oído todo lo que le ocurrió. También me pasaba eso de pequeño, cuando empecé a leer libros. A mí me lo contaba el capitán Nemo.

—Por favor, no te burles. Claudia Torres se suicidó el 11 de abril de 2018.

—¿Qué persigues con todo esto?

Nereida no estaba haciéndole demasiado caso a la comida, pero de pronto tomó los cubiertos y se decidió a convertir aquella conversación en una cena.

—Estoy convencida de que el misterio de la muerte de Claudia Torres esconde un crimen que sigue impune. Quizá esté relacionado con la muerte de Marina Paula Ferrer.

—Espero que no lo hagas para volver a desenterrar el Caso Watergate. Los periodistas confundís demasiado a menudo la actualidad con vuestra vanidad, o vuestra soberbia.

—En realidad los periodistas lo confundimos todo, pero es difícil creer que Claudia Torres se arrojara por una ventana después de saber que estaba embarazada.

—¿Cómo sabes eso?

—Neil lo averiguó. Se lo dijo Marina Paula Ferrer. Era entonces su mejor amiga. Sólo ellas dos lo sabían en ese momento.

—¿Consiguió entonces localizarla y hablar con ella?

—Tuvo que hacerse pasar por uno de sus fans para conseguir una cita. Pasó una tarde con ella, en una cafetería de Lista.

—¿Embarazada del hombre que estuvo con ella en el Intercontinental?

—No. Embarazada de un compañero de clase, un estudiante como ella, con el que tenía una historia. Estaban en cuarto de carrera. Tampoco el estudiante llegó a enterarse. Murió antes de poder decírselo al padre del hijo que llevaba dentro, que creo que no era quien la invitó al Intercontinental.

Lahoz tomó igualmente conciencia de que tenía su primer plato delante. Declaró:

—Últimamente tengo bastantes problemas con los suicidios. Todo el mundo sostiene que lo son cuando no lo son. ¿Por qué razón Marina Paula Ferrer intentó suicidarse una semana después?

—Neil no la conoció hasta tal punto. De hecho, intentó suicidarse después de hablar con él. Para Neil, Marina Paula fue una simple testigo.

—¿Puedes enviarme lo que escribió hace un año sobre todo esto?

—No le dejaron publicar nada. Fue una tesis que no caló en el consejo de redacción, donde se tomaban las decisiones. Dijeron que no estaba basada en nada que se sostuviera. La muerte de Claudia Torres sólo llegó a diez líneas en la página de sucesos, aparte la nota necrológica que publicó su familia.

Cuando llegó el segundo plato, algo con bouquet de ensalada, Nereida Valerio volvió a pronunciar la palabra mágica, con aquel saludo de conformidad al camarero:

—Perfecto.

El chico se inclinó y se llevó las sobras del primer plato. Había elegido bien. Cumplía su función. Era el portador de esa gracia que a veces se daba entre las mujeres y el placer que otorga lo establecido. Lo compartiría con el chef más tarde. No obstante, Nereida Valerio permaneció un momento en silencio, mirando el plato, con el tenedor en la mano, y dijo:

—Todo ocurrió hace un año, y ese tipo sigue libre. ¿Pasa esto con muchos culpables?

—No lo sé.

—Sí lo sabes. Según he oído, eres más un fiscal que un inspector.

—Hay fiscales que no cumplen con su cometido —dijo Lahoz.

—¿Eres tú uno de ellos?

—Supongo que no, pero tengo un defecto, al menos como inspector. Me gusta cometer errores. A veces los cometo como si jugara un solitario de ajedrez, para ver qué consecuencias tienen.

A la mañana siguiente despertó en el apartamento que ella tenía en la calle de Dulcinea, cerca de Nazca. Desde el momento en que salieron del restaurante no se cruzaron muchas preguntas. Llegaron allí en taxi, se besaron en el recibidor y fueron directamente al dormitorio. El piso estaba lleno de plantas, grandes plantas que parecían tropicales entre las cuales asomaba un ordenador o una pila de libros. El único dormitorio, sin embargo, tenía lo justo para que ningún hombre que entrara en él olvidase que el resto del mundo carecía de importancia. Ella exigió que no apagara la luz, pero se trataba de una de esas luces que se esconden en la lejanía de la sombra que provocan, pues estaba envuelta por hojas de una planta con un verde que rozaba lo intenso, parecido al de la caoba. Se amaron sin decir una palabra, porque Nereida Valerio, al parecer, era una de esas mujeres que no necesitan comunicar nada a partir del instante en que se quitan la ropa. Lahoz sabía que estaba cometiendo muchos errores, incluso qué errores eran, así que no tuvo que reflexionar demasiado. No solía hacerlo. Recordaba, eso sí, que ella había estado un momento en el baño y, entretanto, él había llamado a Asterión para pedirle la lista de huéspedes de la quinta planta del hotel Intercontinental la noche del 8 al 9 de abril de 2018, y también la del 10 al 11. Por la mañana no se quedó a desayunar con ella. La contempló dormida mientras se vestía y volvió en taxi a casa. Sabía que había sido todo real. ¿Era también verdadero? Si se hacía esa pregunta era porque daba importancia a esas categorías, y eso significaba que corría con un lastre agarrado a la cintura. Sabía lo que le habían dicho sus deseos, los de los dos, pero el deseo es algo tan prescindible como una prótesis, aunque hay muchos que son incapaces de prescindir de tales prótesis.

—¿Tienes los nombres? —preguntó a Asterión, por teléfono, a las nueve y media en punto.

—Estoy seguro de que has pensado que tengo mis horas de sueño —sostuvo éste.

—Sí, pero puedes renunciar a ellas, igual que yo a mis prejuicios.

—Imposible: sólo tienes prejuicios —dijo Asterión—. ¿Cómo has conseguido la información que me diste ayer? Las fechas, quiero decir.

—Nunca revelo mis fuentes.

—Prepárate para lo que voy a decirte. Esas dos noches que me señalaste se alojó allí un tipo al que conocemos bien: el doctor Germán Ilari.

—El psiquiatra —musitó Lahoz, pensando que quizá todos los datos que lo relacionaban con la muerte de Marina Paula Ferrer los había tenido al alcance de su mano.

—¿Reservó la habitación solo?

—Con una mujer llamada Claudia Torres.

—*Touché.*

—¿Puedes decirme qué pasó esa noche en el Intercontinental? ¿Hemos encontrado alguna pista importante?

—Sólo hemos llegado a la mitad del bosque, donde las sombras son más densas.

—Eres un optimista incorregible —dijo Asterión.

—Lo soy, sin duda. Quizá quede la mitad del camino más larga hacia nuestro asesino.

—Lo celebro, entonces. Muy pronto te enviaré las direcciones IP de los que participan en *El carnicero.*

—¿Está ahí Illari?

—Por supuesto.

—¿Y Galactus?

—De ese tipo aún no sé nada. Como te dije, creo que se lo ha olido. No aparece, y ni rastro de las direcciones desde las que envió el vídeo donde hace de rapero.

—Mándame esas direcciones, quiero echarles un vistazo.

—Bien. Hay también un tipo que es editor. Apenas publica nada, pero convoca un premio anual de novela negra. Se llama Gonzalo Testa, y el premio es *El mezclador de venenos.* ¿Te suena?

—No. Dame también una lista de las chicas disponibles.

—¿Vas a hablar con Noelia Núñez?

—Es justamente lo próximo. Tenemos que reunirnos esta tarde. Todos. Hay tarea.

—Eso sí que es un cambio. Menos mal.

—Y una última cosa: dile a Collins que firme una orden de búsqueda y captura contra Germán Ilari. Supongo que ya no estará en su consulta, ni en su casa.

—También yo lo supongo, pero démosle cierto voto de confianza.

—Que vaya Rialto a por él, por si acaso.

—No seas muy duro con la chica —dijo Asterión.

—No soy su padre, aunque persiga lo mismo que perseguiría él.

—¿Comprender?

—Comprender no me interesa. Se me ha pasado la edad de comprender. Creo que hay algo más detrás de una decisión como la de prostituirse. Creo que, en realidad, no ha sido una elección de ella.

—Lo de siempre, ¿no?

—Sí, lo de siempre. Envíame también los vídeos de presentación que haya de todas ellas.

—No querrás verlos —dijo Asterión.

—Es lo malo de este oficio.

Tomó el metro hacia Callao, donde Noelia Núñez trabajaba. Era muy posible que no supiera qué mujeres aparecían en *El carnicero* junto a ella. Esas cosas sólo las saben quienes pagan por ver, como en el póker. En cualquier caso, Wendy apenas sabía nada. Lahoz había observado la forma que tenía de parapetarse en esa ignorancia. ¿Era también una elección que tampoco había tomado? Posiblemente fuera otro de sus errores: atribuir inocencias que no existían. A propósito de errores, cuando llegó a Callao recibió la llamada de Nereida Valerio, desde algún teléfono oculto en el corazón de aquel bosque donde se hospedaba.

—Espero que haya algún lugar en ese cerebro que me recuerde —dijo.

—Hay muchos lugares. He pintado una cruz en cada uno, para unirlas después con una línea.

—Eso me trae a la memoria los pasatiempos de cuando era niña. ¿Vas a decirme el dibujo que sale?

—Te lo diré, pero necesito perspectiva.

—¿Como los niños?

—Ojalá pudiera verlo todo con los ojos de un niño.

—No estoy pidiéndote nada. Soy una chica que hace su propio camino.

—No temo nada de eso. A mi edad, no tengo pretensiones. ¿Las tienes tú?

—Una mujer siempre las tiene. ¿El eterno femenino? Ahora morimos demasiadas. ¿Por qué te has ido tan temprano? Esperaba que desayunáramos juntos.

—Tenía pendiente una entrevista, y no he querido despertarte.

—¿Tiene que ver con lo que te dije ayer? —preguntó Nereida—. ¿Vas a iniciar esa investigación?

—Todo tiene que ver con lo que me dijiste ayer. Esa investigación ya está iniciada. ¿Me lo dijiste sólo por ayudar, o hay algún otro motivo?

—Tengo infinitos motivos, entre ellos ayudar. Recuerda que me han encargado varios artículos, pero no es sólo eso. Me preocupa la impunidad de los que matan a las mujeres.

—Este también mata a hombres.

—En esos artículos tendré que ocuparme también de los hombres, pero me pagan por considerarlos daños colaterales. Son los hombres los que siempre han matado, a hombres y a mujeres.

—Tengo una pregunta importante que hacerte. ¿Conoces o has oído hablar de un tipo llamado Galactus?

—Nunca he oído ese nombre —dijo ella—. ¿Quién es?

—Alguien que puede ser el centro de este asunto.

—Lo atraparás. Para eso está la policía, ¿no?

—Tuve al asesino a cien metros, pero se me escapó —confesó Lahoz, y esperó a que Nereida Valerio priorizase el significado de esa frase, lo llevase al lugar que realmente debía ocupar. Ella dudó:

—¿Qué quieres decir?

—Lo que oyes. En El Retiro, hace cinco noches. Sólo pude ver una sombra.

El metro paró en la estación de Chueca. Lahoz miró a todos los que iban en aquel vagón. Maletas, portafolios, libros electrónicos, docenas de teléfonos móviles. Cualquiera de ellos podía ser el que buscaba. Sabía que era sólo una narración, la forma de pensar propia de un policía. Pero estaba cansado de aquel estilo. Le gustaba su oficio, había pasión en él, y dudas que podían descartarse, postergarse, dibujarse en un panel de estrategias para afrontar un riesgo. Pero estaba cansado de hacer incursiones en la maldad de los demás.

—No te preocupes por eso: volverás a tenerlo a tu alcance —así fue como Nereida lo resumió—. ¿Vendrás esta noche?

—No puedo prometértelo. Me gustaría.

—Espero tus noticias.

Y colgó. El metro llegó a Callao. En la puerta de la zapatería donde trabajaba Noelia Núñez estaba apostado Felipe Correas, un agente de apoyo, con el teléfono móvil en la oreja. Lahoz no envidiaba lo que le había encomendado. Ni siquiera lo saludó. Se acercó a él y le dijo:

—¿Está dentro?

—Hola inspector —contestó Correas—. La seguí esta mañana desde su casa en Lavapiés. Vino en metro. No ha debido dormir bien, pobrecilla, porque ha sacado la misma ropa que llevaba ayer.

—¿Cómo era?

—¿La ropa? Una cazadora negra de cuero con el cuello de piel de conejo, o algo así. Ayer fue a la peluquería y se tiñó el pelo de azul turquesa.

—Las chicas no suelen hacer eso.

—¿Hacer qué?

—Ponerse dos días seguidos la misma ropa. Y además hacerse algo para que la reconozcan más fácilmente. ¿Se ha dado cuenta de que la sigues?

—Creo que no.

—Entra a por ella. Te espero aquí.

Correas penetró en la tienda. Fue a la planta inferior y volvió con una chica que, en efecto, tenía el pelo azul turquesa, parecido al plumaje de un guacamayo, pero no era Noelia Núñez.

—¿Quién demonios eres tú? —le preguntaba Correas subiendo las escaleras—. Dame tu carnet de identidad. Soy policía.

La jovencita sacó un documento en el que ponía Beatriz Lopez Carrascal.

—¿Qué relación tienes con Noelia Núñez? —insistió Correas.

—Somos amigas —dijo Beatriz López Carrascal—. Estudiamos juntas.

—¿Dónde está ella?

—Supongo que en casa.

—¿En casa? —gritó Correas, sintiéndose responsable de aquel error de colegial.

—¿Por qué estás tú aquí, en su lugar? —preguntó Lahoz, aunque supo que era una pregunta retórica.

—Noelia llamó ayer a su jefa y le dijo que iba a venir yo a sustituirla. A veces lo hacemos.

—Ayer se tiñó para parecerse a esta —dijo Lahoz a Correas—. Lo planeó todo. Ni siquiera le dijo a su amiga que tenía que fingir que era ella. Misma estatura, mismo atuendo... Nos la ha pegado.

—Me la ha pegado a mí, inspector.

—Reconozco que es difícil ver las diferencias. Pero por qué —dijo Lahoz, y preguntó a la sustituta—. ¿Te comentó si tenía previsto ir a algún sitio?

—Sólo que iba a quedarse en la cama. La cabeza lleva doliéndole varios días.

—¿Qué hago? —preguntó Correas.

—Ve a su casa, a ver si la localizas, aunque no lo creo. Mantenme informado.

Sin explicarse por qué, se sintió más como un padre engañado que como un policía que comete un error. Había puesto, sin pretenderlo, un cebo en la calle, un cebo al que no podía colocar encima de una trampa sometida a vigilancia. Un cebo indefenso que no sabía casi nada de lo que hace veinte años las mujeres de su edad solían saber sobre la vida. Sin embargo, no tenía tiempo de compadecerla. Wendy volvía al prostíbulo.

11. PREGUNTAS SOBRE EL ÉXITO

Correas se pasó la tarde rondando la casa de Noelia Núñez, una vez comprobado que no se hallaba dentro. El portero le abrió y se fue. Correas recorrió el salón, la habitación y la cocina americana de un piso donde sólo era posible vivir muy lejos, porque la verdadera puerta de salida no era la que tenía cadena y doble cierre de seguridad, sino la pantalla de un ordenador colocado sobre la mesita del salón, junto a un vaso de *Sunny delight.* No había libros, ni discos, ni indicios que indicaran que allí vivía una mujer de veintiséis años. Correas le comunicó a Lahoz, por teléfono, que era la primera vez que se sentía mayor, desconectado del presente, pese a que en aquella casa nada indicaba que hubiera un presente. En realidad, lo que sentía Correas era que su crédito hubiese sido puesto en jaque. Si no conservaba su posición, sólo le quedaban sus principios, jerarquizados por el código profesional de la policía. El rumor de que había escapado un testigo bajo su custodia circuló por la comisaría, y Correas prefirió no aparecer hasta haberla encontrado. Lahoz se preguntaba si habría que ir a por Wendy al País de Nunca Jamás, pero prefería, igualmente, no contestar a esa pregunta. Asterión se mantuvo varias horas en guardia frente a la vasta tela de araña que había dispuesto, atento a cualquier vibración, por si escribía un WhatsApp, o hacía alguna llamada. Pero nada. Wendy tenía el teléfono apagado. Sabía que la policía la vigilaba. Sin duda, alguien se lo había dicho. Era la única razón de que alguien como ella pudiera vivir desconectada. Asterión llamó a Lahoz y éste se lo dijo:

—Tiene que aparecer en la red. Si no, lo hará en poco tiempo.

—La han ocultado.

—¿Quién?

—El último que la llamó, a las 10 de la mañana.

—Ilari.

—Exacto —confirmó Asterión—. Ese tipo tiene un inexplicable influjo sobre toda esta gente.

—No tan inexplicable. Lo extraño es que se haya expuesto de esa forma. Quiero decir, llamándola.

—Él piensa que no lo ha hecho —dijo Asterión—. Llamó desde un teléfono que no está a su nombre, un antiguo teléfono de prepago que no tenía detrás un usuario. Debe conservarlo. Hubo compañías de telefonía a las que se les escaparon algunos, desde que la ley obligó a poner un titular a cada teléfono nuevamente adquirido. No lo dio de baja. Ilari lo sabe. Debe usarlo en contadas ocasiones.

—¿Entonces cómo lo has localizado? ¿Cómo sabes que es él?

—Tuve una sospecha y triángulé los repetidores de comunicación. Hubo cinco segundos en que el teléfono de Ilari, el que está a su nombre, se puso en funcionamiento. Un despiste, seguro. Quizá pensó que era mejor llamar por el teléfono irreconocible, antes que utilizar el suyo, pero puso en marcha el suyo. Ambos estaban justamente en el mismo lugar.

—¿Dónde? —preguntó Lahoz.

—En la calle Mayor, en el piso de Marina Paula Ferrer.

—Joder.

—Y otra cosa: esa casa tiene un teléfono fijo. Lo miré. Hubo otra llamada desde ese teléfono cuatro minutos después, a un tal Gonzalo Testa. ¿Lo conoces?

—Sé quién es, pero no lo conozco. Era mi próximo paso. Mándame su dirección, su teléfono y todo lo que tengas sobre él en *El carnicero.* ¿Cuánto duró esa llamada?

—Poco más de cuatro minutos.

Después llamó a Rialto. Estaba en comisaría, leyendo el resto de los informes de Ilari, y viendo los vídeos que le había pasado Asterión sobre cómo habían llegado al éxito tanto Noelia Núnez como Marina Paula Ferrer.

—Tiene que verlos —dijo—. Hay algo escalofriante en todos ellos. Todas las chicas sonríen muy bien, pero no he visto miradas más vacías. Es como si...

—Como si ninguna lo hiciera por voluntad propia.

—¿Eso cree? No estoy tan seguro. Creo que lo hacen con entera conciencia de lo que han elegido. Me refiero a la resignación... ¿Puede resignarse alguien a ir por el camino que ha elegido? Puedes resignarte a morir, no a la forma que has elegido para hacerlo.

—Los veré esta tarde, si tengo tiempo, aunque puedo imaginar lo que contienen —dijo Lahoz—. Hay algo muy importante que tengo que encargarle. Quizá le aclare un poco lo que está viendo. Al menos, más que a mí. Se trata de Germán Ilari.

—¿El psiquiatra? ¿Lo han localizado?

—No. Sigue en paradero desconocido. Parece que muchas de las chicas que llegaron a su consulta provenían del Centro de Salud Mental de Retiro, en la calle Lope de Rueda. Es posible que las conexiones entre esa institución y el psiquiatra no sean lícitas, incluso conexiones que el propio centro ignore. Mire a ver si puede averiguar quién le proporcionaba las pacientes a Ilari; quién derivaba, si se hacía así, las pacientes desde ese centro de salud mental hasta la consulta de Ilari.

—Me encargo ahora mismo —dijo Rialto.

—Gracias. Estoy también con ese tema. Aunque se halla en paradero desconocido, el loquero está dejando pistas. Intento seguirlas. Llámeme con lo que tenga.

Le resultó inevitable pensar que Ilari fue al piso de Marina Paula Ferrer a buscar algo, la cuestión es si lo encontró. Quizá la llamada que había hecho a Noelia Núñez indicaba que no, o que existía la posibilidad de que, si no lo tenía la Ferrer, Noelia Núñez pudiera hacer algo al respecto. Descartó esta posibilidad: Noelia había planificado su escapada, no era una improvisación, ni el resultado de algo ocurrido tras aquella llamada. Las relaciones entre el Centro de Salud de Retiro y su gabinete eran demasiado evidentes. Había alguien en ese centro, que surtía a Ilari de mujeres jóvenes que terminaban en las páginas de contactos de la *dark web*. Ahora bien, una cosa era eso, y otra los crímenes. ¿Por qué Ilari se deshacía de ellas, si era

Ilari el asesino? Las dudas persistían, en espera de que las pruebas pudieran desequilibrar la balanza. Había sido un tremendo error dejarlo en la calle, pero no era un error suyo, sino del juez, un error del sistema judicial.

En el taxi, camino de Cuzco, Lahoz estuvo viendo lo que Asterión le envió sobre *El carnicero.* Un foro sobre argumentos policiacos y, tras ese proemio, una diversidad de plataformas que incluían juegos de rol, intercambios de pederastas y, por supuesto, una página de chicas disponibles. No había más que realizar una llamada, después de recibir un código numérico que había que pedir, a través de la propia plataforma, a un tipo que aparecía en un vídeo de treinta segundos, de unos cuarenta y pocos años, que rapeaba sobre todo lo ofrecido y la facilidad de conseguirlo. Las dos patillas a lo Asimov flanqueaban un rostro que parecía la excrecencia de una cabeza rapada hasta llegar al comienzo de las sienes. Presentaba a cada chica como una mujer creada por un novelista concreto. Marina Paula Ferrer era un personaje de James Ellroy, Noelia Núñez de Dennis Lehane y Carlota Aimerich, por supuesto, de Raymond Chandler. Los años se transformaban en décadas, al parecer. Al margen de este pequeño atisbo de imaginación, Galactus animaba a la legión de elegidos que llegaban hasta él a tomar lo que quisiera. Lo que ofrecía se proponía a continuación. Cada una de las chicas hablaba durante un minuto exacto. Lahoz clicó sobre Noelia Núñez y aparecía ella diciendo lo que cualquiera presupondría que iba a decir. Le gustaba leer y la moda. Sus *hobbies*, sin embargo, eran ir de tiendas y la literatura erótica. Y la música, por supuesto, y no sólo la música de ahora, sino la clásica. Sus movimientos favoritos eran el 2º de la 7ª de Bruckner y, por supuesto, el 2º de la 7ª de Beethoven. Después aparecía desnuda, en medio de un escenario de teatro en penumbra, sonriente, detrás de un violonchelo, y atacaba la primera de las dos piezas. Lahoz pensó que la prostitución cada vez recurría más a esos montaje. Lo que realmente gustaba a los que contrataban prostitutas no eran sus cuerpos, sino lo que representaban, su cultura, lo que ellos no tenían, ni podrían tener, pero sí insultar. La versión más tremenda e inmediata de la posesión. Asterión estaba en lo cierto: no vio modo alguno de pensar que Noelia Núñez estuviera haciendo aquello coaccionada. Por dinero, sí, pero no contra su voluntad. El signo de los tiempos, pensó. Todas mantenían sus seudónimos: Pris, Wendy y Medea, que era el extraño seudónimo que Carlota Aimerich utilizaba en aquella segunda vida, lejos, quizá por venganza, de su compañero Anselmo Cortés. «Me gusta Lehane. Esa chica, Wendy, lee, ¿no?», escribía un personaje anónimo en el foro de encuentros, a lo que Galactus contestaba: «Como si su felicidad estuviera oculta en los sótanos de la Biblioteca Nacional». «Bien, quiero enseñarle un par de capítulos inolvidables». Te pillé, pensó Lahoz. Tú debes de ser Testa.

Lahoz llamó al tal Gonzalo Testa. Contestó una secretaria. ¿Una secretaria para un tipo que publicaba un libro al año? No obstante, tenía una voz que implicaba una mesa bien iluminada, incluso de día, y un montón de manuscritos y formularios de propiedad intelectual apilados en ella.

—Editorial *El mezclador de venenos*. Buenos días —dijo—. ¿En qué puedo servirle?

—Buenos días —respondió Lahoz—. Llamo porque me han dicho que podrían ustedes darme un veneno que me matara sólo en un porcentaje del sesenta y cinco por ciento. Verá, es que tengo una esposa insoportable, pero sólo convivo con ella el sesenta por ciento del año.

Hubo una pausa. Lahoz imaginó a la secretaria con una sonrisa en la boca, pero era pura vanidad. Al final reaccionó:

—¿Y el otro cinco por ciento? —preguntó.

—Quiero que el otro cinco por ciento que sobra me ayude a justificar haber tomado ese sesenta por ciento. Imagínese que en el último momento empiezo a quererla.

—Les plantearé lo que me pide a nuestros lectores de manuscritos.

—¿Son los que mezclan? ¿No es el señor Gonzalo Testa?

Aquel nombre inició una pausa más larga. La secretaria dijo:

—¿Es usted un autor?

—No, señorita, soy inspector de policía.

—Claro —dijo, asumiendo un papel que muchas situaciones exigían en su posición—. Aquí todos los que vienen lo son.

—La veré en quince minutos.

—Le espero, por supuesto.

Aquella editorial de un solo libro tenía su sede en la calle San Telmo. Cuando el taxi llegó dieron las doce en un torreón que, según llegaban las campanadas, parecía perdido al fondo de un valle. Lo lógico era que cualquier editor a esa hora estuviera leyendo originales, o recibiendo a alguna agente literaria, o tendido con su secretaria en un jergón confiscado a algún autor muerto, pero Lahoz se equivocaba, porque cuando llegó al despacho, escueto como el de Ilari, la secretaria le comunicó que Gonzalo Testa había salido justo cinco minutos antes, para entrevistarse con su propio hijo, al que recibía a menudo en días de diario, ya que los fines de semana Testa solía salir al extranjero. La secretaria era una jovencita vestida con kimono, aunque no tenía ojos ni nada japonés en el rostro. Llevaba un cojín en las ancas, y caminaba como si tuviera los pies metidos en sosa caústica.

Lahoz le enseñó la placa y le dijo:

—Soy Enrique Lahoz, inspector de la comisaría Fuencarral-El Pardo, por tanto este es mi distrito —el inspector le entregó una tarjeta que ella miró atentamente—. Si no puedo hablar ahora mismo con el señor Testa usted tendrá que acompañarme a la comisaría, por obstrucción a la justicia.

—¿Es de verdad? —dijo ella, llevando su mirada, enmarcada en las líneas verdes con que se había pintado los ojos esa mañana, de la tarjeta a la placa que Lahoz tenía en la mano.

—Pero no se preocupe: le leeré sus derechos —concluyó Lahoz.

—Ahora mismo le llamo.

Se dirigió al cuartito que había en la parte izquierda, junto al ventanal. Aquel piso estaba bastante más iluminado que el de Ilari. La fotofobia era uno de los síntomas que impera en la gente que no soporta su imagen en el espejo. Cuando la secretaria volvió a salir, Lahoz miraba los libros que había en su mesa. Todos habían merecido el premio *El mezclador de venenos.*

—El señor Testa le recibirá. Hoy parece que está de buen humor.

—Entonces he tenido suerte, ¿no?

La secretaria se sentó en su mesa con una sonrisa de oficio en los labios y se puso a teclear en el ordenador.

—¿Ha pensado en lo que le dije?

—¿Cómo?

—Lo del sesenta y cinco por ciento.

—Oh, es usted... —dijo, retomando el diálogo que aquella sonrisa ponía en la boca de todos los que la aceptaban—. Moveré algunos hilos.

—Bien —dijo Lahoz, dirigiéndose al despacho de Gonzalo Testa. Éste le esperaba sirviéndose una copa de algo. Había un minibar en un mueble en cuya parte superior descansaba un antiguo y enorme equipo de sonido. A casi todos los muebles y objetos de aquella habitación los había barnizado el desuso.

—¿Qué puedo hacer por usted, inspector Lahoz? —dijo Gonzalo Testa, mirando la tarjeta que le había entregado su secretaria—. No todos los días viene a verme la pasma. ¿Desea tomar algo?

—No, gracias —rechazó Lahoz—. No confío en lo que puedan contener esas botellas.

El editor no desvió la mirada del vaso y se echó un poco más.

—¿Lo dice por el nombre de la editorial? Los argumentos son hermosos, igual que los venenos. Hasta que no se beben nadie sabe cómo va a morir.

—Sí, lo mismo ocurre con la vida —dijo Lahoz.

—Exactamente igual. Supongo que será una visita de cortesía.

—Me temo que no. He venido a hablar con usted de hechos muy concretos.

—Hechos —repitió Testa—. Es la única palabra que me asusta. Hechos son esas cosas de las que uno nunca puede escapar, aunque no las haya pensado, ni llevado a cabo. La novela está llena de ellos —Lahoz entendió, a partir de ese instante, que cuando Testa se refería a la novela su único referente era la novela policíaca—. Me gustan esos argumentos en los que el protagonista es la víctima, no el ejecutor, o el criminal, elija el término que quiera. Son novelas que se parecen más a la vida. ¿Cuáles son esos hechos, inspector?

—¿Conoce *El carnicero*?

—¿Y quién no conoce *El carnicero*? Es una hermosa página de ambiente. Estamos perdiendo el ambiente. Ahora sólo cuenta lo que se ve, pero lo que no se ve es infinitamente más importante.

—En el caso de *El carnicero,* tenemos ambas facetas.

—Sí, es uno de sus atractivos —dijo Testa.

—¿Conoce usted a Germán Ilari?

—Le advierto que no voy a conocer a nadie.

—Puedo hacerle todas estas preguntas en comisaría, junto a un café de máquina expendedora, después de dos días de arresto como medida cautelar.

—No le niego que sería una experiencia interesante —respondió el editor, dando un segundo trago—. Nunca he oído hablar de ese tal Ilari. ¿Quién es? ¿Un psicólogo argentino?

—En efecto.

—Me sonaba el apellido. No porque lo conozca, sino porque todos esos apellidos italianos que aparecen en las novelas no son de sicarios, o chulos, o mafiosos. Siempre son de psicólogos, y los psicólogos son siempre culpables. Los culpables no me interesan.

—Ya me ha dicho que le interesan las víctimas.

—Son lo que no se ve. La psicología del culpable suele ser mecanicista, interesada, un extracto de lo más determinista del ser humano. La del inocente es emotiva, ilógica, basada en el sufrimiento, que es lo único que nadie comprende. Habría que echarle un vistazo más profundo al sufrimiento, fuera de la religión, por supuesto. La religión utiliza al sufrimiento como una pegatina para tapar los agujeros que tiene la fe, cualquier fe.

—¿A qué víctimas se refiere?

—Hablo en general, a cualquiera —dijo Testa—. Por supuesto, las víctimas que mueren quedan invalidadas, no sirven, pero aquellas que las rodean, y viven esa muerte, inician un acercamiento, normalmente por el camino más largo, que se parece a una maravillosa justificación. Eso es lo verdaderamente interesante. ¿Se ha fijado en cómo las verdaderas incursiones en el alma humana las realizan aquellos personajes que han perdido a otros, a gente que quieren?

—No, aún no me he fijado en eso. Soy un mal lector de novelas de policía.

—No obstante, está usted en una posición privilegiada.

—¿Porque soy policía?

—Porque hay que serlo, si se quiere presenciar lo que supone la muerte, la culpabilidad, la humillación, el miedo. La novela es un sucedáneo que tenemos que consumir los que pagamos una entrada para saber qué es el hombre.

—¿Le dicen a usted algo nombres como los de Marina Paula Ferrer, Noelia Núñez o Carlota Aimerich?

—¿Quiénes son?

—Víctimas.

—Interesante. ¿Muertas?

—Todas —mintió Lahoz. La mentira abría puertas con combinaciones de diez cifras.

—¿Jóvenes?

—Muy jóvenes.

—¿Estuvo usted allí?

—¿A qué se refiere?

—¿Consoló a sus padres, a sus amigos?

—Me ha dicho que no conoce a Germán Ilari —dijo Lahoz—. Sin embargo, a eso de las diez de esta mañana habló con él más de cuatro minutos. ¿Cómo lo explica?

—¿Tengo que explicarlo? —dijo Testa, pulsando un interfono que había sobre la mesa. La secretaria se presentó—. Me dijo usted que alguien hizo una llamada equivocada esta mañana, ¿no?

—Así es —contestó la secretaria.

—Dice el inspector que la comunicación estuvo abierta más de cuatro minutos.

—Oh, lo siento —siguió ella explicando—. Seguramente me dejé descolgado el teléfono. Tenemos teléfono fijo, pero apenas lo utilizamos, la verdad.

—Idílico, ¿no es así? —concluyó Gonzalo Testa—. Quiero decir, desde el punto de vista argumental. Cualquier detalle puede llevar a alguien a tener que contratar a un abogado y a un procurador.

—¿Y nombres como Pris, como Wendy, como Medea? ¿Le suenan?

—Con esos me hallo bastante más familiarizado.

—¿Por qué? —preguntó Lahoz.

—Me he acostado con todas ellas.

—¿Cuándo?

—Oh, varias veces. ¿Va a recriminármelo moralmente?

—Tiene que hacer una lista con los días y las horas que estuvo con ellas.

—Consultaré mi agenda, pero tenga en cuenta que no seré el único.

—Sin embargo, es usted mi principal sospechoso.

—¿Por qué? —Testa parecía bromear, a juzgar por la sonrisa copiada a su secretaria que apareció en su boca, a la que añadió una cara de cómico inglés, exagerando su incredulidad.

—Prejuicios —dijo Lahoz.

—¿Sospechoso de haberlas matado?

—¿Quién le ha dicho que han sido asesinadas?

—Eso es de lectura fácil. No creo que la gente tan joven muera de otra forma, a menos que se trate de accidentes. Pero, ¿todas al mismo tiempo? Por otro lado, si no fuera así, usted no habría tenido la deferencia de planificar esta visita.

—En eso tiene razón.

—¿Pero por qué iba a matarlas? Y, sobre todo, ¿por qué pagarles por sus servicios, si después hiciera lo posible para quedarme sin tales servicios?

—Tendrá tiempo de repasar, en la cárcel, todos esos puntos —dijo Lahoz, consciente de embarcarse en otro papel muy parecido al que Testa desempeñaba.

—Y en cuanto a las fechas, estarán todas en los periódicos —dijo el editor, volviendo a llenarse la copa. Lahoz no había reparado en que otra vez la tenía vacía.

—Entonces compruébelas, y después deme sus coartadas.

—¿Sabe quién fue la que más me gustó? —preguntó Testa.

—No.

—La que más disfrutó con ello —replicó Testa—. Ya sabe cómo somos los pervertidos. A todos nos gusta el mismo tipo de mujer, el mismo tipo de novela. Aquella de la que sabemos el final, en el fondo. Mujeres y novelas, novelas y mujeres... La que nunca nos decepciona, la que lo plantea todo para hacernos concebir las debilidades, los defectos que podemos arrancar a la víctima, al autor. ¿Sabe cuál de las tres fue la que más loco me volvió?

—No.

—Sí, creo que lo sabe. ¿No lleva veinte años afilando el instinto para comprender lo que falta en cada *puzzle*?

—De modo que un pervertido.

—La aristocracia de la perversión. No es un delito, y si lo fuera tendría que arrestar a dos tercios de la raza humana.

—No haga sociología.

—No es sociología, es teología —recalcó Testa, disfrutando claramente de oírse a sí mismo—. Ahora ya sabe que no puede preguntarme si las maté yo. Ni si me tiro a mi secretaria. ¿Se ha puesto a mi altura? ¿Ha dejado su placa, su pistola, su condición de empleado público en el cajón donde guarda los deseos de venganza hacia todos aquellos a los que arresta, y a quienes los jueces ponen al día siguiente en la calle?

—La pistola nunca la dejo en ningún sitio. No me separo de ella.

—Dicen por ahí que le llaman El fantasma. Me recuerda a aquel personaje de cómic. Balas en el tahalí y moral intachable.

—Nunca se dan unas sin la otra.

—A pesar de ello, se muere porque se lo diga.

—¿Qué?

—Quién de las tres follaba mejor.

Se sentó, alcanzó un folio y un bolígrafo que había encima de la mesa y se puso a escribir sin dejar de hablar. Lahoz vio que la corbata que llevaba era demasiado chillona para aquel traje teñido de un gris de otra época. Roja, con ramales de árbol amarillos y blancos, anudada sin ningún cuidado, que no le hacía parecer más joven. ¿Es esa la clave de este soplagaitas, no dejar de ser un adolescente?, se preguntó. Cierto que ese era el fundamento de todo el mundo. ¿Por eso pagaba por acostarse con mujeres más jóvenes? Cuando terminó de escribir, Testa le tendió el papel.

—Ahí tiene los lugares en los que estaba, y con quien estaba cuando supuestamente mataron a esas chicas. Le he puesto los días completos, porque no sé si los periódicos difundieron bien las horas en que fueron cometidos los crímenes.

—Lo comprobaré escrupulosamente —dijo Lahoz, mientras echaba un vistazo al papel. Buscó las horas concretas: el día 5 de noviembre, a las 20 horas, momento en que asesinaron a Mariana Paula Ferrer, se encontraba cenando con Lorena Vélez, una agente literaria, en el *Commodore*, Plaza de República Argentina. Después, sobre las 23'30 horas, hora en que asesinaron a Carlota Aimerich —escrita así, con su verdadero nombre— estaba en la oficina de la editorial, donde ahora se encontraban, follando con su secretaria. El resto del día estaba lleno de notas sobre sitios y acompañantes, hora tras hora, a veces minuto tras minuto. El tipo había estado ocupado el 5 de noviembre. El polvo con la secretaria había durado exactamente siete minutos, después se había ido a casa, donde había pasado la noche con Noelia Núñez. Sólo había dormido con ella. Todo aquello lo escribió en escasamente dos minutos.

—¿Qué pasa con Noelia Núñez? —preguntó Lahoz.

—No tengo constancia todavía de que haya muerto, lo cual me alegra sobremanera.

—¿Por qué?

—Es la que mejor folla, pero eso creo que ya lo sabe —respondió—. Y espero que siga haciéndolo. Si muriera, yo sería el primero en lamentarlo.

—El hecho es que se le mueren todas las que toca.

Gonzalo Testa miró un instante por la ventana. Madrid jugaba con sus lejanías como un niño con un calidoscopio que fabrica espejismos.

—Fatalidad —dijo Testa.

—Voy a hacerle ahora las preguntas morbosas —anunció Lahoz.

—Las esperaba desde que entró por esa puerta.

—La primera: ¿Conoce a Galactus?

—Es un buen proveedor.

—¿De qué le provee?

—¿Usted qué cree? De juventud. Alargarla no es un pecado, que yo sepa.

—¿Pero lo conoce?

—Nadie lo conoce. Nadie le ha estrechado la mano, puedo asegurárselo. Nadie sabe dónde está.

—La segunda: ¿Por qué prefiere a Wendy?

—No sea apocado —respondió Testa—. No la prefiero. He dicho que es la que mejor folla.

—¿No es lo mismo? ¿Acaso pide usted más que eso cuando paga?

—En absoluto. Soy un hombre que sabe lo que compra. Nunca me he enamorado, eso se lo dejo a los que tienen esperanza. Enamorarse es como ir al dentista. Lo más que esperas es que te quiten el diente que está doliéndote.

—¿Qué tiene eso que ver con Noelia Núñez?

—Wendy es joven, folla con esperanza, como si eso pudiera ser el principio de algo trascendente, verdadero. Tampoco cree en el amor, pero cree en sus gestos, por eso cuando me visita me gusta dormir con ella. A veces pago sólo por eso, por dormir. Esas chicas son las mejores víctimas. En eso consiste el engaño, la humillación: en compartir con alguien un paraíso del que sólo uno tiene la llave, y sabe que va a tirarla al retrete.

—¿Por qué?

—Porque en ese paraíso sólo podría vivir la otra persona. La única que cree en él. Sólo quien no tiene ninguna esperanza puede producir humillación. ¿Existe alguna otra forma de dominar?

La secretaria entró con una bandeja en la que traía cartas y un talonario de cheques. Lo depositó todo en la mesa y después se dejó tomar por la cintura. Testa le desabrochó el kimono hasta que apareció el comienzo del pecho y le escribió algo con el bolígrafo, una frase bastante corta, mientras ella sonreía con esa sonrisa que se adivinaba incluso cuando hablaba por teléfono. Al terminar, la dejó ir. Ella se levantó de sus rodillas y se llevó la bandeja, moviendo el pompón que llevaba cogido en el trasero con una cinta roja.

—¿Quiere saber que he escrito sobre esa piel, digamos, tan disponible?

—No —contestó Lahoz, dirigiéndose hacia la puerta—. Creo que volveremos a vernos.

—¿No va a decirme que soy despreciable, inspector?

—No, pero espero que sea culpable.

—¿Culpable de qué? ¿De asesinarlas?

—Culpable de cualquier cosa.

12. LOS SEGMENTOS Y LA RECTA

Asterión le confirmó que la llamada hecha desde el teléfono fijo que había en el hogar de Marina Paula Ferrer había sido al móvil de Gonzalo Testa, no al fijo que tenía en su oficina, si aquella jaulita de oro donde mantenía malpagada y vestida con kimono de geisha a su secretaria podía denominarse así. La secretaria no podía haber recibido la llamada de Ilari y, lo más importante, aunque tampoco una sorpresa: Testa e Ilari se conocían. Lahoz no sabía hasta qué punto, ni si aquel trato era circunstancial, o simulado, o encubría algo más semejante a una simbiosis. Tenía la dirección de la casa de Marina Paula Ferrer. Fue la que le dio al taxista en cuanto salió del triste emporio de Gonzalo Testa. El taxista era un hombrecillo con ademanes de sabelotodo, así que Lahoz, incapaz de salir de procesos mentales que no avanzaban, sobre el sucedáneo de éxito que estaba calando en la gente joven, le preguntó, a bocajarro:

—¿Le gustaría ser famoso?

El hombre lo miró por el espejo retrovisor. No pareció sorprenderse, aunque fuera una pregunta demasiado imprevista, a una hora demasiado de trámite. Lahoz pensó que había muchos chóferes habituados a hablar con la clientela. Se lo preguntó porque él mismo no entendía la base del problema. ¿Qué sentido tiene renunciar a lo que es únicamente de uno mismo, para ofrecer a los demás la parte que se repite en todos? Era lo que habían intentado Marina Paula Ferrer y Noelia Núñez. Núñez no había muerto, pero también perseguía compartir lo mismo: cosas propias que jamás deberían compartirse con seguidores desconocidos. Y conquistar lo mismo: cosas que no merecen la pena. Quizá tengo estas ideas porque pertenezco a otra generación, pensó Lahoz. No obstante, le costaba admitir que vivía en un mundo distinto al de la generación posterior. El hombrecillo que empuñaba el volante era algo mayor que él, por eso le hizo aquella pregunta. Tenía curiosidad por ver si aportaba un punto de vista distinto, quizá más radical, o más distanciado. Había pensado toda la mañana en el caso de quien había habitado la casa a que se dirigía. ¿Qué relaciones tenían la muerte y la fama? Para Marina Paula Ferrer, la llama del éxito era lo último que había ardido en su vida.

—¿A qué fama se refiere? —preguntó el taxista.

—A la fama que ansían los jóvenes de ahora: no tienen nada en qué creer, por eso escuchan cualquier cosa.

—No sea tan duro con ellos, aunque esa no la entiendo, si le soy franco. No me gustan los toros, ni creo que ponerse delante de uno sea beneficioso para nadie, pero como no tengo la valentía de hacerlo, entiendo la fama de quienes sí lo hacen.

—Sí, estoy de acuerdo con usted.

—Ahora bien —prosiguió el taxista—, eso está al alcance de muy poca gente, así que ahora la fama consiste en otra cosa.

—¿En qué?

—En hacer lo que está al alcance de cualquiera, sobre todo de los que no son capaces de sobresalir.

—Está siendo usted muy ilustrativo. Se lo agradezco —dijo Lahoz.

—No tiene importancia. Me gusta que alguien llegue a mi taxi cuestionándolo todo. ¿Es usted periodista?

—Soy inspector de policía.

—Claro, ahora lo entiendo. ¿Tiene algún sospechoso?

—Con los sospechosos tengo un pequeño problema: todos quieren ser famosos.

—No le arriendo las ganancias.

—Lo sé. Al parecer, lo más difícil son los motivos, saber por qué ahora se cometen crímenes.

—No lo crea. Yo mataría a mi suegra. Sin motivos.

—Todo eso es demasiado sofisticado para mí.

—¿Entonces?

—Los crímenes a menudo escapan a quienes los cometen: son frutos de sus debilidades —dijo Lahoz—. Por ejemplo, acabo de hablar con un hombre que debería estar en la cárcel.

—¿Sospecha de él?

—Es un tipo odioso, despreciable, y él lo sabe. ¿Que si sospecho de él? Podría haber asesinado a tres personas, sin duda. Matar requiere una pasta especial, un cierto tipo de soberbia. Y ese tipo la tiene. Sin embargo, quizá sus debilidades sean otras.

—¿Qué quiere decir?

—En los tiempos que corren, cualquier asesino es un hombre simplemente dispuesto a renunciar al pensamiento.

—¿Como los animales?

—Algo así. Alguien capaz de llevar la mente hasta cero, de no tener en cuenta nada más que lo que desea o lo que odia.

El taxi llegó a la Puerta del Sol y el chófer dijo:

—Muy interesante su conversación, inspector, pero hemos llegado. Lo dejo aquí. Espero que atrape a ese hijo de puta.

—Lo atraparé.

Enfiló la calle Mayor, llena de turistas japoneses y americanos. La casa de Marina Paula Ferrer estaba hacia la mitad de la calle. Llevaba la llave que había pedido, y un agente le había entregado cuando Portal la dejó en comisaría. La casa era herencia de su padre, muerto cuatro años antes. Su madre no había vuelto con ella, aunque vivía en Madrid, después de que el juez le hubiese dado a él la custodia. Se trataba de un piso bastante grande, más de cien metros, donde se notaban las manos de Germán Ilari. Tenía llave, y no era la primera vez que estaba allí. Lahoz halló objetos revueltos, esparcidos por el suelo. Aunque el desorden no era demasiado evidente, se notaba en una casa que parecía una maqueta, prueba de que Marina Paula la había dispuesto para poder grabar en ella. Ahora bien, se preguntó Lahoz: ¿Qué ha venido Ilari a buscar aquí? Estuvo recorriendo el salón y las dos grandes habitaciones. Sólo en una había una cama muy grande. Estuvo buscando diarios, notas por los cajones de las mesillas. También Ilari los había abierto. Luego era algo así lo que buscaba. ¿Algo que lo incriminase? ¿Algo que lo uniese a él, a Ilari, a Claudia Torres, la amiga del alma de Marina Paula Ferrer? ¿Cartas? ¿Habían pasado a las manos de Marina Paula objetos pertenecientes a Claudia Torres?

No encontró ni una sola carta. En aquella casa no había papel. Ni libros, ni cuadernos, ni bolígrafos, ni nada con lo que escribir, igual que en la de Salvador Doncel, o en la Carlota Aimerich. El único lápiz que había usado Marina Paula durante toda su existencia era un lápiz de labios. ¿Por qué? Era claro que no necesitaba escribir. Su mundo no se asentaba sobre esos pilares. Ella no tenía una letra identificable, ni manuscritos. Lahoz se preguntó si alguna vez habría usado un procesador de textos, o escrito en una pantalla blanca, en uno de esos alarmantes espacios vacíos destinados a no fijarse en ninguna memoria que no fuese automática. En el salón había cajas y cajas de viejos cedés, escrupulosamente apiladas, cajas llenas de lápices de memoria y tarjetas usadas para contener archivos visuales. Fue a encender el ordenador portátil que había encima de la mesa, pero alguien ya lo había hecho. Ilari, por supuesto. En las paredes, además del retrato, a diferentes edades, del hombre que Lahoz supuso su padre, había varios carteles de productos de marca. En una pequeña fotografía a color Marina Paula posaba con una chica de su edad, con el pelo recogido en una coleta y el flequillo cortado en horizontal. ¿Claudia Torres?, se preguntó Lahoz. Aún no había visto ninguna foto de la suicida. En una de las fotografías del que había supuesto su padre , igual que Portal, también aparecía Claudia Torres, junto a Marina, delante de una pared repleta de libros. ¿Eran estos libros de su padre? —pensó Lahoz—. ¿Dónde están ahora? Le incomodaba que ella se hubiese deshecho de ellos, pero era un sentimiento propio que no podía achacar a Marina Paula Ferrer. Finalmente: ¿Qué había venido a buscar Germán Ilari? Si no era un diario, ni nada escrito, tendría que haber mirado en todos aquellos pendrives que había esparcidos por todas partes.

Fue insertándolos uno a uno en el ordenador. Imágenes propias, de sesiones de YouTube; ensayos fallidos de anuncios que no habían salido a la luz. Eso lo marcaba ella. Con un gesto de manos cruzadas y brazos separados, descartaba la toma. Tenía más de treinta vídeos pintándose los labios, cincuenta bailando sobre la cama con distintos pantalones, colocándose zapatillas junto a cajas que llegaban e iban a parar a una mesa de burrillas. Lahoz echaba un vistazo al índice de los archivos y la mayoría ni los abría. Todos tenían nombre, a veces eran nombres de marcas, o de distribuidoras, o de fabricantes de complementos femeninos. A menudo aparecían archivos sin título, y Lahoz entraba en ellos para comprobar que, de nuevo, sólo contenían retazos de una vida descartable en su totalidad, si hay alguien que pueda decir eso.

Las ventanas de la sala principal daban a dos pequeños balcones desde donde se veía la calle de los Coloreros. Las de las dos habitaciones eran también bastante pequeñas, una daba a la calle Mayor, la otra también a Coloreros, algo que suponía algún inconveniente para grabar con móviles y cámaras. Marina lo había solucionado con la colocación, en trípodes, de grandes haces de luz continua y pantallas reflectoras. Lahoz las encendió y todo adquirió la profundidad de una mentira, una especie de plató en el que la existencia de cualquier objeto tenía sentido por sí misma.

Hizo una pausa y se sentó en una pequeña mesa donde todo estaba ordenado, pero todo era superfluo: pendientes, cadenas en forros transparentes, anillos, relojes, una miríada de cuentas con las que hacer collares, un paraguas precioso para el que no existía una lluvia merecida. ¿Es así como empleabas tu tiempo? ¿Pero por qué? ¿Te llenaba esto? Sabía que la única que podía contestar a aquellas preguntas era Noelia Núñez. La había creído cuando dijo que no conocía a Marina Paula Ferrer, aunque compartió con ella un sitio al que raramente se llega en sus posiciones y a su edad: la página de contactos de Galactus. Quizá Wendy pudiera recoger las palabras de Pris. Pero antes tenía que dar con ella.

Fue a mirar en los armarios, todos empotrados, de forma que en las tres grandes habitaciones de la vivienda, el salón y los dos dormitorios, sólo había ángulos rectos, paredes desnudas, pintadas con colores claros, cuyas superficies sólo eran obstaculizadas por mesas pegadas a la pared para apilar objetos en cajas. Los armarios estaban igualmente ordenados por estaciones y, en cada estación, por vestidos más o menos vaporosos para posar y algo más formales para salir a la calle. Lahoz acarició algunos, para comprobar el tipo de tela. En los cajones bajos estaban los complementos: cinturones, bolsos, zapatos, guantes. Predominaban los morados y negros. Uno de aquellos guantes tenía dentro un pequeño objeto. Era otro pendrive. ¿Por qué este está aquí? ¿Un accidente? ¿Un descuido? Lo llevo al ordenador y lo insertó. Aparecía Marina Paula Ferrer, desnuda, excepto por unas bragas de algodón blanco. El resto del cuerpo lo tapaba con un cojín escarlata bordeado con una cenefa. Su rostro estaba lleno de dudas. No sabía qué hacer. Se tendía en un sofá, sin quitarse de encima el cojín, y finalmente lo apartaba. Parecía seguir las órdenes de alguien. Lahoz tomó el ratón y subió el volumen del equipo. Entonces oyó una voz. Así no vas a conseguir nada. Era una voz masculina. ¿Quieres repetir la historia de Claudia? No puedes resistirte de esta forma. Ella se sumía en la tristeza. Miraba el cojín, finalmente lo alejaba de su cuerpo. Se oyó otra vez aquella voz: No supiste ponerla en el camino correcto. Ahora puede que seas tú la que pague por aquello. No había más sombras en la habitación, excepto la del hombre que hablaba. La habitación era el salón en que Lahoz se hallaba, con todas sus luces apuntadas hacia el techo y los paraguas que las difundían. Marina Paula tenía los ojos arrasados en lágrimas, y el hombre le decía, con toda tranquilidad: Así no podemos filmar. Voy a cortar un momento, hablamos y después seguimos. ¿Estás de acuerdo? Ella volvía a colocarse el cojín delante del pecho y decía que sí con la cabeza. En ese momento se cortó la grabación.

Ilari, pensó Lahoz. La voz era reconocible. Buscó más archivos en aquella memoria, pero lo que había eran sesiones grabadas por la propia Marina Paula, incluso sesiones en que se desnudaba como si fueran ensayos para mostrarse en las otras. ¿En esto consistía todo?, se preguntó Lahoz, aunque sabía que la pregunta no era esa, que todavía distaba bastante de lo que estaba ocurriendo desde hacía doce días. ¿Era Ilari el tipo que escapó de la barca de El Retiro? Las evidencias eran más claras. Había oído una amenaza, una explicación de la muerte de Claudia Torres, la gran amiga de Marina Paula Ferrer. La advertencia de que a ella iba a pasarle lo mismo. Ilari la mató, o la convenció de que se arrojase por la ventana del hotel Intercontinental. Sonó el teléfono. Era Rialto.

—¿Está donde creo que está?

—¿Dónde cree que estoy?

—En el piso de la penúltima víctima.

—Así es. ¿Ha conseguido lo que le pedí?

—Estaba todo organizado, a espaldas, como me dijo, de la dirección del establecimiento.

—¿Sabe la dirección?

—Estoy con Portal. Nos vemos en media hora.

Cuando llegaron, Lahoz no tuvo más remedio que hacerle la pregunta de reglamento.

—¿Cómo sabía que estaba aquí?

—Porque no le gusta la comisaría, y creo que tampoco le gustan las tabernas. El piso de Carlota Aimerich ha sido ocupado por los herederos —tiene dos hermanos—, así que sólo quedaba este. Me dijo Asterión que no constan herederos de esta chica. Era hija única, y sus ascendientes han muerto todos, excepto su madre, que ni siquiera sé si irá a la inhumación. Triste.

Portal ya había estado en aquella vivienda, pero Rialto no la había visto. Toda aquella celebración de lo superfluo apenas le extrajo una palabra, pero se notaba que estaba algo asombrado.

—¿Qué hacía esta mujer aquí? —fue lo único que dijo—. ¿Películas?

—Películas que apenas le interesaban, si quiso escapar con el primer desconocido que le prometió un instante de amor. Sólo confío en que Cortés fuera sincero —dijo Lahoz—. ¿Qué ha averiguado?

Rialto extrajo un pasaporte del bolsillo y lo puso sobre la mesa. En él aparecía la foto de un jovenzuelo desmelenado con cara de hacer muchas horas extras.

—Víctor Ansúrez, un tipo que trabaja, o trabajaba en admisión del centro. La dirección acaba de despedirlo. Convenció a algunas pacientes de que lo mejor era que tuvieran una atención de calidad. Las enviaba a Ilari. Un verdadero especialista, doctorado en Harvard, decía de él. Y no demasiado caro.

—¿Qué relación existe entre Ilari y Ansúrez? ¿Dónde se conocieron? —preguntó Lahoz.

—Ansúrez fue quien lo acogió cuando Ilari vino de Buenos Aires, al montarse allí el corralito. Compartieron vivienda durante cinco años. Lo ayudó en esos tiempos, después los dos idearon este sistema para acceder a una clientela que Ilari no tenía en Madrid. Se repartían el dinero que Ilari sacaba con el tratamiento de las chicas.

—¿Todo el dinero? —dijo Portal.

—No he podido llegar hasta ahí. Todos estos tipos se atreven a aparentar vergüenza cuando confiesan.

—¿Te lo ha dicho, así, a la primera? —dijo Portal.

—Primero se ha cagado en los calzones. Me dijo que hacía tiempo que no tenía contacto con Ilari.

—¿Y si le apretamos las tuercas? —preguntó Portal.

—Dice que se comunica con él por teléfono. Sabe dónde está su consulta, pero no el sitio donde vive. Seguro que miente. Si lo vigilamos quizá nos pueda llevar hasta él.

—Para eso habría que ponerlo en la calle —dedujo Portal.

—Libertad con cargos, pero eso tiene que decirlo el juez —propuso Lahoz—. Hablaré con Corcovado, le diré que es una medida transitoria. ¿Dónde está ahora?

—Un agente lo llevó a comisaría.

—Habrá que encargar a alguien que lo vigile —dijo Portal—. Espero que no sea un tipo demasiado suspicaz, ni cauto.

—Bien. Ahora quiero que veáis algo —les pidió Lahoz, llevándolos hasta el ordenador y poniéndoles la grabación que tenía de Marina Paula Ferrer. Rialto y Portal la vieron hasta el final. Percibieron al unísono la tristeza de la joven, la mordaza que arruinaba cada gesto. Cuando oyeron la voz coincidieron en que era la de Germán Ilari.

—Hijo de puta —dijo Rialto—. Parece que esto abre muchas puerta.

—¿A qué puertas te refieres? —preguntó Portal, ensimismado en la pantalla.

—¿No os parece que el camino está claro? —explicó Rialto—. El tipo recogía a muchachas y, en lugar de curarlas, las iniciaba en la prostitución. Tenía un lógico ascendente sobre ellas. Las convencía y después se las entregaba a Galactus.

—¿Galactus?

—¿No es él quien las presenta en esa página de encuentros que tiene en la *dark web*?

—*El carnicero.*

Lahoz miraba a Portal, que iba de la pantalla a Rialto, como si a todo lo que éste decía hubiera que darle dos manos de brea para que flotase. Había advertido que los únicos carteles donde aparecía Galactus pertenecían a los hombres. En el hogar de Marina Paula Ferrer no había nada de eso, ni en el de Noelia Núñez. Lo recordaba porque se lo había preguntado a Correas la noche anterior.

—¿Qué le parece? —le preguntó Lahoz.

—Repaso todo lo que había pensado con anterioridad de este asunto.

—¿Ya no sirve?

—¿Qué papel juega aquí Claudia Torres? ¿Quién la mató?

—Germán Ilari. Claudia Torres fue a parar a su consulta, al igual que, después, Marina Paula Ferrer. Ilari utilizaba su propio tratamiento psiquiátrico para llevarlas a donde quería. Eran mujeres con muchos puntos débiles, a los que había que sumar la situación en la que estaban. Ilari se alojó con Claudia Torres la noche que se suicidó. Esa noche y dos noches antes. Parece que hubo un proceso de persuasión, uno de esos que se llevan a cabo mejor en un hotel caro que en una consulta. Al parecer, no contó con que Claudia Torres estaba embarazada. Tenía un novio en la universidad, y no consiguió convencerla para que entrase en la red que Galactus había dispuesto, o que él había dispuesto con Galactus. Así que aún no sabemos si fue un suicidio, o si la tiró él por la ventana, o la presionó para que se arrojara, lo cual estaría lejos de ser considerado un suicidio. Hace un rato hablé con un tipo que se ha acostado con todas, Gonzalo Testa, al que Ilari llamó esta mañana.

—¿Se conocen? —preguntó Rialto.

—Todo indica que sí. Testa es uno de los clientes habituales de Galactus. Asterión localizó la llamada. Todos se conocen.

—¿Podemos incriminar a Ilari en la muerte de Claudia Torres? —quiso saber Portal, que jugaba con una de las cadenitas que había junto al ordenador.

—Recuerde que la propia Marina Paula Ferrer intentó suicidarse una semana después. ¿Porque su amiga murió, o porque se enteró de lo que había pasado en realidad? De cualquier forma, no pudo rebelarse contra Ilari, y la grabación que hemos visto es buena prueba de ello. Ella era la única que podría habernos dicho qué papel tuvo Ilari en esa muerte. Torres era su amiga: calculo que hablaron de todo. Ella sí podría decírnoslo, y quizá otra persona.

—¿Noelia Núñez? —dijo Portal.

—Estoy seguro de que sufre o ha sufrido el mismo proceso que Claudia y Marina Paula. Si aún la mantienen exhibiéndose en *El carnicero* es porque también la han empujado hasta ahí.

—Ya, pero ha desaparecido.

—No por mucho tiempo —dijo Lahoz—. No tiene donde esconderse, al contrario que Ilari.

Habían visto repetidamente la cinta de aquella joven desnuda, y oído la voz de Ilari. Todo parecía caer por su propio peso, pero había multitud de preguntas que seguían sin ser respondidas, preguntas, a juicio del inspector Enrique Lahoz, absurdas: ¿por qué Carlota Aimerich había entrado en ese mundo? ¿Había matado Galactus, o Ilari, a Salvador Doncel y a Anselmo Cortés? ¿Quién diablos era Galactus? ¿Por qué era tan infructuoso rastrearlo? ¿Tenían algo en común todos los muertos? Finalmente, sentados en aquel mundo de espacios vacíos, que no podía pertenecer a nadie, Rialto le hizo la pregunta que esperaba:

—¿De dónde ha sacado esa información sobre Claudia Torres?

—De una periodista, Nereida Valerio. Me lo dijo ayer, y no quiero tomar como verdad algo que parece una hipótesis. Todavía no he podido comprobarlo. Al parecer un periodista amigo suyo, un tal Neil Palacios, investigó hace un año la muerte de Torres, habló con la propia Marina y se enteró de todo esto. El periódico le impidió publicarlo porque lanzaba un mensaje a la policía demasiado claro. En fin...

—¿Existe el tal Neil Palacios? —preguntó Portal—. ¿Le suena ese nombre a alguien?

—Eso puede averiguarse —dijo Rialto.

—Porque si no es así...

—La investigación la hizo ella, lo cual significa que no ha dejado el caso —aclaró Rialto.

—De todos modos, seguimos sin saber quién ha matado a nuestras tres víctimas —concluyó Portal.

—¿Otra vez en punto muerto?

—Hay que encontrar a Ilari y, por supuesto, al jodido Galactus —dijo Portal—. Me pregunto qué gana el tal Galactus matando a esas chicas.

—Este mundo está lleno de gente de la que podemos esperar cualquier cosa. Quizá se ha desecho de lo que ya no le sirve —dijo Rialto.

—Hay otras formas de hacer eso —dijo Lahoz—. Detrás de una mentalidad como la de nuestro asesino hay algo más.

—Nuestro asesino —repitió Portal, jugando con el pendrive que contenía las imágenes de Marina Paula Ferrer—. Ya lo tratamos como si nos prestara su propia lógica para poder atraparlo. Lo malo es que podría ser cierto... ¿Era esto lo que Ilari vino a buscar?

—Supongo que sí, pero puede que haya más elementos que lo incriminen —dijo Lahoz—. No creo que el propio Ilari sepa qué contienen todos los soportes esparcidos por ahí. Puede que incluso haya archivos que ni sepa que existen. Voy a decirle a Morales que lo recoja todo y lo lleve a comisaría. Al menos, los archivos digitales.

Asterión llamó en ese instante, para notificar que Noelia Núñez había puesto en marcha su teléfono.

—¿Dónde está? —preguntó Lahoz.

—En Alcalá de Henares. En el centro.

—Comunícaselo a Correas. Que se desplace allí, a ver si puede localizarla.

—Correas no puede ponerse ahora.

—¿Por qué?

—Noelia Núñez está hablando con él en este instante. Ha conectado el teléfono para llamar a Correas.

Tres minutos después Felipe Correas telefoneó a Lahoz. Estaba algo intranquilo. Finalmente tenía a su alcance a quien había estado bajo su custodia, pero desconocía su paradero.

Lahoz conectó el teléfono a uno de los altavoces de Marina Paula Ferrer, para que todos oyeran, y le ordenó:

—Toma un coche y ve a Alcalá de Henares. Pídele a Collins cuatro agentes. Díle que los incorpore descrecionalmente a este caso, y dales una foto de Noelia Núñez. Llegaréis allí en menos de media hora. Ha llamado desde el centro. No sé si tiene amigos que puedan acogerla, en cualquier caso tendrás más posibilidades de dar con ella que si te quedas en Madrid, porque no creo que vuelva a Madrid. Puede que esté huyendo.

—Ahora salgo para allá —dijo Correas.

—¿Por qué te ha llamado?

—Le di mi tarjeta cuando estuvo a mi cargo en comisaría. Me cayó simpática, nunca la consideré una sospechosa. Se la di por si tenía problemas más adelante, y necesitaba a la policía.

—¿Y?

—Nada, apenas me ha dejado hablar. Me dijo que no la interrumpiera. Colgó antes de que le hiciera una sola pregunta.

—Dime lo que dijo lo más literalmente que puedas, aunque no le encuentres sentido.

—Parecía bastante nerviosa —dijo Correas—. Lo soltó todo de golpe. Dijo que estaba harta de ponerse a disposición de esos asquerosos. Lo dijo así: «De esos asquerosos». Que no quería su sucio dinero, pero tenía miedo de que la persiguieran, como a la Ferrer. Que había empezado a trabajar en la tienda para librarse de ellos, pero no la dejaban en paz. Que era mentira que no conociera a Caparrós. Había fingido no conocerlo en la comisaría, igual que él fingió no conocerla a ella. Pero la habían obligado a acostarse con él, igual que a Marina Paula. Todos se conocían, pero ellas dos querían escapar de esa encerrona. Era una jodida encerrona. Ese dinero no merecía la pena. Se sentía sucia, se sentía peor que cuando iba a la consulta de Germán Ilari para que le hiciera fotos desnuda. Después empezó a gritar algo que no comprendí muy bien: que Ilari había matado a Claudia nosequé...

—Torres —puntualizó Lahoz.

—Claudia Torres, eso es. Que Ilari la había dejado embarazada, para presionarla después con ese niño y que empezara a acatar sus órdenes. Quería que se prostituyera, que entrara en una página de contactos. Después dijo que tenía que colgar. Ahí cortó.

—¿Mencionó a Galactus?

—No, estoy seguro de que no —dijo Correas.

—¿Por dónde vas?

—Por María de Molina. Conecto ahí con la A2. Ahora mismo le digo a Collins que envíe a los agentes a Alcalá. Nos desplegaremos por el centro, a ver si hay suerte.

—Llamaré a Asterión y le diré que comunique contigo si Noelia tiene el teléfono conectado, aunque no lo creo. Y una cosa importante más: recibirás la foto de un tipo que puede que también esté buscándola. Es el tal Ilari. Mantened los ojos abiertos, puede que esté por allí.

—Bien. Notificaré las novedades que haya.

—Todo eso sobre Ilari y Torres se lo habrá dicho Marina Paula Ferrer —dijo Rialto—. No nos hemos enterado de nada.

—Era difícil en ese momento —dio Portal—. Habrá que darle otro repaso a Caparrós.

—¿Pero por qué ahora? —preguntó Rialto—. Pudo hablar cuando pasó por la sala de interrogatorios.

—¿Con Caparrós delante? —dijo Lahoz—. Aquello lo planteé como un careo. Otro error mío. Optaron por lo más fácil: se ignoraron el uno al otro.

Hubo un silencio, como si los pensamientos de todos estuvieran poniéndose a salvo. Al cabo de medio minuto, el que habló fue Rialto. Dijo:

—Esa chica está en peligro. No tiene sentido que se escape de casa por la mañana y explote de esa manera unas horas después.

—No podemos saber qué amigos tiene en Alcalá de Henares —dijo Portal.

—Podríamos saberlo, pero no llegaríamos a tiempo —replicó Rialto.

—¿A tiempo de qué?

—No sé —dijo Rialto, aunque lo sabía.

13. ECOS DEL SILENCIO

La mañana del 10 hubo una reverberación extraña en los periódicos. Alguien había descubierto que algunas de las muertes acaecidas en Madrid en los últimos días podían estar relacionadas. Un par de artículos, citando por supuesto a Nereida Valerio, removieron el fango y concluyeron que en Madrid actuaba un asesino en serie. ¿Ocultaba la policía más muertos que los que habían aparecido? ¿Cuántos más? Lo que ninguno de los periodistas que catapultaron la noticia dijo fue qué relación había entre las víctimas. Tampoco el topo de la comisaría de Fuencarral-El Pardo aportó mucho más. Lahoz dedujo que debía de ser un agente muy precavido, o sin acceso a los archivos importantes. Eso descarta a Asterión, fue la ironía que se permitió. Una expresión sacada de las películas —asesino en serie— se volvió, pese a que la muerte apenas mella la indiferencia de Madrid, un reclamo para conseguir lectores. La noticia se convirtió en una narración, igual que la guerra de Troya. De forma concluyente, uno de los artículos descubría la relación entre Anselmo Cortés y Carlota Aimerich. ¿Vivían juntos? Entonces: ¿crimen machista? El inconveniente para considerarlo así es que habían muerto con una diferencia de nueve días. No podían haberse matado mutuamente. Entonces, ¿qué tenía el asesino contra ellos, contra cada uno de ellos?

Esa mañana Lahoz volvió a desayunar en el bar que había junto a su casa, en la calle paralela a las traseras de la comisaría. Apenas durmió. Demasiada gente en paradero desconocido. No llegaban novedades de Alcalá de Henares. Noelia Núñez no había aparecido. Ilari tampoco. Correas y todos sus agentes habían dormido en una pensión de mala muerte, y estaban en pie desde las siete, enseñando la foto a todos los camareros. El asesino seguía riéndose, muy por delante de la policía, y eso era responsabilidad suya, de Enrique Lahoz. Llamó a Morales y le ordenó que se llevara un par de agentes, limpiase el despacho de Ilari y el piso de Marina Paula Ferrer y los sellara.

Cuando recibió la llamada de Nereida Valerio estaba a punto de tomar un taxi para ver a Asterión. En su sala de vigilancia podía disfrutar de un silencio y una penumbra que lo llevaban hacia señales inadvertidas con anterioridad. Y estaba claro que todo discurría por caminos emborronados, atravesado de luces lejanas y de huellas que entraban y salían de lugares donde era preciso volver a mirar.

—No he tenido nada que ver con lo que se publica hoy —contó la Valerio—. No conozco a esos periodistas, ni he colaborado nunca en los periódicos que sacan los artículos.

—Tarde o temprano tenía que salir. No me preocupa. Al contrario, me divierte ver a los políticos imponiendo normalidad. Lo único que me llama la atención es la forma en que las pequeñas relaciones entre las evidencias parecen de pronto tan claras. ¿Por qué ahora? Una pregunta para la eternidad, si dices que no has tenido nada que ver.

—Nada. Mi único interés es que este caso se resuelva. Entonces hablaré de él en el periódico. ¿Va a resolverse, inspector?

—Quizá después de un par de muertos más.

—¿Qué quieres decir? ¿Cómo sabes eso?

—Es una respuesta de oficio. No tenemos ADN del asesino. Aunque lo tuviéramos, habría todavía un largo camino por delante. No puedo decirte más.

—¿No hay sospechosos?

—Claro que los hay, pero los sospechosos no siempre son culpables. Pasa como en las novelas.

—¿Ni siquiera un atisbo?

—Los atisbos a menudo tienen que ver sólo con la fe, y no siempre los caminos de la fe nos llevan donde queremos. Te llamaré luego.

Y colgó.

Le inquietaba lo que le había dicho a Nereida Valerio. Nada de ADN. Ni una sola huella. Los ataques siempre se producían por detrás, y quien atacaba ni tocaba a la víctima. Tampoco aparecía el arma utilizada. Todo aséptico, lo cual significaba que la víctima no se sentía amenazada por quien se le acercaba por la espalda y, exceptuando a Marina Paula, todas las víctimas se encontraban solas cuando fueron asesinadas. Lahoz no había visto aún esas señales que conducirían al culpable, pero intuía —una intuición menesterosa, la única que tenía— que más que de claves, o pistas, se trataba de señales, de simples señales en las que había depositada una esperanza recogida de un número infinito de lugares donde no existe.

Siempre optaba por lo que sabía, por lo poco que había podido establecer: todo formaba parte de una trama en la que mujeres jóvenes con problemas de comportamiento entraban, coaccionadas o no, en un circuito de prostitución del que, con el tiempo, intentaban salir. Noelia Núñez había denunciado a Ilari con ese propósito. Marina Paula Ferrer se enamoró de Anselmo Cortés con ese propósito. Cortés no pertenecía a ese círculo, pero había propuesto a una de ellas que se escapara con él. ¿Y Doncel? No salía de casa, ni iba de putas, pero poseía una de las llaves de *Now.0*. Las conexiones entre *Now.0* y *El carnicero* estaban claras: casi todos los componentes de la primera mostraban su míster Hyde en la segunda. A las chicas se les privaba de su otro yo, de su triste pseudónimo, y se las exhibía desnudas para que gente como Gonzalo Testa pudiese sentirse como un personaje de las novelas a las que concedía anualmente el premio *El mezclador de venenos*. La naturaleza imita al arte. Ilari era psicólogo: a Lahoz no le pareció extraño que hubiese claudicado a la gran tentación de su oficio: ejercer el dominio sobre aquellas que poseían lo que a él le faltaba, la vida. El caso de Claudia Torres, si era cierto lo dicho por Noelia Núñez, podía ser una muestra de lo que ocurre cuando se ejerce demasiado control. La había llevado, para impresionarla, al Intercontinental, pero de qué forma propició Ilari que Claudia Torres se arrojara por la ventana. ¿Empujándola, o induciéndola a que lo hiciera? ¿O fue un proceso que se le fue de las manos, y ella lo hizo porque no soportaba que un hombre que le había dicho que la quería le pidiera entrar en una página de contactos? Además, estaba la cuestión del hijo que venía. Dos fuentes habían confirmado que ese embarazo existía. La pregunta era si Claudia Torres quería tenerlo, y por qué Marina Paula Ferrer había intentado quitarse la vida una semana después.

Tendría que hablar de ese caso concreto con Nereida Valerio. Con ella y, por supuesto, con Germán Ilari. Tipo extraño, dentro de su simplicidad. Era un negociante, un inversor, pero mientras llevaba a la Torres hacia un mundo ajeno y hostil, mientras la corrompía, casi parecía haberse enamorado de ella. Aquí aparece la naturaleza humana. La naturaleza humana es el único perro que no come lo que le echamos en el cazo. No sabía si Ilari había domesticado a ese chucho. No conocía a nadie que lo hubiera hecho, así que dudaba de por qué le habían puesto el adjetivo humana. Asterión había localizado su vivienda habitual, en la calle Bretón de los Herreros, y enviado allí a dos agentes, pero no lo hallaron. Una vecina les dijo que hacía días que no aparecía por allí. Entraron y lo registraron todo. No había ordenadores, aunque hallaron un disco duro y lo requisaron. Es decir, que se había ido a vivir con alguien. Había buscado un búnker y lo había llenado con los peluches de sus chicas, o con los de quien viviera ahora con él, para sentirse más o menos a salvo.

En el material que tenía era posible que hubiera algo. Fue a comisaría, entró por la puerta trasera enseñando la placa, porque muchos agentes que estaban de guardia no lo conocían. Se dirigió al despacho de Asterión. Allí estaba el ordenador de Anselmo Cortés, el disco duro de Ilari y los lápices de memoria de Marina Paula Ferrer. Se puso a repasarlos con Asterión. Además los teléfonos. Faltaba el de Marina Paula Ferrer, claro.

Empezó por el disco duro de Ilari. Era el que más podía aportar sobre lo poco que sabían. Estaba lleno de fotos y transcripciones de entrevistas hechas en su consulta, fichas de clientes, entre los que estaban todos los muertos y los vivos, incluido Galactus. Encontró un par de vídeos que no conocía. En uno, aquel tipo de patillas exuberantes amenazaba con desollar a todos esos niños que se creen inteligentes. «Las escuelas están llenas de animalitos como esos, y los padres que piensan que sus depravados hijitos van a ser mejores si un pedagogo imbécil les imprime *Superdotado* en el bloc de notas deberían volver a aprender la tabla del siete». El otro vídeo hablaba de lo hermoso que era volver a la naturaleza, pero no a esa naturaleza donde crecen árboles y la gente recorre con mochilas y bocadillos, sino a la desconexión (sic.). Volver al más absoluto anonimato. «Buscadme» —decía—. «Si me encontráis, me someto a pasar el resto de mi vida leyendo *best-sellers*».

Quizá aquel punto inubicable fuera una furgoneta sin wifi, porque de otra forma sería localizada, y tendría un titular.

—Espero que ese tipo esté con la mosca detrás de la oreja —dijo Asterión—. Si yo fuera él, y hubiese visto los periódicos, los cadáveres que han salido, estaría ya cruzando la frontera con mi furgoneta.

—Estoy seguro de que no mira los periódicos —dijo Lahoz—. ¿Crees que vive en una furgoneta?

—Es lo más práctico. Sólo hay que bajarse a mear. En cuanto a las emisiones, basta aparcar en cualquier espacio wifi.

—Discrepo —dijo Lahoz—. Creo que vive en una casa, igual que tú y que yo, aunque es posible que cambie de domicilio a menudo. Así nadie le toma cariño, no tiene que saludar, presentar sus respetos, ni ayudar a la viejecita a subir la cesta del supermercado al ático. No tiene siquiera que entrar en el ascensor. No es de esos.

—Apostaría el sueldo de Morales a que Ilari tiene que saber su dirección.

—Lo mejor que han hecho ha sido ocultar esa relación bajo las confidencias médico-paciente.

—¿Deberíamos ya tramitar una orden de busca y captura? —preguntó Asterión.

—¿De Galactus? Eso depende de que el juez pueda considerarlo implicado en los delitos que estamos investigando. Yo diría que aún no. El hecho de participar en una página web que se dedica a la prostitución, y de que al menos dos de esas mujeres hayan resultado muertas no significa mucho, ya que ha sido una la que ha matado a la otra. Hay móviles, pero conectarlos con el resto de las víctimas no va a ser fácil. Dependemos de lo que nos diga Ilari, cuando lo atrapemos.

—¿Sabes qué es lo que menos me explico?

—Supongo que lo mismo que yo: la conducta de Carlota Aimerich.

—No me la imagino en ninguno de los lugares en los que ha estado.

—Yo tampoco, y yo sí la conozco en persona. Pero todo ese comportamiento obedece a razones que podrían ser lógicas en alguien marcado por una obsesión.

—¿Obsesión por qué?

—Por Anselmo Cortés.

—¿Por su «marido»?

—Creo que la relación de su hombre con Marina Paula Ferrer tuvo una trayectoria más larga de lo que hemos comprobado. Los tres utilizaron a Ilari para verse, o conseguir información. Carlota iba a ver a Ilari de espaldas a su «marido». Empezaría rondando la consulta de Príncipe de Vergara, y se arriesgó a convertirse en paciente. Pero no creo que fuera para sorprenderlos, sino para conocerla a ella.

—¿Qué tiene que ver eso con prostituirse?

—Eso fue una venganza, aunque solo en parte. Si los acechó hasta el punto de conocer sus citas, puede que su entrega a otros hombres fuera una forma de dar visibilidad a la relación que tenía con él. Así podía superarla.

—¿Superar a quién?

—A Marina Paula Ferrer. Recuerda que Aimerich se acostaba con los mismos hombres que ella. Incluso con gente que no significaban nada, como Daniel Caparrós. Al final, todo desembocó en el crimen. No encontró otra salida. Es lo que indica el robo del teléfono móvil de su compañero.

—¿Aquí es donde hace su aparición Germán Ilari? —dijo Asterión.

—¿A qué te refieres?

—Está claro que Marina Paula Ferrer fue distanciándose de él. No soportaba someterse a la sesión de vídeos que hemos visto, ni a lo que eso suponía, pero la dependencia se impuso. Tampoco me explico eso muy bien. Me gustaría saber cómo aprovechó la muerte de Claudia Torres para atar en corto a Marina Paula Ferrer. Si se enteró de que se fugaba con Anselmo

Cortés, de que existía la posibilidad de que no volvieran, prefirió matarlo a él.

—Lo dudo. Marina Paula no podía cambiar de vida de la noche a la mañana, y menos por amor. El que podía darle Anselmo Cortés no era el que ella necesitaba.

—¿Te refieres al de los fans?

—Algo parecido. De todas formas, hay todavía muchas preguntas por contestar.

—¿Mató a Cortés por eso?

—Tendrá que decírnoslo él. Hay que encontrar a Galactus. Es él quien cierra el círculo.

—¿Qué hacemos con Daniel Caparrós?

—Nada. No podemos encerrarlo, ni siquiera interrogarlo porque se haya acostado con alguien que ha contratado en una página de encuentros. Ha mentido en un interrogatorio. ¿Y quién no?

—Lo de la Aimerich da que pensar —recapituló Asterión—. Me da pavor lo que esa mujer ha tenido que sufrir.

—Es curioso que alguien en tu posición diga eso. Supongo que continúas siendo humano —dijo Lahoz—. Al final hizo todo lo necesario para ser la viuda de Anselmo Cortés, y lo consiguió, durante unos días. Y puso toda la carne en el asador. Me dio la impresión de que no tenía idea de quién podía haber matado a su marido, y no le importaba. Su drama era otro.

La penumbra del cuarto solitario, las ventanas con los estores opacos hicieron que Lahoz se diera cuenta de que allí lo importante era lo que había en las pantallas, también a media luz. Desde que trece días antes muriese el primer hombre de aquel caso, el inspector se sentía el tipo al que en la gallina ciega tapan los ojos.

—¿No te parece que estamos a sus expensas?

—¿A expensas de quién?

—Sabes de quién.

—¡Ah, ese...! —exclamó Asterión.— Sí, algo me incomoda esta situación. No comete errores. No se burla de la policía. Va a lo que va. No lo entiendo. ¿Conoces a alguien sin vanidad?

—No es un caso de falta de vanidad, sino de exceso.

—¿Exceso?

—Se comporta como si fuera Dios. Sabe que no ha dejado un hilo que podamos encontrar para dar con él.

—¿Porque va en furgoneta?

—Porque no comete errores. Porque nadie ha conseguido huir de él. Nadie le ha plantado cara. Ni hombres, ni mujeres. Ha fabricado su margen de impunidad donde la policía no ha conseguido entrar, y eso le da la garantía de que no puede entrar.

—Una garantía bastante inestable.

—Él no piensa eso —dijo Lahoz, eclipsado en las pantallas que lo rodeaban—. Dijiste que cuando se solicitaba una mujer en *El carnicero* te daban un código numérico con el que operas en la plataforma, ¿no?

—Así es, en efecto.

—Vamos a realizar esa llamada.

—No vas a poder hablar con nadie, es un mensaje de correo electrónico.

—Envía ese mensaje.

Asterión accedió a *El carnicero,* la falsa plataforma creada por él. Todos los que habían sido asiduos de la otra se habían pasado a esta, quizá a sabiendas. No había nada excesivamente ilegal. No era prostitución, sino una página de encuentros de ciudadanos libres.

—¿Qué mujer solicito?

—A Wendy —dijo Lahoz.— No. Los códigos han cambiado. Solicita a Dennis Lehane.

—Hecho —exclamó Asterión—. La mañana se anima por fin. No sabes lo aburridas que son las horas de un tipo como yo, que lo único que hace es mirar por las ventanas.

—Yo también compadezco a James Stewart.

La respuesta tardó menos de treinta segundos. Dennis Lehane no estaba disponible.

—Prueba con Raymond Chandler.

Asterión envió el mensaje. La respuesta fue idéntica, igual que con James Ellroy.

—¿Qué significa eso? —preguntó Asterión—. ¿Habrá roto Wendy con ellos? ¿Con Galactus?

—Gonzalo Testa lo llamó «un buen proveedor». Ni siquiera sabemos si es algo más que eso.

—¿Y qué pasa con Ilari? La llamó temprano. Puede que estén juntos. Puede que haya utilizado la influencia que tiene sobre ella para llevar a cabo un encuentro.

—¿Después de lo que le dijo por teléfono a Correas? Lo dudo. Seguramente esté metida en un agujero con varias entradas, utilizando el teléfono de otra persona.

—Entonces es tan accesible como si utilizara el suyo —dijo Asterión.

—¿Para quién?

—Para quien ha citado a todos los muertos anteriormente. Todos han caído en esa trampa, exceptuando a Marina Paula, que ha caído en otra. Ninguno de ellos está ahora disponible. Además, fíjate en cómo reaccionó cuando la Aimerich le quitó la presa. ¿Crees que estaba en su lista negra?

—No. Se interpuso. Planifica sus crímenes al milímetro. Lo extraño es que sólo se trató de una pérdida de protagonismo. Además, no se limitó a matarla. Nos lo hizo saber.

—Me doy por enterado —dijo Asterión—. No ha dejado rastro de los números que ha utilizado. Son números lanzados desde servidores ucranianos, o rusos, números con los que los destinatarios tampoco se sintieron familiarizados, y pese a ello contestaron.

—Es la obligación de todo el mundo en estos tiempos: contestar. Si no, te enfrentas a la posibilidad de no existir —dijo Lahoz.

—No hay voces, fueron mensajes de WhatsApp, y fueron todos borrados antes de que esos teléfonos llegasen a nosotros. No es posible identificar a nadie ni en la red, ni en los dispositivos.

—¿O sea que no hay forma de recuperar esos mensajes?

—No serviría de nada, si no tienes la IP, y seguramente no haya IP. Supongo que todos esos mensajes serían una mentira tras otra, emitidos a través de una wifi que comparten miles, y que lo borra todo cada media hora.

—Esperanzador.

—Es lo que hay, amigo. De momento no podemos ir más allá, a menos que haya una pista clara en todo lo que me traiga

Morales, pero lo dudo. No hay razones para pensar que Ilari haya dejado cabos sueltos, aunque sé que es difícil atarlo todo. En cuanto a los lápices de memoria de Marina Paula Ferrer, tampoco creo que aporten nada. Quien sabe todo lo que le ocurrió es el loquero. Él tiene todas las respuestas.

—Esperaremos. Todo esto va casi para quince días.

—¿Nunca te había durado tanto un caso?

—Nunca.

—Siempre hay una primera vez. O, como decía el mago Merlín en aquella película: siempre hay alguien más fuerte que tú.

—No me importa tanto cogerlo como que conteste a algunas preguntas.

—¿Por qué? —se extrañó Asterión. Siempre pienso que a Enrique Lahoz no le interesan más que las equivocaciones de los culpables, ya que el hecho de ser culpable siempre incluye un error, o varios, en la definición. Ahora resulta que también le interesa la ontología del crimen, las razones por las que alguien mata a gente con toda la vida por delante, y mata de la misma forma, como si no hubiera una sola diferencia entre los que mata.

—Necesito saber si lo ha hecho por necesidad, o para ser feliz —contestó Lahoz—. Y estoy convencido de que ningún crimen se comete por necesidad. La necesidad es siempre una ilusión artificial, un narcótico. En cuanto a la felicidad que estas cosas producen, no tiene nada que ver con la maldad. Nadie nace malo: hay que elegir. Ese es el porqué más esencial, por qué se elige la muerte de otras personas.

Lahoz se levantó y dejó pendrives y papeles encima de la mesa.

—¿Te vas?

—Sí, llámame si encuentras algo.

Fue andando hasta la estación de metro más cercana, la de Lacoma. La comisaría parecía un búnker, con aquellos muros grises de refugio nuclear. Aunque Collins fuera su cabeza visible, era la menos inglesa de todo Madrid. Se metió en el metro y fue hacia el centro. Tenía ganas de pensar en otras cosas. Hacía dos noches que dormía mal, incluida la que pasó con Nereida Valerio. El motivo era muy simple: los muertos seguían hablándole y, cuando le hablaban, le pedían explicaciones de por qué no había advertido esto u aquello. Le desconcertaba la situación en la que se había metido Noelia Núñez. Llamó a Correas y éste le dijo que aún no tenía ninguna pista. Nadie la había visto. Esta vez, Noelia Núñez sabía que Marina Paula Ferrer estaba muerta, no podía contestar a su teléfono, ya que seguramente supiera que era su teléfono. No creía que cayese en esa trampa. Ni siquiera pensó que quien poseyese ese teléfono lo conectara. ¿Entonces? Si Noelia estaba en casa de alguna amiga, o algún novio, se hallaba más o menos a salvo. No obstante, quien había sumado a varias víctimas había conseguido sus datos de alguna forma. Carlota Aimerich no contaba: había sido una persecución sin miramientos, sin preparación, una muestra de soberbia, pero de Marina Paula Ferrer sabía dónde vivía, y qué relación tenía con Ilari.

Se le pasó por la cabeza tomar un taxi hasta Alcalá de Henares, o pedir un coche de policía. Podría reconocer a Noelia Núñez por la calle. Encontrarse con Correas y planificar cómo podían atraerla de alguna forma. Asterión había llamado a Noelia Núñez, pero el teléfono seguía muerto. Hubiera sido más práctico sentarse en la plaza de Cervantes, de Alcalá, o recorrer la calle Mayor hasta que apareciera. Esperar lo sacaba de quicio, de modo que al final decidió quedarse en el metro y dejar que la línea 7 lo llevase directamente hasta Alcalá de Henares. Confió en que aquella línea que había tomado fuera un resultado de algún azar benefactor. Esas cosas pasan. Cuando llegó a Alcalá no llamó a Correas, ni lo vio. Fue al parador, pidió una comida y esperó casi hasta que anocheció tomando cafés y consultando las ubicaciones de los asesinatos en el teléfono móvil. No pudo extraer un simple dibujo, de aquellos que había comentado con Nereida Valerio. No había nada.

Cuando se levantó de la mesa eran casi las seis. Ahora sí llamó a Correas, para comunicarle que estaba en Alcalá. Correas le dijo que seguían haciendo preguntas, aunque dos de los agentes habían tenido que volver Madrid, a petición de sus comisarías de origen, y habían sido remplazados por agentes pertenecientes a la comisaría de Alcalá.

—Aquí están sobre aviso —le dijo Correas—. He distribuido su fotografía.

Lahoz propuso que quizá fuera mejor preguntar a la gente de su edad, a los universitarios, pero habría que hacerlo por la mañana. Por otra parte, no existía constancia de que Noelia Núñez se relacionara con gente de menor edad. Sus veintiséis años y, sobre todo, su carencia de estudios la alejaban de esos círculos, igual que una pantalla pone en fuga a los personajes de Dostoievski.

Todo estalló a las once y media de la noche. Correas y Lahoz estaban junto al frontispicio de la universidad vieja, cuando Correas recibió una llamada de la comisaría de Alcalá.

—La chica ha aparecido —le dijeron.

—¿Dónde?

—En el parque Rodríguez de la Fuente, paralelo a la A2. Está muerta —fue lo único que comunicaron—. Enviamos un coche, para que los lleve hasta el lugar de los hechos.

A los cinco minutos dos policías los recogieron y se pusieron en camino.

—Es un paseo donde la gente saca a los perros, entre la calle Octavio Paz y la A2 —dijo el policía que conducía—. No ha debido ocurrir hace más de quince o veinte minutos. Es un lugar bastante concurrido.

—¿Quién la ha descubierto?

—Un perro —dijo el policía—. El dueño se ha dado un buen susto y nos ha llamado inmediatamente. Hace quince minutos. Los forenses han ido directamente.

En efecto, se trataba de un camino bastante ancho. Aparcaron en la calle de Octavio Paz, junto a la ambulancia forense y la furgoneta de atestados, y llegaron al parque. Cuando bajaron del coche y subieron el promontorio, comprobaron que aún había gente con perros por allí. La policía había echado a todo el mundo del lugar donde se encontraba Noelia Núñez: al final del paseo principal. De nuevo, una luz potente marcaba la ubicación de los forenses. Esta vez había tres. Lahoz, conforme se acercaba al lugar, pensaba que todo era igual. Los mismos velámenes de nylon, el mismo silencio.

—¿Qué tenemos? —preguntó el agente que los acompañaba. Uno de los forense le contestó:

—El cadáver de una mujer joven, veintitantos.

—¿Causa de la muerte?

—Parece que ahorcada, ¿no? —dijo el policía.

En efecto, Noelia Núñez, con su pelo verde turquesa y su cazadora negra, yacía apoyada en el tronco de un árbol. Esta vez no había auriculares en sus orejas, ni un lápiz de memoria clavado en el oído, pero tenía el cuello rodeado por un cable eléctrico, de color rojo. El cable la mantenía casi de pie, con la espalda apoyada en el tronco inclinado, y las piernas dobladas, como si hubiese tratado de ponerse en pie.

—¿Agresión sexual? —preguntó el policía.

—En apariencia no, pero eso deberá decirlo un reconocimiento más pormenorizado —dijo el forense.

—Bien, podemos descartar a Gonzalo Testa —musitó Lahoz—. Sólo duerme con ellas.

Correas estaba demudado. Miraba la escena como si estuviese presenciando juntos todos los errores de su vida. Lahoz le dijo al forense:

—Mire su nuca. Compruebe si hay algún golpe, con un objeto romo.

—El rostro no presenta síntomas de asfixia. No es propio de los que mueren por ahogamiento —dijo el forense. Después tuvo que desanudar el cable del tronco del árbol y, posteriormente, del cuello de Noelia Núñez. El cable era bastante grueso, de los que se usan para enganchar cortacésped eléctricos o máquinas de ese tipo, o para trabajar con máquinas al aire libre. Había sido pasado por la horcada del árbol para mantener el cuerpo unido al tronco. Quien lo hiciera tuvo que tirar de él desde el otro lado.

—Hay sangre —dijo el forense, palpando la cabeza de la víctima. Después examinó el golpe y dijo:— Parece que murió antes de que le pusieran el cable alrededor del cuello. Tiene la base del cráneo totalmente destrozada. Diría que han sido más de un golpe.

—¿Lleva objetos encima? —preguntó Lahoz.

El otro forense le tendió una bolsa opaca y dijo:

—Sólo dos...

—Teléfonos —lo cortó Lahoz.

—Así es.

—El de Marina Paula Ferrer y el que estuviera utilizando en lugar del suyo —dijo Lahoz a Correas.

—¿Y el suyo? —preguntó Correas.

—Ojalá nunca aparezca —concluyó el inspector.

14. POSOS EN EL CAFÉ

El once amaneció con todo atado. El cadáver en la morgue, sobre una de las planchas que Suárez limpiaba con una mezcla hidroalcohólica, por no darle ese placer de embalsamador egipcio a sus becarios; los teléfonos en la mesa de Asterión; el cable eléctrico que había añadido parafernalia al cadáver de Noelia Núñez, enrollado en la bandeja que Collins nunca miraba. Los informes fueron instantáneos, como sucedáneos de una rutina. Wendy había muerto de, al menos, dos martillazos en la base del cráneo. Quizá tres, consignaba Morales. Uno de los teléfonos pertenecía a Marina Paula Ferrer. Todo lo que importaba había sido borrado. Era un teléfono caro, por supuesto, de una marca que costaba más que los sueños de los que lo compraban. El otro pertenecía a Indila Nielsen, que era el pseudónimo de Purificación Alba, otra *influencer.* Vivía en la calle de José María de Pereda, a doscientos metros de donde había sido hallado el cuerpo de su amiga, Noelia Núñez.

Lahoz se quedó a dormir en Alcalá de Henares, en un hotel barato junto a la A2. Despertó y se colocó la ropa que había traído el día anterior. Hizo varias llamadas. Una a los que catalogaban las pruebas, puesto que todo había sido asignado al caso que él llevaba, y enviado a la comisaría de Fuencarral-El Pardo. Desde allí le dijeron que el cable medía exactamente doce metros y medio. Le extrañó ese «exactamente» y preguntó qué quería decir. Entonces quien lo había medido le dijo que ese doce metros y medio suponía doce metros con cincuenta centímetros. Ni medio centímetro más, ni medio menos. Bien, dijo Lahoz, y le dio las gracias por aquella precisión. Después llamó a Asterión.

—No hay nada en el teléfono de Marina Paula Ferrer, ni en el de Purificación Alba. El de Noelia Núñez sigue mudo. Ni huellas, ni nada. Al de Marina le falta la tarjeta. Eso abre la posibilidad de que se inserte en otro teléfono y podamos seguirle el rastro, aunque lo dudo.

Cuando Asterión lo dudaba, lo más probable es que tuviera razón. Lahoz lo pensó como quien deja caer una moneda y ve que se estrella contra el suelo, para repasar la ley de la gravedad antes de un examen.

—Una novedad, ¿no?

—Hasta ahora no había pasado. Todos los teléfonos conservaban sus tarjetas originales.

—¿No te da la impresión de que el asesino parece querer decirnos que esa chica no existía? ¿Que la vida que llevaba no le dio nunca esa posibilidad?

—¿La de existir?

—La de comunicarse con alguien, la de aportar algo a quienquiera que sea.

—He dormido cuatro horas, Lahoz —contestó Asterión.

—Mándame la dirección de la tal Purificación Alba —pidió Lahoz, sin reparar en que ambos sabían que las direcciones de las demás ya pertenecían a otra categoría—. ¿Qué clase de chica es? ¿Tenemos rastros suyos en internet?

—A miles. Hace lo mismo que Marina Paula Ferrer, pero no la he encontrado en *El carnicero*.

Cuando llamó al interfono de Purificación Alba, una voz bien modulada le contestó desde el primer piso.

—Soy Enrique Lahoz, inspector de policía. ¿Puede abrirme? Tengo que hacerle unas preguntas.

Le pareció que, antes de escuchar el timbre de apertura, aquella voz era interrumpida por otra masculina. Cuando llamó arriba le abrió la puerta una chica poco más joven que Wendy, pero para la que el País de Nunca Jamás parecía más inalcanzable. Fue una primera impresión.

—¿Ha hablado la policía con usted? —le preguntó Lahoz, mientras le enseñaba la placa. La chica negó con la cabeza y dijo:

—¿Pasa algo?

Iba en pijama. Un chico de su edad vino con el desayuno y se lo ofreció a Lahoz, que aceptó un café. No había desayunado.

—No hemos hecho nada, se lo aseguro —explicó él, sonriendo, como si quisiera pasar por maduro ante la policía, delante de su chica.

Ella lo presentó como Rodrigo, su novio. Vivían juntos desde hacía un año. Además de su novio era su mánager. Purificación se rodeaba la cabeza con un cintillo azul y, algo inesperado, no había un solo libro en aquel salón al que lo condujeron. Eso empezó a sobresaltar a Lahoz.

—¿Vais a la universidad? —preguntó.

—No, eso ya no tiene mucho sentido. Ahora el futuro está en las redes —dijo él, sin tener en cuenta que el inspector le había preguntado a ella—. Ganamos más pasta que cualquier ingeniero.

—¿Eres una de esas *influencers*? —volvió Lahoz a preguntar, sabiendo el poder que tenía esa palabra.

—Más de cinco mil *followers* —se limitó a decir él. Por su cara, la cifra no necesitaba que se añadiera más.

—No me parecen muchos. ¿Está ahí el escalón, en cinco mil? ¿Ya han dejado de llamarse *fans*?

—Hace mucho tiempo —dijo Rodrigo.

—¿Más *followers* que Wendy? —preguntó Lahoz.

—Wendy lo está dejando —dijo, esta vez, ella.

—¿Dónde está?

—Salió anoche y no ha vuelto. Se habrá encontrado con alguien. Siempre le pasa.

—¿Viene mucho a veros?

—De vez en cuando. La verdad es que ahora no mucho —dijo Purificación.

—¿Por qué ha venido esta vez?

—De visita, supongo. No sé. Ayer estuvo por el centro con alguien.

—¿Sabes con quién?

—No lo dijo, sólo que era un amigo. Se iba hoy, así que puede que no la veamos.

Al menos, cuando se hablaba de Wendy, Rodrigo permanecía callado, aunque estaba empezando a hacerse ciertas preguntas. Antes de que las formulara, Lahoz preguntó a su amiga Purificación:

—¿Sabes que hay tipos en las redes sociales que han obligado a Wendy a prostituirse?

—Se dan bastantes casos como ese. Nadie va a censurarla. Es dinero fácil —respondió Rodrigo—. ¿Por eso está usted aquí? Estamos informados sobre todo eso. Es legal.

—¿Permitirías que tu novia lo hiciera?

—Depende de ella —contestó Rodrigo.

—¿No la aconsejarías que no lo hiciera? —dijo Lahoz—. ¿No te preocuparía cambiar tu posición de mánager por la de chulo?

—No coartaría su libertad.

—Esperaba que dijeras eso —apuntó Lahoz—. ¿A qué hora salió anoche?

—Sobre las once, creo —dijo ella.

—¿Os contó algo? ¿Volvió con el amigo con el que estuvo por la tarde?

—Recibió un mensaje de correo electrónico —respondió ella.

—¿Dijo de quién?

—No dijo nada. Se puso la cazadora y se fue. Sólo dijo que volvería en media hora.

—¿Ni dónde iba?

—No.

—¿Cuánto tiempo pasó con vosotros?

—Vino por la mañana. Dijo que dormiría aquí y que se iría hoy. Ya está.

—¿Desde cuándo la conocéis?

—Cuando yo vivía en Madrid compartimos grupos de amigos. Nada muy importante. Fue ella la que me animó a entrar en este mundo. Cuando lo hice, toda aquella gente empezó a considerarme competencia y se alejó de mí.

—¿Quiere decir todo esto que no sabéis que Wendy está muerta? La asesinaron anoche, a trescientos metros de aquí.

A Lahoz le pareció que la situación se repetía una y otra vez, que la muerte no entraba en la sensibilidad de los jóvenes de la edad de aquellos. Purificación Alba, alias Indila Nielsen, nunca moriría. Puede que fiera cierto, pensó. Quizá un portentoso azar apartara de ella a la muerte para siempre. A cierta edad, todos los seres humanos que han alcanzado suficiente conciencia de sí mismos, que han jugado con la cultura y creen tener algunas de sus llaves piensan algo parecido. Para esta gente —rumió Lahoz, viéndolos dudar de si acababan de oír lo que les acababa de decir o no— pensar en la muerte futura sería un escollo más cargante que morir hoy, o anoche, como le había ocurrido a su amiga Wendy. Por primera vez desde que entró en aquel pequeño piso, Lahoz observó que Purificación y Rodrigo se miraban sin que esa mirada supusiese un sondeo de las posibilidades del otro. Compartieron cierta tristeza durante segundos, por eso, porque se trataba de compartir, Lahoz les preguntó algo que no esperaban:

—¿Vais a compartirlo en las redes sociales?

—¿Compartir qué? —dijo Rodrigo.

—Lo que le ha pasado a Wendy. Su muerte a martillazos. Le destrozaron la cabeza a martillazos.

Purificación cerró los ojos. A Lahoz le pareció que miraba el mueble donde estaba el botiquín. Seguramente tranquilizantes.

—No, inspector. Eso no haría feliz a nadie —respondió.

—¿Entonces no contáis las penas que tenéis? —dijo Lahoz—. ¿Por qué sois infelices, qué sentís cuando alguien cercano muere?

—Está loco —dijo Rodrigo, el mánager.

—Quizá, pero todos los que odian a Wendy pasarían a ser vuestros *followers*.

—Esas cosas no se comparten —dijo ella—. Nadie odiaba a Wendy. Sería como...

—¿Como exhibir el martillo con que la han matado? ¿Vais a sentiros menos felices si lo hacéis?

—Sí —afirmó ella. Lahoz creyó adivinar el brillo de alguna lágrima en aquellos ojos tantas veces perfilados con rímel. Por fin una afirmación, pensó al ver cómo la chica se agarraba a algo que la ataba a la vida, como si con tanta pregunta hubiese estado a punto de perderla.

—¿Os suena el nombre de Germán Ilari?

—No —volvió a negar ella.

—¿Y Galactus?

—No —repitió Rodrigo—. Fue otro nombre. Mencionó un nombre tan raro como ese, pero no ese.

—¿Cuándo? —preguntó Lahoz.

—¿Dijo un nombre? —repitió ella—. No oí nada.

—Cuando recibió el mensaje. Habló muy poco con un tipo que tenía un nombre extraño, pero no sé si era quien le envió el mensaje.

—¿No era Galactus?

—No. Stanislav. Fue ese, estoy seguro: Stanislav... —repitió él—. Me gustó porque ahora las redes están llenas de nombres de otros países.

—Ya. Nadie quiere ser quien es, ni estar donde está —sentenció Lahoz—. ¿Pero se dirigió al hombre llamado Stanislav o crees que simplemente hablaba de él a otra persona?

—Ni idea, sólo sé que ese nombre salió.

—¿La notasteis preocupada cuando se fue?

—No —negaron los dos, y Rodrigo añadió:— Salió como si fuera a tomar copas.

Entonces Lahoz dio las gracias por el café, se levantó y dio a Purificación una de las tarjetas que nunca utilizaba. Lo había visto en las películas americanas, y era como una aceptación de que el punto de vista puede cambiar cuando alguien que no recuerda nada de pronto recuerda algo. Era una pena no poder dar aquellas tarjetas con el teléfono a los muertos. Se la dio a ella, pese a que vio en la cara de él un gesto de despecho. Había sido él quien aportó el nombre, pero Lahoz sabía que aquel chico no iba a tratar de recordar. Wendy era amiga de ella. Aquella tarjeta estaría mejor en sus manos.

Cuando salió a la calle llamó a Armando Jiménez, el agente que hacía el seguimiento de Stanislav.

—¿Tienes a Daniel Caparrós?

—¿Caparrós? —dijo Jiménez—. No. El teniente Beltrán me llamó ayer y me dijo que Collins me necesitaba para otra cosa y me eximía de la custodia, que no hacía falta vigilarlo más porque eso no conducía ya a nada que fuera pertinente para el caso. Me envió de apoyo de un político que han amenazado.

—¿Cuándo lo viste por última vez?

—¿A Caparrós? Ayer por la mañana, a eso de las diez.

Collins y la política. Eran los dos elementos que siempre se unían en aquella comisaría, quizá en todas, para que los caminos no llegasen a donde rezaban los letreros. Llamó a Collins, aunque sabía que era como hablar con una máquina expendedora:

—¿Estás al corriente del crimen que se cometió anoche en Alcalá? —le espetó—. Has propiciado que uno de los sospechosos escape: Daniel Caparrós. Anoche la víctima habló con él, y Caparrós estaba sin vigilancia.

—No me vengas con esas, Lahoz —dijo Collins. Lahoz sospechaba que tenía otro teléfono en la otra mano—. Eres muy bueno en lo que haces, casi infalible, pero ensucias demasiados cacharros, como las malas cocineras. Pon a tu equipo a trabajar, me han dicho que los tienes a todos de brazos cruzados.

—Igual que tú a mí, si deshaces lo que preciso en este caso. ¿Qué pasa, que un político amenazado es más importante que cinco asesinatos? Vas a tener que replantear tus prioridades.

—¿Es cierto que ese Caparrós habló con la víctima?

—Fue el último que habló con ella.

—¿Has tenido algo que ver con las filtraciones a los periódicos? Quiero decir, con lo que salió ayer.

—No sé nada de eso. Nunca hablo con los periodistas.

—No es lo que dicen los rumores que me han llegado —sugirió Collins.

Lahoz colgó. Sabía que no merecía la pena hablar con Collins, y Collins sabía que iba a colgarle, por eso mencionó lo de los periodistas. El ochenta por ciento de las veces que hablaba con él le colgaba. Era una dinámica gracias a la cual la relación se mantenía. No se trataba de una relación jerárquica, aunque Collins le asignase los casos. Era más bien un tira y afloja en el que dos tenores contendientes intentaban agarrar lo más fuerte posible la mejor línea melódica. Se insultaban con una alternancia perfecta de reverencia y asco. Al margen de ellos dos, las preguntas empezaban a acumularse, así que llamó a Asterión.

—¿Tenías vigilado el teléfono de Wendy?

—Sigo teniéndolo.

—¿Estás seguro de que no se ha puesto en marcha?

—Seguro.

—Me ha dicho una amiga de Alcalá que ayer habló, antes de morir, con Daniel Caparrós. Eso significa...

—Que fue ella quien lo llamó —dijo Asterión—. Porque si fue ella la que recibió la llamada, tuvo que comunicarle previamente el número donde podía localizarla. Un número ajeno, puesto que el suyo no se conectó.

—El de la amiga —especificó Lahoz—. Después de lo que le dijo a Correas, a mí también me parece raro. Hay que cruzar algunos datos: mira posibles relaciones, las que sean, entre Wendy y Stanislav.

—Me pongo a ello —dijo Asterión—. ¿Cómo se llama su amiga?

—Purificación Alba, alias Indila Nielsen. No es un nombre muy habitual.

—¿El primero o el segundo?

—El primero, por supuesto.

—Ya tengo su teléfono —dijo Asterión—. En efecto, hubo una llamada a las veinte horas, a Daniel Caparrós. Después él la llamó, a las veintidós cuarenta. ¿A qué hora murió?

—A las veintitrés quince, más o menos.

—Hay que encontrar a ese tipo —dijo Asterión—. He oído que Collins le ha abierto la gatera, ¿no? ¿Vas a cursar una orden de búsqueda y captura? Si lo haces, se va a sentir aludido.

—¿Collins o Caparrós?

—Ambos.

—Hay que cursarla.

—¿Contra Collins?

—Hazlo contra Caparrós. Es lo que menos medios sustraerá a la policía.

—Muy bien. ¿Ha terminado Suárez con la autopsia?

—Hablaré con él ahora mismo.

—Luego te llamo —dijo Lahoz—. Tengo a Portal en el teléfono.

—He estado repasando las pertenencias de Germán Ilari —comenzó Portal—. Hay un par de cosas que merece la pena que tengamos en cuenta.

—¿Sobre qué?

—Sobre los lugares donde puede estar el loquero.

—¿Cuándo podemos vernos? Todos. Creo que Rialto también tendrá algo que aportar en este asunto. Fue el que localizó a Víctor Ansúrez, y lo ha estado interrogando. No tendrá aún resultados, habría llamado.

—¿Dónde siempre?

—¿Dónde es donde siempre?

—En comisaría —ironizó Portal, con aquella seriedad con que destazaba los croissants.

—Sabe que les tengo tirria a las comisarías. Si aparecemos allí, Collins pensará que vamos a detenerle.

—¿Lo dice por lo de Caparrós? El pobre está dándose un baño de culpabilidad. De ese tipo de culpabilidad que nace de las equivocaciones, así que habría que aprovechar para ser duros con él —fue la crónica de Portal. Y añadió—: Hay algo que le interesará. Ha surgido así, inesperadamente.

—¿De qué se trata?

—Ayer acompañé a Morales al piso de Marina Paula Ferrer. Él y una agente estuvieron inventariándolo todo, sobre todo lápices de memoria. El local estaba lleno de ellos. Los encontramos hasta tipo pendientes, para colgárselos de las orejas.

—¿Había algo que no hayamos visto?

—Sí, a su madre.

—¿La madre de Marina Paula Ferrer?

—Se presentó mientras estábamos allí y se echó a llorar en cuanto dijimos quiénes éramos.

—¿Sabía lo que le había ocurrido a su hija?

—Se enteró un día después de que fuera encontrada. Se lo dijo una amiga que lo leyó en el periódico. Le mentí, le dije que la policía tampoco conocía su existencia, que cuando hechos así ocurren se espera que los familiares vengan a nosotros. Si no, se buscan ascendientes o descendientes, pero más tarde. Casi me disculpé.

—¿Dijo algo de su hija?

—No, pero espera que alguien le diga lo que ocurrió —dijo Portal—. Esas fueron sus palabras. No permaneció allí ni cinco minutos.

Lahoz pensó que había sido todo tan apresurado, en aquellos catorce días, que ni habían tenido ocasión de pensar en uno de los elementos más enigmáticos del caso: aquella madre que en apariencia había renegado de la hija, que se había mantenido ajena a su mundo como si mostrara una ruptura irreparable entre ambas. Lahoz solía encontrar tales ejemplos de lejanía, pero eran raros entre madres e hijas.

—¿Cómo se llama?

—Verónica Rivas —respondió Portal.

—¿Tiene alguna dirección?

—Vive en una residencia —dijo Portal—. Y me pareció que no tenía edad para estar en esa situación. No debe tener más de setenta años. Llegué a sospechar otra cosa.

—Que ha recuperado su libertad, una vez muerta su hija.

—Exacto.

—Hay que hablar urgentemente con ella —dijo Lahoz—. ¿Dónde está esa residencia?

—Me dio su teléfono, el personal —dijo Portal—. Se lo envío por SMS.

—¿Viene conmigo a interrogar a esa señora?

—No me lo perdería. Me pareció que podría arrojar luz sobre los territorios que desconocemos. Sobre todo sobre ese territorio llamado Marina Paula Ferrer.

Lahoz llamó al teléfono que Portal le había dado, y mantuvo una breve conversación con Verónica Rivas. Le comunicó quién era y lo urgente que era que se vieran. Ella dijo que hacía suya esa urgencia. Cuando Lahoz propuso el día siguiente, que era viernes, Verónica Rivas dijo que mejor esa misma tarde. Por fin, alguien que quiere colaborar, pese a lo tristes que son las circunstancias, pensó Lahoz, y recordó la necesidad que tenía Carlota Aimerich de recibir noticias de su hombre muerto, cualquier clase de noticias, puesto que lo importante no eran las noticias, sino recibirlas. Lahoz apuntó las señas de la Residencia Juan XXIII, en la calle Proción, al norte de Madrid, que aquella mujer le dictó, junto con la hora, y entonces Lahoz le dijo que iría acompañado por otro compañero que estaba también en el caso. Venga con quien quiera, fue la respuesta de aquella madre. Después colgó. Lahoz tuvo el pálpito de que no era tener noticias lo que aquella mujer perseguía, sino dejar de tenerlas.

Tomó un taxi y volvió a Madrid. Mientras, pensó que llevaba una vida de teleférico sostenido sobre cables telefónicos. Sonó el teléfono, una vez más. Era Suárez.

—Se han ensañado con esta chica.

—¿Estás con la autopsia?

—Por supuesto, pero no pienses que disfruto. Para mí es...

—Una manera de ganarte la vida.

—Esta vez hay varios golpes.

—¿Ensañamiento? —preguntó Lahoz.

—No. Creo que se equivocó.

—¿Cómo que se equivocó?

—Dio un primer golpe que no tumbó a la víctima —expuso el forense—. Tuvo que dar dos más, en lugares aproximados, no tan certeros como otras veces. ¿Sabes qué supone eso?

—No.

—Que esta vez la víctima no lo conocía, o puede que no se fiara de él. Que lo considerase una amenaza. Tuvo que acercarse sin que la chica se diera cuenta.

—¿Crees que no fue así en el resto de los casos?

—Según lo que te he dicho, tengo mis dudas.

Las preguntas se alineaban a lo largo de aquella investigación extendida como un túnel sin puntales. En cualquier momento podía derrumbarse, pero todo permanecía en pie sobre ocultas piedras maestras. Eran esas piedras las que había que encontrar. ¿Qué había ido a hacer Wendy a Alcalá de Henares? ¿De quién huía? ¿Por qué llamó a Daniel Caparrós, un tipo al que había acusado ante Correas? Y la pregunta qué más le incomodaba: ¿Era Caparrós quien realmente había hablado con ella? Y si era así: ¿era él quien tenía el teléfono de aquella chica que vendía a Testa su pureza, en lugar de su cuerpo?

—¿Hubo agresión sexual? —preguntó a Suárez. Simple protocolo.

—No. Parece que a tu asesino no le interesa el sexo.

—¿Mi asesino?

—Es tuyo, Lahoz —dijo Suárez—. Tú eres el encargado de meterlo en chirona.

—Ese momento llegará pronto, después desaparecerá para siempre.

—¿Por qué? ¿Qué quieres decir con eso?

—Hay algo con lo que no había contado hasta este momento —reveló Lahoz—: Se le están acabando las víctimas.

Quedó con Portal para comer en un restaurante de Plaza de Castilla. Este había intentado montar un encuentro con Rialto, pero a Rialto aún le quedaba un interrogatorio con Ansúrez, algo que tendría que esperar hasta el día siguiente.

—No creo que por ese camino lleguemos a ningún lado —dudó Portal.

—¿Ansúrez? Bueno, al menos Rialto cree en él. Démosle un poco de margen—. ¿Qué tal la señora Rivas?

—Una mujer con carácter. Creo que aprenderemos.

De nuevo, sonó el teléfono. Era Asterión.

—No te lo vas a creer —dijo.

—Me he especializado en eso —respondió Lahoz.

—He cruzado lo que tenemos de Wendy y Stanislav.

—¿Alguna sorpresa?

—Son titulares de una cuenta bancaria. Los dos. Desde hace ocho meses. O Wendy representó un buen papel ante Correas, o mintió cuando dijo que Caparrós pagaba por acostarse con ella.

—Puede que no, si lo que querían es aparentar.

—¿Aparentar que no se conocían? ¿Ante nosotros? —exclamó Asterión—. Eso ya lo consiguieron en el careo que le montamos.

—¿Y ante los demás? ¿Los que forman parte de *El carnicero*?

—Contengo la respiración.

—¿A cuánto asciende la cantidad de esa cuenta que tienen a medias?

—Treinta y cinco mil euros.

—¿En ocho meses? Quizá fuera para empezar. No creo que sea un fondo de pensiones. ¿Sabes la procedencia de ese dinero?

—No hay transferencias. Sólo aportaciones personales desde otras cuentas. Caparrós tiene su sueldo, bastante elevado, y recibió una herencia hace dos años, no muy cuantiosa. Noelia Núñez quizá se hiciera puta para realizar su aportación —Asterión divagaba sin continencia, así que a menudo Lahoz no lo interrumpía—. Casi parece que estos dos formaban una pareja estable. Algo gordo debió ocurrir para que él se lo tomara anoche como se lo tomó.

—Ahora tenemos que averiguar si fue él. No creo que haya matado para quedarse con todo —sentenció Lahoz.

15. EL ESLABÓN PERDIDO

Noviembre estaba siendo un mes sombrío, pero la magnitud de las sombras a veces no guardaba relación con los pequeños obstáculos que las originaban. Es lo que ocurría en la Residencia geriátrica Juan XXIII, de Aravaca. Las cinco grandes sombras que penetraban a través del gran ventanal de la sala de estar provenían de cinco minúsculas macetas de geranios dispuestas en el alféizar. Verónica Rivas solía apostarse a esa hora en la mesa camilla que había junto al cristal. Medir el avance de las sombras requería una atención y una paciencia que sólo poseen quienes están habituados a maquinar. A ella le gustaba maquinar, pensar en la futura muerte de sus enemigos como si fueran recuerdos. Su vida podría ser medida por ese mismo avance. El avance de las sombras, las rápidas pisadas de las tinieblas a lo largo de un territorio cuya longitud aún no conocía.

Cuando le anunciaron que había dos hombres que venían a verla, se le iluminó brevemente el rostro. Aquí están, pensó. Tenía unas ansias de libertad impropias de su edad. Ahora podría darles rienda suelta. Observó cómo los dos hombres se presentaban: Lahoz, Portal. Y cómo se sentaban frente a ella. Pensó incluso que preferían no sentarse a su lado. Ninguno le mostró el pesar protocolario que requería la muerte de su hija, además morir de aquella forma, pero si lo hubiesen hecho les habría cruzado la cara de un bofetón. Al menos, era gente que no se refugiaba en convenciones, igual que ella y, sin embargo, la institución en que su hija la había emparedado era una pura convención sin sentido. Sabía que algunos cuidadores estaban comentando por los pasillos que la policía había venido a visitar a la loca de la quinta planta. La llamaban así porque en la residencia sólo había tres plantas.

—Gracias por recibirnos. Siento que sea en estas circunstancias —empezó Portal, estrechando la mano de aquella señora a la que reconocía del día anterior. Ahora la hallaba en una situación bien distinta, quizá más episódica, pero sabía que sólo era una apariencia. Verónica Rivas los recibió erguida en el asiento y con la mirada dispuesta a incorporar al maquillaje de su cara las irisaciones del exterior.

—¿Qué han venido a preguntarme? —contestó, sabiendo que tenía la sartén por el mango.

—Todo —dijo Lahoz. Desde la conversación telefónica de aquella mañana sabía, aunque sólo por un pálpito, que con esta mujer no había que andarse por las ramas. Lo agradeció. Tampoco a él le gustaba contemporizar—. ¿Qué edad tiene usted?

—Sesenta y nueve. ¿Verdad que no tengo edad para estar en esta institución religiosa? Toda mi vida he sido más atea que una cabra montesa.

—¿Entonces era su hija quien la mantenía aquí?

—Recluida —matizó la interpelada—. En esta inclusa para viejos. Soy una prisionera. A veces hasta intentan atarme para dormir. No quieren que pasee por las noches, ni que lea.

—¿Por qué?

—Mi hija creyó siempre que yo maté a su padre. Lo hubiera matado, pero era un pobre diablo. Se lo quedó para ella sola, y cuando murió me recluyó aquí. Pensaba que yo ni comprendía ni aceptaba la vida que ella llevaba.

—¿Qué sabe usted de su hija? —preguntó Portal.

—Buena pregunta. Sé lo suficiente.

—¿Tenía enemigos?

—Por supuesto, todos los que eran iguales que ella eran sus enemigos. Ahora todos se están matando entre sí, según he oído. ¿No?

—¿Cómo sabe usted eso? —dijo Lahoz.

—Leo los periódicos. Todo empezó por aquella amiga que se tiró de lo alto de un hotel. Marina Paula quiso seguirla porque no soportaba que la otra hubiese salido en el periódico.

—¿De eso se trata? —comentó Lahoz, al que le vino el recuerdo de aquel diálogo improvisado con el taxista—. ¿De fama?

—¿Y de qué cree usted que se trata, si no? —se revolvió Verónica Rivas—. Están demasiado vacías para tener verdaderas aspiraciones. La fama es el único sueño a su alcance. Y no será más que un sueño.

—Toma ya —se le escapó a Portal. Y ella, para remachar lo que acababa de decir, añadió:

—¿Cree que a una madre se la puede tratar así? Dos mil euros al mes, y las propinas de cien euros que les da a estos carceleros para que me mantengan todo el día frente a la televisión. Si me arreglaba para salir la llamaban, y ella impedía que tomara un taxi para ir a una conferencia, o al cine. Me gusta el cine. ¿Y a ustedes?

—Mucho —dijo Portal.

—Entonces entenderán que todo esto —dijo, señalando el resto de la sala— no es más que un plató.

Lahoz fue directamente al grano:

—¿Sabe usted quién mató a su hija?

—No tengo ni idea, pero no lo busque. Cualquiera de los que le pagan las copas. Son todos una mezcla de crueldad e inocencia.

A Portal le extrañó la pregunta. ¿Es que Lahoz no estaba convencido de lo que él mismo había desentrañado? ¿Podía aquella mujer aportar una nueva pista que explicara lo que pasó la noche del cuatro de noviembre? El fondo de armario de la verdad tenía siempre demasiados disfraces.

—¿Por qué intentó suicidarse?

—Porque está vacía —apostilló la madre—. No sabe lo que le produce felicidad, y eso me hace pensar que no sabía ser feliz. Ella es la que debería haber estado ingresada aquí.

—¿Conoció a Claudia Torres?

—Me desentendí de esa chica, y de mi hija también. ¿Suicidarse? Quizá estaba haciéndose un *selfie* cuando los que vigilaban los pasillos la pillaron. O quizá les pagó para que dijeran que la agarraron por los pelos cuando caía a la piscina. ¿Pero quién iba a agarrarla? ¿Sus *followers*?

—Estoy convencido de que está siendo injusta con ella —dijo Lahoz. Portal entendió que aquello no era más que una provocación. Una provocación que tuvo su efecto. Verónica Rivas lo miró como si hubiera deseado tener un taladro en las manos y le espetó:

—¿Injusta? Oiga, mi hija estaba enamorada de esa chica. ¿Qué hubiera hecho usted si le dicen que la persona que ama va a tener un hijo con otro?

—¿Se lo dijo ella así? —preguntó Lahoz.

—No hizo falta. La conocía muy bien. La soberbia la hacía subirse por las paredes. Intentó suicidarse porque no soportaba la existencia de ese niño. Ese niño las separaba definitivamente.

—¿Lo consideró ella producto de una infidelidad?

—Las infidelidades le importaban un comino —dijo Verónica Rivas—. Quería ese niño para ella. Y la otra, Claudia Torres, lo sabía. Entre mi hija y el padre de aquella criatura provocaron el suicidio de aquella chica. Y no porque compitieran para quedarse con el niño, sino para que Claudia no lo tuviera.

—¿Quién era el padre? —dijo Lahoz.

—Eso ocurrió un mes antes de que me internara aquí —dijo la madre—. ¿Sabe por qué lo hizo? Porque se enteró de que yo oía lo que hablaba en sueños. Un día se lo dije, le hice preguntas, entonces llamó a un taxi y me trajo a este manicomio. No tuvo que presionar demasiado para que el director se quitase su bata y se convirtiera en lo que realmente es: un empleado de perrera.

—¿Quién era el padre? —repitió Portal.

Pero aquella mujer debía explicar otras circunstancias, u obsesiones. Había ido al piso de su hija, el día anterior, con la movilidad de una reina del ajedrez, pero permanecía voluntariamente sujeta a aquel sillón como si su hija pudiera alargar una mano para mantenerla prisionera.

—¿Se mudará a la calle Mayor?

—Por supuesto. No voy a seguir aquí —dijo, mirando a los enfermeros que entraban y salían—. Y estos lo saben.

—¿La desheredó su marido?

—No. Pero mi hija no quería vivir conmigo. Se convirtió ella en la usufructuaria. Ahora son ellos los que tienen el poder de decidir sobre los padres. Se ha perdido el respeto.

—¿El respeto? —repitió Portal, a quien todo aquello le empezaba a parecer de una ironía insoportable.

—Pues claro, el respeto. Mi hija no se lo tenía a nadie. Ni a su padre, pero su padre rejuvenecía con los escarnios que ella le lanzaba. Ni imaginó lo que iba a ocurrir después, cuando él muriera.

—¿Qué ocurrió? —preguntó Lahoz.

—Que descubrió *YouTube*, descubrió que podía ganar dinero con su cara bonita, y que la verdadera fama consistía en llenar el tiempo de los que no hacen, ni sienten, ni comprenden nada.

—Buena definición —dijo Portal, que empezaba a sonreír con lo que aquella dama machacaba entre los rodillos de su cabeza.

—¿Quién era el padre del hijo que iba a tener Claudia Torres? —volvió a preguntar Lahoz.

—¿Quién va a ser? —dijo Verónica Rivas, recomponiendo un poco el estupor que el mundo le producía—. El tipo ese del martillo.

—¿Galactus?

—No sé cómo se llama. Lo único que sé es el nombre que le puso a ella. Ella estaba orgullosísima de llamarse como un personaje de tebeos.

—Pris.

—Pris. Así es —confirmó la madre—. Ese fue el padre. Ese o su correveidile.

—¿Germán Ilari?

—El loquero, sí. Se acostaban con todas ellas y después se las pasaban a quienes pagaban, así que si me pregunta usted quién fue el padre tendría que echarlo a suertes. Eran una especie de comuna. No sé cómo las convenció de que el modo más rápido de ser famosa era abrirse de piernas.

—¿Las convenció quien le puso el nombre de Pris, o el psiquiatra?

—Las convencieron todos. Había más por ahí. ¿Cómo dice que se llama?

—Galactus.

—¿Eso es un nombre?

—No sabemos su nombre real —dijo Lahoz.

—Fue ese comosellame quien las metió en todo esto. Se lo dije: que no se liara con ese tipo de hombres, gente con hijos, con pasados que parecen una coctelera. Esos hombres no se comprometen con nada.

—¿Le dijo Marina Paula que Galactus tenía un hijo?

—No, pero yo hacía siempre mis averiguaciones sobre ella. ¿De dónde cree que sacó la idea de internarme aquí? Ese tipo tenía a su hijo en la misma situación, en un colegio caro del que no puede salir. Pobre chico. Empecé a compadecerlo cuando vi lo que ese calvo hacía con mi hija, aunque ella se lo mereciera. Con padres así, lo mejor es madurar lo antes posible, sin pasar por la infancia…

—¿Cree que es un tipo vengativo?

—Seguramente, ni él mismo sepa lo que es, igual que todos ellos y ellas. No tienen un camino que puedan llamar suyo. Siento darle malas noticias.

—¿Por qué me dice eso? Sólo voy a atraparlo…

—¿A quién cree que atrapará, inspector? —preguntó Verónica Rivas—. A alguien que no podrá explicarle nada. Sólo habla y explica quien tiene un cerebro en la cabeza. Les han tocado a ustedes muy malos tiempos.

—¿Oyó hablar alguna vez de Anselmo Cortés?

—No. ¿Quién fue?

—¿Por qué se refiere a él en pasado?

—¿Conoce a alguien, de toda esa gente, de quien pueda hablarse en presente?

—Anselmo Cortés fue alguien que se enamoró de su hija, y su hija de él. Al menos, eso dicen todos los indicios. Iban a escapar juntos, aunque quizá escapar no sea la palabra más exacta. Iba, por él, a separarse de toda esa gente.

—Pobrecilla... —musitó Verónica Rivas.

—¿Por qué dice eso?

—Entregó a otro imbécil las únicas fuerzas que le quedaban. Todo lo que no pudo entregarle a su padre. Siempre tuvo a su padre una adoración excesiva. No me extraña que necesitara un loquero, aunque fue como escapar de la sartén para caer en el fuego. Una niña frustrada. Claro que en esta época quién no lo está.

—¿Cree que no hubiera dado resultado? Me refiero a lo suyo con Anselmo Cortés.

—Ninguna historia de amor da resultado, inspector —dijo aquella mujer— De cualquier forma, no tiene que comportarse como un *paparazzi.*

—¿Conoció a Noelia Núñez?

—No sé quién es.

—¿Y a Wendy?

—Oh, Wendy. Creo que a las dos les gustaba competir. Todas compiten, todas quieren *Likes,* sobre todo si vienen de gente que no existe. ¿Y usted? ¿Ha conocido a Testa?

—Hablé con él hace dos días —dijo Lahoz, asombrado de lo que aquella dama sabía. Pensó que podría haber iniciado ella la investigación, sobre todo si era la culpable de aquellos asesinatos. Evidentemente, si fuera la culpable no tendría tanto que reprochar a los muertos. Ya habría solventado ese problema.

—Si aparece su cadáver, venga usted directamente a detenerme.

—¿El de Testa?

—Sí, el de ese chulo que paga por acostarse con sus putas. Creo que es el único caso documentado. Él las llama musas.

—Si aparece ese cadáver haré que asignen el caso a otro, y no la denunciaré, ni declararé contra usted —dijo Lahoz, agradeciendo que Rialto no estuviese presente y escuchara aquello.

—Veo que tenemos algunas cosas en común.

—¿Qué más puede decirme de Galactus? ¿Por qué nadie sabe dónde vive?

—Porque debe vivir en un casoplón, y no quiere que se sepa que la careta de contestatario que lleva se la compró en la milla de oro. Esos tipos son así. Les gusta no estar en ninguna parte, porque así están en todas —hizo una pausa, miró los geranios y pensó en voz alta:— ¿Se lo imagina? De tienda en tienda, eligiendo todo aquello que odia, y odiando todo lo que elige...

—Han muerto ya cinco, dos hombres y tres mujeres, y a cuatro de ellos los ha matado el mismo.

—Entonces será ese cabrón, lo que no puedo decirle es por qué. No tiene ni que buscar porqués: el mundo en que vivimos es demasiado simple para eso.

—¿No le afecta que una de ellas haya sido su hija? —preguntó Portal.

—Mi hija dejó de ser mi hija hace mucho tiempo —respondió Verónica Rivas—. Si quiere que le conteste sólo puedo decirle que ahora soy libre.

—Se contradice usted —refutó Portal—. Ayer la vimos llorar cuando entró en la vivienda de su hija. ¿Había estado allí alguna vez?

—Esa vivienda es mía —dijo la madre—. ¿O cree que mi hija la tenía alquilada? Allí vivía yo con ella. Ahora vuelve a ser mía. No es una propiedad, las propiedades no me interesan. Es poder salir de aquí. Es la libertad. Tengo tantas ganas de ser libre como cuando tenía dieciocho años.

—¿Y no cree que se expone a que el asesino que estamos persiguiendo se fije en usted? —dejó caer Portal, atento a las reacciones de aquella mujer que quería abarcarlo todo, como si la vida fuera tan asequible como una fe, o una elegancia.

—¿Quién, ese Galactus? Es un pobre hombre.

—O su correveidile, el doctor Ilari —dijo Portal.

—Ese está más loco que el otro. Si es él el asesino, lo hace porque no puede librarse de su moral de esclavo. Ese matasanos debería pudrirse en el infierno. ¿Quién cree que firmó el informe de salud mental para que mi hija pudiera ingresarme aquí?

¿Cree que su hija lo indujo?

—¿Inducirlo? Creo que directamente se lo ordenó. Me da la impresión de que ese medicucho ha vivido siempre por encima de sus posibilidades, igual que el otro. Ambos necesitan más dinero del que pueden ganar.

—¿Qué gana matando a sus clientes?

—Eso tendrán que adivinarlo ustedes. Puede que los mate para que no averigüen que les había cobrado demasiado.

Hubo una pausa. La hizo, sobre todo, Verónica Rivas. Las sombras de la ventana iban avanzando y le tocaban el pecho. Portal, que la había visto llorar cuando entró en el piso de su hija, dudó ahora del motivo de aquel llanto. ¿Era de pena, porque la policía presente en el salón le dijo que su hija había muerto, o de alegría, porque nadie le impedía ya la entrada en aquel refugio que había sido suyo? Seguramente, la escritura de aquella vivienda estuviera todavía a su nombre.

—¿Vuelve, entonces, a la calle Mayor? ¿Cómo será su vida ahora? —preguntó Lahoz. Y se marcó un farol:— Si quiere, podemos ponerle vigilancia.

—Preferiría que me dieran una pistola. Siempre he querido tener una. Mi vida ahora será la de alguien que no tiene nada que perder, porque han muerto los que se lo han quitado todo. Así de simple, inspector.

—¿No ha sentido la muerte de su hija? ¿No sintió la de su marido? —preguntó Lahoz, sabiendo que sobrepasaba una línea. Cierto que la había establecido ella. Lo lógico era preguntarlo, aunque también era una provocación. Aquella mujer oyó las preguntas sin inmutarse, como quien oye las fórmulas de una misa, y dijo:

—Ya no siento nada, por eso el odio es importante. Puedes refugiarte en él.

Ambos se despidieron con escasas palabras y, antes de abandonar el salón, Lahoz se volvió y le preguntó:

—¿Cómo sabe usted todo lo que nos ha dicho? Quiero decir, las amistades de su hija, los tipos con los que ha tenido relaciones, la gente que la ha llevado por caminos que ignoraba hasta la policía. Dígame.

—No hay nada asombroso en ello. Estos cazurros —dijo, señalando a los dos carceleros vestidos de blanco que murmuraban en la esquina— a veces me dejan que me meta un ratito en el ordenador...

Salieron a la calle. Ninguno se atrevió a mirar al ventanal del primer piso, sabiendo que ella seguía los pasos de ambos hasta la cancela de entrada. Una mujer extraña, con tantos abismos como atalayas en las que pasar las horas.

—Supongo que tendremos que acudir de nuevo a ella —dijo Portal.

—Como Macbeth a las brujas.

Más tarde habló con Asterión, con Rialto. No pudo, aunque lo procuró, referir la conversación con fidelidad. Había demasiados elementos que quedaban sueltos. Había demasiado conocimiento que aquella mujer parecía manejar como una cadena de intuiciones.

—¿Galactus, entonces? —formuló Portal, tan desconcertado como él.

—Los que han saltado a la otra parte: Galactus e Ilari. No hay más caminos. Esa mujer hasta parece que sepa dónde están.

—Quizá estén juntos.

—Mejor —aclaró Lahoz—. No sabría qué preguntarles por separado.

—¿Qué hacemos con Daniel Caparrós?

—Quizá rezar para que esta mujer no lo encuentre antes que nosotros.

—Nunca hemos llevado la iniciativa, ¿no? —dijo Portal.

—Nunca —contestó Lahoz—. No nos correspondía a nosotros llevarla, pero nunca hemos podido ponernos por delante. Hasta el momento no hemos tenido margen. No ha cometido errores. No sabemos ni el móvil. ¿Por qué? Todo está ahí fuera, en el exterior, pero hasta el momento para salir a él hemos tenido que ponernos escafandras.

—Ahora que lo dice, también yo he tenido esa sensación.

—Lo único que une a los que mueren es su participación en una página que se ha ido convirtiendo en otra cosa. ¿Se trata de alguien afrentado por los que aparecen en esa página? ¿Es simplemente odio?

—Cada vez me inclino más a creer que simplemente es odio —dijo Portal.

—Siento decir que esa creencia no es muy policial. El odio a veces encubre algo más —dijo Lahoz—. Quizá los muertos no hayan cesado, pero incluso imaginando que todos los que perseguimos, o conocemos estén muertos no se me ocurre por qué. Las causas pertenecen al pasado, pero aún no hemos conseguido dar con ellas. Hay que volver a cada ordenador, a cada archivo, a cada lápiz de memoria, y empezar a establecer relaciones.

—Trabajo de mesa, como los actores —dijo Portal.

—Eso, o que un policía disfrutando de su día libre presencie uno de esos martillazos en la cabeza.

Cuando regresaron a Madrid casi anochecía. Pararon a tomar un café en la estación de cercanías de Aravaca, y se separaron al llegar a Moncloa. A punto de tomar un taxi sonó el teléfono y pensó que era Nereida quien lo llamaba. Iba a llamarla él en ese instante. Le venía bien hablar con ella, no solo porque le gustase continuar aquella partida de ajedrez, sino porque era todo un espectáculo apreciar la vaporosa habilidad con que ella lo dejaba ganar. Pero no era Nereida, y eso lo contrarió. Era Asterión.

—Tenemos a Daniel Caparrós. Muerto —soltó—. Collins está que echa chispas.

—¿Cuándo lo encontraron?

—Hace media hora. Uno de sus jefes nos llamó. Al parecer, tendría que haber presentado, hoy a las doce, unos informes importantes que se le encargaron hace dos días, pero comprobaron que llevaba todo el día sin conectarse. Dicen que es un tío muy puntual, muy cuidadoso con las fechas de entrega. Esperaron un tiempo y lo llamaron hace un par de horas, pero no contestaba, así que nos avisaron de que aquello era bastante raro. Desde Leganitos mandaron a un agente hace cuarenta y cinco minutos. El cadáver está en su casa de la calle Ibiza, con un martillazo en la cabeza. Tiene el ordenador portátil agarrado con las dos manos y metido entre los dientes.

Llegó a Ibiza en diez minutos. Como siempre, los forenses estaban allí. El agente que custodiaba el escenario del crimen, que era quien había descubierto el cadáver, le pasó a Lahoz el mando de inmediato. Así se lo habían ordenado. Antes de que se fuera, Lahoz le hizo algunas preguntas. Estaba interesado en algunas circunstancias que hacían impensable aquel crimen. Caparrós sabía muy bien lo que les había ocurrido a los demás. Pese a ello, abrió la puerta a alguien que traía un martillo en la trasera del cinturón. ¿Quién era esa persona? Verónica Rivas había dicho que todos formaban una comuna. ¿Cuándo? ¿Por eso no tenía sentido programar encuentros en una página de encuentros? ¿Por qué se había mantenido esa página? ¿Por qué todos los que la componían fingían no conocerse? El agente le mostró lo que había encontrado. Asterión casi había dado en el clavo con su descripción. Asterión era un buen lector. Quizá había hablado con aquel agente, o con los forenses. Daniel Caparrós estaba en el suelo, echado en posición lateral. Nadie cae muerto en posición lateral, la misma que tenía Carlota Aimerich. Lo habían puesto así. Las posturas de los cadáveres, y los requilorios que el asesino les colocaba eran los únicos rastros de la voluntad de ese asesino. Desde el comienzo, a Lahoz le había parecido que ni la voluntad ni la inteligencia de quien cometía los crímenes eran lo bastante pertinentes. Un tipo que mataba porque quería mostrar, con la mayor simplicidad, lo que tenía contra los que mataba. Punto.

—¿Lo encontró así? —preguntó al agente—. ¿No ha tocado nada?

—Nada, inspector. Sé lo que hay que hacer.

—¿Cómo estaba la puerta?

—No ha sido forzada. Eso tuve que hacerlo yo.

—¿Cómo interpreta esa posición, con el ordenador colocado entre los dientes, y los ojos abiertos, y con la camiseta subida a la mitad del torso?

—No sabría qué decirle —declaró el policía—. Quizá quien lo mató quiere dar a entender que la víctima hacía algo ilícito, o amoral, con el ordenador. Ya sabe a qué me refiero. Hoy casi todo el mundo lo hace.

—Este hombre trabajaba desde casa, era un empleado online. ¿No le parece que la forma en que sostiene el ordenador con los brazos, para mantenerlo en la boca, atándole con ese pulpo a la altura de los codos, pueda significar que debería limitarse a usarlo para comer, no para entregarse a los vicios a los que usted ha aludido?

—Quizá tenga razón —alegó el agente.

Dio la autorización a los forenses para que lo metieran todo en bolsas de plástico: el ordenador, el teléfono que tenía en el bolsillo... A la mañana siguiente Asterión le comunicaría que el teléfono pertenecía a Noelia Núñez, y que por tanto no había sido Daniel Caparrós quien la asesinó. Más bien había sido el reclamo que el asesino había utilizado para sacarla de casa de su amiga y llevarla al parque Félix Rodríguez de la Fuente, en Alcalá de Henares. Habría que esperar a conocer el inventario de llamadas, quizá aportara algo más, pero era difícil ir más allá de las conclusiones que ya se habían sacado. Nada que añadir.

—¿Cuándo murió? —preguntó a los forenses. Una pregunta clásica.

—Más o menos, lleva muerto un día.

Es decir, el asesino lo mató en el periodo de vigilancia. A Jiménez iba a traerle de cabeza, y a Collins lo aliviaría un poco. Collins había cometido un error, pero cuando todo estaba ya hecho. Incluso Correas comprobaría que no era el único que había perdido su crédito como agente de policía. Ahora podía compartir su vergüenza con Jiménez. A partir de ahí, el asesino hizo lo mismo que cuando mató a Carlota Aimerich: dejó el teléfono de ésta en el cuerpo de quien su víctima había matado: en el de Marina Paula. Ahora había usado también el teléfono de Caparrós para engañar y matar a Wendy, del mismo modo en que lo hizo Carlota Aimerich, pero repitió su acto de devolución: lo dejó donde, según sus planes, debía estar, en el cadáver de Caparrós. De nuevo, dejaba pistas a la policía.

El apartamento de Daniel Caparrós no era muy grande. También su muerte ha sido pequeña, pensó Lahoz. Después de todas las acaecidas, una muerte que repetía los mismos antecedentes. Lahoz, ahora, estaba seguro de que cada víctima sabía quién era quien vendría a por él, a por ella. Algunas habían intentado escapar. Otras habían esperado, quizá porque escapar carecía de sentido, o porque merecían ser perseguidos y castigados así. En efecto, como le había dicho a Portal, sólo quedaban los que aún no habían muerto: Ilari, Galactus, si es que Galactus existía, y sus satélites, Testa, a los que había que añadir los que observaban desde la lejanía, aunque con potentes telescopios, como Verónica Rivas. ¿Había alguien más, alguien que no aparecía pero que lo imantaba todo?

Cuando vio que los forenses se llevaban el cuerpo en la bolsa de plástico, echó un vistazo a la mesa de trabajo de Stanislav. Estaba en el propio salón, igual que la de Marina Paula Ferrer. El propio apartamento era un despacho. Lo mismo ocurría con los de Pris, Ilari y Wendy, un despacho donde apenas se trabajaba, un despacho para dormir, o para esperar a otros, como el apartamento de Carlota Aimerich. No permaneció mucho tiempo en el apartamento de Caparrós. Todo era ya un *dèjá vu*. El asesino no tenía figura, pero no descansaba. En algún momento vendrá a por mí, pensó Lahoz sin temor ninguno. Todo iba cerrándose, aunque no le pertenecía aquel conocimiento, sólo aquella percepción. Los sospechosos iban saliendo de escena, y tuvo una idea irónica al pensar que quizá quedase él solo en aquel escenario demasiado ocupado con interrogatorios sin interlocutores. Caparrós no se había enterado de que le quitaban la vigilancia, y quizá tampoco de que moría, horas después de que se la quitaran. ¿Lo sabía el asesino? ¿Otra tremenda e inexplicable casualidad?

Llamó a Nereida y pasó la noche con ella. Todas las conversaciones quedaron postergadas. Pendientes, pero postergadas hasta que alguien saliera de la oscuridad de una barraca de espejos y gritase que era él quien había matado a tantos hombres y mujeres. Cuando le comentó que se había cometido otro crimen, ella volvió a preguntar si había algún avance. No, no había ningún avance, al menos por su parte. El asesino seguía adelante. Era el único que avanzaba.

16. VINO Y ROSAS

Eran apenas las siete y media cuando despertó, aquella mañana del 12. ¿O era 13? Lo sorprendió que Nereida estuviese ya preparando café, en algún codo del río que recorría aquella selva dispuesta para que todo desconcertara: el frigorífico, la cafetera, el olor a tostadas y la puerta de la habitación que daba al resto del mundo.

—¿No has dormido bien? —le preguntó, al encontrarse con ella en la pequeña barra de la cocina americana—. ¿Es por la proximidad de esta jungla?

—De eso se trata —dijo ella—. No hay otra forma de que el piso parezca un poco más grande.

—Puedes poner espejos. O postes de telégrafo.

—Eso es demasiado convencional. Un truco de cafetería estrecha. Aunque así tendría el doble de plantas.

—Pero yo no sabría dónde estás tú —dijo Lahoz, tomando el primer sorbo de café.

—¿Lo has sabido alguna vez?

—Aquí hay demasiados pajaritos. No sé a cuál escuchar —dijo Lahoz—. Y preferiría no entrar en ese tema. De momento. Puede que, más adelante, te sorprenda.

—Así que dos muertos más... —reflexionó ella.

—Quienquiera que sea el autor de todo esto es insaciable, por desgracia. Creo que Collins ha dado el asunto por concluido.

—¿Quieres decir que acepta que la policía no puede resolver el caso?

—La policía resolverá el caso. El problema son los muertos —dijo Lahoz—. Hace tiempo que no podemos permitirnos más. En especial, yo. Eso es lo desconcertante, que siga matando sin dejar un hilo que agarrar.

—¿Tienen las víctimas una historia anterior que las relacione?

—Nada, hasta que aparecieron *Now.0* y *El carnicero*.

—Entonces lo tienes, ¿no?

—Sólo sospechosos. El problema es que uno de esos sospechosos sale a la calle y acaba inopinadamente con los otros —le explicó Lahoz y, de nuevo, echó el cebo—. Hay un psicólogo que estuvo relacionado con la muerte de Claudia Torres. Está en paradero desconocido, aunque no por mucho tiempo. Tenemos su pasaporte. No puede salir del espacio Schengen.

—¿Un psicólogo? —se extrañó Nereida—. Neil nunca me habló de un psicólogo.

—Marina Paula no dijo la verdad a tu amigo Neil Palacios. No estaba embarazada de un novio que estudiaba con ella. Lo estaba de ese hombre.

—¿Cómo sabes eso? —preguntó con la taza paralizada delante de los labios.

—Porque Claudia Torres le mintió a ella.

—¿Qué sentido tiene?

—Mucho. Te darías cuenta si conocieras al individuo en cuestión. Un manipulador y, en cierto sentido, un hombre con muchas debilidades.

—¿Se puede ser de ese tipo de hombres?

—¿Así de contradictorio? Por supuesto. Me refiero a debilidad ante las mujeres. Además, creo que nunca ha actuado solo. Hay alguien por encima de él, alguien a quien aún no hemos visto. Alguien que nadie sabe donde vive. Un fantasma —dijo, sabiendo el trasfondo que tenía ese vocablo si era él quien lo pronunciaba—. Sólo tiene una existencia digital, por decirlo así. Es el nuevo existencialismo.

—Por favor, atrapa a esos malvados —dijo Nereida Valerio. Después guardó silencio, y Lahoz se fijó en cómo bajaban aquellas palabras hacia lo profundo de lo que sabía, recogiendo bellos colores de lo que aparentaba. No se lo preguntó, porque intuyó que todo eso terminaría por salir. Hay pensamientos que nunca se quedan dentro, y había una extraña sinceridad en todo lo que se guardaba Nereida Valerio. Una sinceridad que ansiaba mostrarse como simple sinceridad.

—¿Ves el final? —terminó inquiriendo a Lahoz, como si fuera una pregunta retórica. Como si fuese ella quien lo estuviera atisbando en ese instante.

—Los finales suelen ocultar el número de pasos que faltan hasta llegar a ellos —dijo Lahoz—. Aunque sea un pálpito, creo que hay rostros que ya no tienen máscaras.

No había querido explicar las causas por las que Torres se había arrojado por una ventana con veintitrés años. Esas causas siempre son causas posibles. Pero intuía que Nereida podía imaginarlas, quizá mucho mejor que su amigo Neil Palacios. Los hombres imaginan, las mujeres encarnan. Era lo que sostenía el inspector a cuyas órdenes se formó. No le faltaba razón, por eso, entre otras causas, había pasado la noche con ella. Para que encarnara todo lo que sentía por él y por las personas que mataban y morían en el caso presente. Empezaba a amar ese drama paralelo. Quizá eso significaba que empezaba a amarla a ella.

Tres horas después estaba en su casa, ordenando lo que había en todos los archivos que tenía sobre la mesa, sobre todo los de Ilari. Sería la una cuando Asterión lo llamó. Sólo las llamadas de Asterión descubrían más que las de Suárez, porque las del forense eran llamadas que redundaban en lo que somos, en lo inevitable, en tanto que las de Asterión ampliaban percepciones a veces inadvertidas. La gente sólo era libre cuando abandonaba lo que el determinismo le había destinado, y Asterión era especialista en oler esas cosas.

—¿Ya has dado con Galactus? —le preguntó Lahoz sin mediar palabra.

—Después de trabajar toda la noche, armado hasta los dientes de paciencia, por fin he dado con él. Un informático es como una empleada del hogar: sabe que quien le paga no es la señora de la casa, sino la naturaleza humana.

—Me alegra saberlo. Tengo algo que he encontrado en el lápiz de memoria que había en el oído de Carlota Aimerich.

—Sé a qué te refieres. Tengo una copia de ese archivo —dijo Asterión—. La factura del alquiler.

—En efecto. Está a otro nombre, pero puede que la haya escrito Ilari, si ha alquilado un inmueble de su propiedad. Voy ahora mismo a la dirección que aparece.

—Tendrás que dejarlo para más adelante —dijo Asterión.

—¿Por qué?

—Ya te lo he dicho: he encontrado a Galactus.

—¿Has conseguido su IP? Es lo que nos importa.

—No —refutó Asterión—. La IP ya da igual. Lo tengo a él en persona.

—¿Qué estás diciendo?

—Además, no vas a creer quién lo ha traído.

—¿Collins? —bromeó.

—Morales.

—¿Morales? No pensé que estuviera investigando por su cuenta.

—Lo ha metido en la sala de interrogatorios número 1.

—¿Ha sido Morales quien te ha dicho que me digas todo esto? ¿Tan marginado se siente?

Lahoz empezaba a tener un poco de prisa.

—Todo lo que acabo de decir es cierto —dijo Asterión—. Tienes a Galactus en esta comisaría. Vive aquí cerca, en la confluencia de Faustina Mena con la calle Valle de Pinares Anchos. Uno de sus vecinos nos llamó hace una hora para denunciar un caso de maltrato a menores. Al parecer, oyó insultos, y a un niño llorando, y no era la primera vez. Fue Morales, que es el policía más desocupado de esta comandancia, gracias a ti, el que tomó el recado y se acercó. Detuvo a Galactus y trajo al niño.

—¿Lo reconoció Morales?

—Sí, lo reconoció por las fotos que hemos difundido de él. Tienes a los dos, sentados uno frente al otro, en la sala 1. El niño tiene la cara hecha un cromo, pero creo que no quiere poner una denuncia. ¿Te suena la situación? Rialto se ha quedado con el padre, con Galactus. ¿Qué hago?

—O sea que nos lo ha puesto en las manos una pura casualidad —reflexionó Lahoz en voz alta—. ¿Qué edad tiene el chico?

—Unos catorce o quince años.

—Que los separen. En cinco minutos estoy ahí.

Cuando llegó, Asterión lo esperaba de pie, con su línea de pantallas a la espalda. Fueron a la sala de interrogatorios número 1. Había dos, ambas vigiladas por otro policía a través de las pantallas de una sala intermedia. Desde ahí grababa lo ocurrido en todas las dependencias de la comisaría.

—Déjanos un momento —le dijo Asterión, y el agente se levantó y salió. Entonces Lahoz pudo ver la situación de una manera casi panorámica. El tipo rapado y con las patillas a lo Asimov era, sin lugar a dudas, el personaje al que hasta ese momento habían estado llamando Galactus, quizá por haber creído que era él quien se refería a sí mismo con ese nombre. Estaba sentado en la misma silla que cinco días antes había ocupado Germán Ilari, el matasanos licenciado en Stanford. Tenía enfrente a Rialto, que lo miraba sin quitarle el ojo de encima. No lo habían esposado, aún no había ninguna acusación. Bien, pensó Lahoz. Que se confíe un poco, que crea que está aquí por haber pegado al chico.

—¿Quién es el muchacho?

—Su hijo —dijo Asterión—. Parece que hay un largo historial de malos tratos, aunque ninguna denuncia.

—¿Entonces en qué se basa ese historial?

—En el testimonio de los vecinos a los que hemos preguntado, los que viven en las casas contiguas. Cuando se aburre, suele zurrarle al niño.

El muchacho estaba con una agente que le ofrecía, en un despacho aislado, una chocolatina que había sacado de la máquina. El niño rechazó el regalo. Estaba ensimismado en el teléfono móvil que tenía en las manos, y dos auriculares lo aislaban del mundo. Apenas levantaba la cabeza de él, pero cuando lo hizo para rehusar la chocolatina Lahoz vio que tenía magulladuras en la frente y la barbilla.

—Vamos a tramitar una denuncia por malos tratos —propuso Lahoz—. Eso nos permitirá retenerlo más tiempo.

—¿Qué hacemos con el niño?

—Pídele a la agente que le pregunte quién puede acogerlo esta noche. Tendrá parientes. Que el chico le diga dónde viven y que lo trasladen allí. No quiero que nadie entre en la casa de ese tipo. Vamos a realizar un registro a fondo.

—¿Iniciará Rialto el interrogatorio?

—No, lo haré yo —dijo Lahoz—. Grábalo todo. Parece que a este maromo no le gusta casi nadie, incluido su propio hijo.

Recordó el vídeo en que aquel individuo hablaba de los alumnos superdotados como de animalitos, y recomendaba a los padres de aquellos niños que volvieran a aprender la tabla del siete. No parecía un tipo corpulento. Rialto casi le doblaba en tamaño. Es lo que ocurre con las pantallas: con dos simples tomas pueden montar otro mundo.

Cuando entró en la sala de interrogatorios Galactus no levantó la cabeza de las manos que tenía colocadas sobre la mesa. Lahoz no se sentó frente a él. Se quedó de pie, junto a Rialto, que lucía su placa en aquel chaleco de cuero como si fuera un proyectil estampado contra un chaleco antibalas.

—Parece que le gusta pegar a su hijo —dijo Lahoz.

—Ese cabroncete se lo merece —contestó aquel padre—. Me saca de quicio.

—¿Por qué?

—Oiga, ¿a qué viene todo esto? ¿Traen a comisaría a todo el que le da una bofetada a su hijo?

—No, a esos simplemente los denunciamos. A veces son sus hijos los que los denuncian. Va a tener suerte de que el suyo no lo haga, supongo que para no ganarse más sopapos. Así no tendrá que escuchar las cosas que tendría que decir en un tribunal —dijo Lahoz—. Traemos a comisaría sólo a los que presumen en la *dark web* de vivir donde nadie puede encontrarlos, de habitar una casa sin dirección. Esas cosas las tomamos como un reto. Aquí cruzamos apuestas, y siempre las ganamos.

Ahora Galactus sí levantó la cabeza. Miró al inspector, que tenía en la mano su carnet de identidad. Estaba en la cartera que habían registrado, después de requisarla. En él rezaba el nombre de Marcial Píriz, nacido en Madrid en 1976. Cuarenta y tres años, la edad de las equivocaciones. Eso lo había leído Lahoz en una novela. El detenido dijo:

—¿Es eso un delito?

—¿Presumir de ser ilocalizable? No. Es fanfarronería.

—¿Es de lo que me acusa, de ser un fanfarrón?

—¿Conoce a Germán Ilari?

—Sí, es mi psiquiatra.

—¿Para qué necesita usted un psiquiatra?

—Supongo que para hablar con gente más loca que yo.

—¿Dónde está?

—¿Y yo qué sé? —dijo aquel tipo que ocultaba su cara entre dos estribaciones del Amazonas—. Lo único que sé de él es que me roba.

—¿Cuando le cobra las consultas o cuando se queda con parte del dinero que le proporcionan las chicas con las que usted trafica en *El carnicero*?

Galactus, al igual que Ilari, miraba las cámaras que estaban enfocándolo. Sabía del poder de las vidas grabadas, pero Lahoz pensó que lo que realmente temía era la manipulación que se podía ejercer sobre todo ello.

—¿Qué cree que es? ¿Prostitución? Ellas lo hacen libremente. Es una página de encuentros.

—Lo hacían —dijo Lahoz.

—Cierto, lo hacían. ¿Qué tengo yo que ver con eso?

—He visto sus vídeos. Aparece en ellos con un bonito martillo plateado, uno de esos martillos que parece que son para tocar el xilófono —dijo Lahoz—. Pero creo que usted los ha estado usando para otras cosas.

—No he matado a ninguna de ellas —dijo Marcial Píriz, alias Galactus—. ¿Por qué iba a hacerlo?

—Comprobaremos si el martillo que utiliza en la publicidad lo ha hecho. Es muy fácil, una simple prueba química. Si es así, le recomiendo que empiece a hablar. ¿Cuánto hace que conocía usted a esas mujeres?

—Años —dijo Galactus.

—¿Antes que a Ilari?

—Mucho antes.

—¿Formó Ilari parte de esa comuna en que participaron todas ellas?

—¿Qué comuna?

—Varios familiares de las víctimas lo han acusado a usted de haberlas matado, en complicidad con Ilari. También a los participantes masculinos del foro llamado *Now. 0*

—Ilari no vivió eso —explicó Galactus—. De hecho, ese mamón ha sido quien lo ha complicado todo.

—¿Complicado?

—Repito que yo no he matado a ninguna de esas chicas. Eso tendría que preguntárselo a él.

—¿Por qué?

—Fue él quien planteó la expansión del negocio. De hecho, fue él quien lo concibió todo como un negocio.

—Siempre, un negocio —reflexionó Lahoz ante aquel individuo que consideraba, al parecer, que esa palabra lo justificaba todo—. ¿No se cansan ustedes de los negocios?

—Ellas no se cansaban —fue la escueta respuesta que dio.

—Ellas ya no pueden ratificar lo que usted dice.

—¿No? Tenían diecinueve o veinte años cuando se apuntaron a lo que usted llama comuna. ¿Sabe por qué?

—No me lo diga —apuntó Lahoz—. ¿Porque fueron engañadas?

—Todas esas chicas estaban ávidas de fama. Era lo único que perseguían: fama, fama... Sólo fama. ¿Sabe qué es la fama? La fama es dinero. Tengo cuarenta y tres años, y soy consciente de lo que voy a decirle: la única forma que tenían de conseguirla era mostrándose. De mostrarse a prostituirse no hay un camino demasiado largo.

—Sobre todo si se ponen en manos de gente como ustedes. Empecemos por el principio. ¿Qué pasó con Claudia Torres?

—Que Ilari la preñó, y ella quiso tener ese hijo. No tengo nada que ver con eso. Ilari quería que abortase, pero para llevársela a la cama había tenido que ponerse la máscara de enamorado, y ella quería tener un hijo con él. Todas esas chicas eran demasiado débiles. Él las utilizó. Estaba en una situación en que podía hacerlo. Ilari nunca puso frenos, y después empezó a necesitar el dinero que ganaban ellas. Ellas lo hacían por él.

—Una simbiosis perfecta. Para eso están las comunas, para que después los hábitos se conviertan en dinero.

—No puedo decirle nada más.

—Tendrá que decirlo —dijo Lahoz—. Salvador Doncel, Anselmo Cortés y Daniel Caparrós ¿qué tienen que ver con todo esto?

—Simplemente les gustaban las chicas. Cuando monté *El Carnicero* descubrieron que podían comprar amor verdadero. La idea me la dio Testa, que era el más putañero de todos. Los demás, o estaban demasiado aislados, como Doncel, o trabajaban demasiado, como Caparrós. Era gente muy solitaria, o simplemente muy sola. El caso de Cortés es diferente, creo que eso ya lo sabe. Pris empezó a no soportar esa situación. Conseguir la fama empezó a darle problemas morales. Y cansancio, mucha decepción y mucho cansancio. Le dije que se fuera, pero era una chica muy insegura. Necesitaba a Ilari. Todas lo necesitaban. Yo sólo soy un representante. He ganado dinero, pero sólo eso.

—Si no ha sido usted quien las ha matado, sino Ilari, ¿por qué matarlas, si en realidad las manejaba a todas?

—La relación que Ilari tenía con ellas era más conflictiva, más sentimental. Las obligaba a aceptar citas con otros hombres, pero se sentía celoso de los tipos con los que estaban. Nunca entendí esa relación. Es un tipo bastante acomplejado.

—Sí, he hablado con él de complejos —dijo Lahoz—. ¿De dónde cree que le venían?

—De la soberbia. Había venido a España cuando se declaró el corralito en Argentina, pero no se conformaba con sobrevivir económicamente. Creo que hasta necesitaba sobreponerse a los complejos que le producía ser psiquiatra.

—Explíqueme eso.

—Necesitaba dejar atrás su inferioridad de dos formas: dominando a las mujeres a su voluntad, y rodeándose de seres inferiores, o que se creían inferiores a él.

Lahoz pensó en el problema que suponía el hecho de que ninguno de los cinco asiduos de *Now.0* viviera. El asesino se le había adelantado siempre, de ahí que ahora él caminara por el camino que aquel asesino había trazado. No obstante, tenía delante al gran sospechoso. Todo lo que decía podía ser otra máscara. Incluso, mientras lo oía, le pareció que lo que decía de Ilari podía serle atribuido a él. ¿Por qué no? Y frente a eso, la posibilidad de estar frente a otro camino sin salida. Galactus parecía otro personaje vacío, perdido en las redes sociales, en las páginas que podían, una vez más, conferir la vida o condenar a muerte. A estas alturas, pensó, la diferencia no parece tan dispar. Esas páginas que resucitaban a gente muerta, indistinguible de las multitudes de desposeídos que suelen dejar de ser ellos mismos para hacerse notar. Un tipo que es capaz de ganar dinero sin tener que salir de casa, sin rutinas que no son importantes. Un tipo que puede tener un hijo que no necesita querer ni que este hijo lo quiera.

—¿Quiere decir que usted no mataría a su hijo igual que ha hecho con esas cinco personas? ¿Sólo necesita maltratarlo? —preguntó, sabiendo que tenía que indagar en su reputación, como en los juicios sin pruebas—. ¿Dónde estaba anteanoche a las 11?

—¿No son seis, inspector?

—¿Por qué lo dice?

—He contado seis en los periódicos —dijo Marcial Píriz—. ¿A quién ha dejado usted de contar?

—¿Dónde estaba usted esa noche, a tal hora?

—En casa.

—¿Puede su hijo corroborarlo?

—Ese cabroncete se pasa las noches con los amigos, jugando a cosas incomprensibles con el teléfono.

—¿Entonces no tiene a nadie que confirme su coartada?

—No salí de casa esa noche. Estuve metido en las redes. Paso muchas horas haciendo el gilipollas. Muy a mi pesar, aunque no lo crea.

—Entonces, usted cree que el asesino es Germán Ilari.

—Estoy convencido. Ese tipo es un depredador. Lo he visto abusar de mujeres aprovechándose de la necesidad de éstas de apoyo psicológico.

—Es desconcertante —masculló Lahoz, como si se lo dijera a Rialto, que permanecía silencioso a su lado.

—¿Qué?

—Ilari dijo lo mismo de usted. Que es usted quien los ha matado a todos.

—Ese tipo es un tarado. Ha construido un mundo a su medida en el que no soporta que entre nadie.

—Sí, él dijo lo mismo.

—¿De mí? Supongo que previó que esta situación se daría.

—¿Por qué se convirtió usted en su paciente?

—Fue él mismo quien me lo recomendó, como tapadera.

—¿A qué se refiere? ¿Una forma de justificar que ambos se vieran para hablar de negocios?

—No. Una forma de justificar que él hablara de sus problemas conmigo. ¿Le sorprende? El psicólogo era yo, o el confesor. Con el tiempo me fui dando cuenta de ello.

—¿Y siguió haciéndolo?

—Él me traía a las chicas —confesó Marcial Píriz, alias Galactus—. Pero no crea que me acosté con ninguna. Puedo aguantar que las mujeres finjan un orgasmo, pero no soporto que finjan que realmente te aman.

—¿Cuánto dinero ha ganado en este negocio?

—Sólo el suficiente para mantener a ese botarate de ahí fuera, para darle la mejor educación. No le ha faltado de nada. Pero la educación ya no sirve de mucho. Ahora se hacen montaraces en internet ellos solitos, como si fueran perros abandonados.

—¿Por qué Ilari, de pronto, empieza a matar a gente? —preguntó Lahoz.

—El origen fue el suicidio de esa chica. La Torres lo idolatraba. Suele pasar cuando uno es un malote. Ella tenía novio, un estudiante de su edad. Ilari no lo sabía, pero ella, quizá para atraerlo, le dijo que el padre era el estudiante. Si no hubiese sido así, e Ilari hubiese tenido la seguridad de ser el padre, le habría dado igual. Pero no se maneja con las dudas, no las domina. Suena infantil lo que digo, lo sé. Es un tipo muy extraño. Creo que la mató para superar esa duda.

—¿La mató?

—En un sentido indirecto. Él no estaba en la habitación cuando ella se arrojó al vacío.

—¿Se lo contó así?

—Más bien, ha bordeado el tema dándolo a entender. Nunca habla de ese tema. Hizo todo lo posible para que esa chica, con su hijo, desaparecieran, y lo consiguió, pero no ha salido indemne de eso.

—¿Quiere decir que sintió esa pérdida?

—Por eso quiso resucitarla.

—¿A Claudia Torres?

—Sí.

—¿Esa fue la causa por la que Marina Paula Ferrer intentara hacer lo mismo una semana después?

—Creo que sí —contestó Galactus—. La ha perseguido desde entonces.

—¿Quiere decir con todo esto que usted no es el causante de esas cinco muertes?

—No gano nada con ello. Ni estoy tan loco para matar a esa gente. Para mí son bichos en un microscopio. Prefiero mirarlos desde lejos. Si me acerco tengo la impresión de que puedo contagiarme.

—Hay una unidad de policía científica que acaba de llegar a su casa. Ya veremos si dice la verdad.

—¿Qué quiere que haga, mientras tanto?

—No puede hacer nada —dijo Lahoz—. Le retengo hasta que podamos hablar con Germán Ilari. Confiscaremos su pasaporte, y usted dormirá esta noche en el calabozo. Llevaremos a su hijo a casa de algún familiar.

—No tengo familia en Madrid.

—Entonces se quedará a cargo de Servicios Sociales.

—¿Cuándo lo encontrarán?

—Pronto —aseguró Lahoz—. Otra pregunta: ¿Cómo fue la relación entre Ilari y Marina Paula Ferrer posterior a la muerte de Claudia Torres?

—Bastante conflictiva. Marina lo consideraba responsable de esa muerte. Había hablado del tema con Claudia bastantes veces. Claudia compartía todas sus dudas con ella. Marina sabía quién era Germán Illari. Estaba al tanto de su cara y su cruz, así que cuando Ilari se acercó a ella, a través de lo que ambos echaban de menos de Claudia Torres, Ferrer lo caló. Entonces Ilari intentó utilizar a la madre de Ferrer, prometiéndole la libertad. Ella sigue en una residencia geriátrica. Nada salió bien. Además, había otro elemento que alimentaba las obsesiones de Ilari: la etapa de lo que usted ha llamado la comuna. Ilari la consideraba una edad de oro en la que no había participado. Todos eran felices, todos follaban, hasta que vieron que aquello era un simple camelo donde no había la más mínima dosis de sinceridad.

—¿Quién fundó esa comuna?

—¿Quién va a ser? El que más provecho sacaba de ese invento: el más viejo —dijo Marcial Píriz.

—Testa.

—Testa, así es. Lo planteó como una movida literaria. Lo único que conserva de aquello es la secretaria vestida de geisha...

Lahoz entendió que la historia de amor, entre comillas, de Marina Paula Ferrer y Anselmo Cortés quizá fuera otro rastro de aquella falta de sinceridad, algo que no pudo llevarse a cabo entonces y en lo que los dos pusieron sus últimas esperanzas.

—Y de la literatura se pasó a la existencia virtual —siguió Galactus—. Ese tipo de universos inalcanzables siempre dejan un poso, y ese tipo de posos siempre dan lugar a malentendidos. Incluso yo lo utilicé.

—Vio que podía utilizar a las chicas inflando sus vidas con el nuevo romanticismo de los *followers*.

—Siempre conté con su consentimiento, pero así es.

Lahoz miró a Rialto, que había seguido aquella conversación percatándose de hasta qué punto el dinero era tan importante como otros factores. ¿Eran aquellos crímenes los pecios que habían dejado en la playa las relaciones personales?

—¿Qué persigue Ilari matando a todos los demás? —intervino Rialto—. ¿Borrar el pasado?

—Un pasado que no ha dispuesto para él, para su pequeña efigie, ni una sola vitrina —contestó Galactus—. Pero su mente ni siquiera maneja eso... Recuerde, soy su psicólogo.

17. EL INTERVALO

Al salir de la sala de interrogatorios, Lahoz buscó a Morales y lo felicitó. Había reunido y puesto encima de la mesa el azar que requería la situación, sin duda. Después le preguntó:

—¿Vivía alguien más en casa del detenido?

—No vi a nadie más.

—¿La madre del niño?

—No vive con ellos. Los vecinos no la conocen.

Portal estaba allí en ese instante. Se le daban bien los registros, así que antes de iniciar la conversación con Marcial Píriz le había dicho a Asterión que lo enviara con un par de agentes. Collins siempre protestaba ante esos derroches, pero esta vez tenía que purgar su error con Caparrós. Lo que Galactus había declarado podía ser un párrafo del soliloquio de la verdad universal o una de las patrañas más descaradas oídas en una comisaría. Y había muchas posibilidades de que aquel registro lo aclarase. El domicilio no se encontraba muy lejos, así que Lahoz se acercó andando.

Encontró a Portal en el garaje, con el martillo que Galactus sacaba en sus vídeos.

—Bien, aquí lo tenemos —dijo Lahoz, algo que casi le incomodó, porque parecía demasiado indiscutible.

—No —respondió Portal, señalando una caja de cartón en el suelo—. Tenemos dos martillos, ambos idénticos.

En efecto, un segundo martillo apareció en la caja, junto a varios cables de conexión y piezas de circuitos informáticos. El garaje entero, donde no había ningún coche, estaba lleno de herramientas y utensilios de todo tipo. Los dos policías, uno de ellos forense, lo catalogaban todo, buscando elementos semejantes a los aparecidos en las víctimas.

—¿Hay rastros de sangre?

—Ninguno —dijo Portal—. Además, es curioso que estos dos martillos sean lo primero que he encontrado.

—¿Has mirado en el resto de la casa?

—Aún no.

Lahoz salió del garaje y dio a una extraña cocina. Los armarios estaban llenos de comida enlatada, claro que eso no era raro en una casa donde todo parecía provisional. Se asomó al salón y vio que, en efecto, tampoco había un solo libro. No obstante, los aparatos electrónicos se apilaban en casi todas las mesas. Portal, que lo había seguido, miró al techo, después bajó la vista hacia dos enormes televisiones que descansaban en una larga mesa, y dijo:

—¿Se ha fijado en que en esta casa no hay wifi?

Lahoz no se había fijado.

—Debe de ser la única forma de no ser localizable —dijo—. Habrá que recoger todos los aparatos y dárselos a Asterión. Quizá estén llenos de pruebas, y hasta puede que todas sean falsas, como las que hemos encontrado hasta ahora.

—¿Todas?

—Casi todas.

—Estoy de acuerdo en eso —dijo Portal—. Un caso bastante extraño. Lleno de espacios vacíos.

—¿Qué quiere decir? —pidió Lahoz.

—Espacios por los que las conclusiones han pasado, pero no han dejado detrás ni un solo planteamiento.

—Curiosa deducción, pero está en lo cierto. O quizá nosotros no hayamos sabido verlas. Habrá que enviar estos martillos a Suárez, para que compruebe si alguna vez han contenido sangre.

—No sacará nada —dijo Portal.

En el resto de la casa, de una sola planta, no muy grande, rodeada de jardín, había habitaciones vacías. Sólo encontraron una que sirviera de dormitorio, con dos camas, para el padre y el hijo. Una de esas camas estaba recién comprada. Tenía restos de envoltorio de plástico en una de las patas. Las otras dos habitaciones eran platós como los que vieron en la casa de Marina Paula Ferrer, llenos de carteles en las paredes y mamparas de difusión de luz al final de ejes verticales sobre trípodes.

—¿Le suena? —preguntó Portal.

—Me estoy acostumbrando a ello. Lugares ideales para que alguien te mate.

—¿Cómo ha ido el interrogatorio de Galactus?

—Todos son grandes actores. Casi me ha convencido de que de la primera a la última víctima han muerto de muerte natural y, si no fuera así, todas las muertes parecen lógicas, como si no hubiese nada que preguntarse. No sé si se ha dado cuenta de que todos los que hemos interrogado se han asombrado de que existiera un caso policial.

—Le confieso que no es la primera vez que lo veo —dijo Portal—. Nací unos meses después del Watergate.

—Este tío, Galactus, es un títere de su tren de vida —concluyó Lahoz.

No quedaba mucho que hacer allí. Se lo dejaría a Portal. Tenía mejor nariz que él. Alguien había limpiado todo aquello, esa era su impresión. Llamó a Asterión.

—Dame la dirección de Ilari, la que aparece en ese contrato de alquiler.

—Calle de San Mariano, 70. Junto al Parque de Canillejas.

—Iré en metro. Te llamaré desde allí. Por favor, envía a transcripción la entrevista entre Ilari y su psiquiatra. Me gustaría leerla.

—Lo haré —dijo Asterión—. ¿Crees que habrá algo en esa dirección, la de Canillejas?

—No lo sé.

Tenía hambre. Comió un bocadillo antes de tomar el metro. Le apetecía mirar a la gente. Pensó que la gente va al cine porque no ve las cosas extrañas que la rodean. Él mismo casi había tocado al asesino, sin posibilidad de intercambiar una intuición. Sin haberle arrancado nada. Quizá el culpable estuviera en la comisaría, el hombre al que había interrogado. Quizá estuviese en la dirección a la que iba. Al llegar a Canillejas salió del metro y bajó la calle de San Mariano. Había ya anochecido. El número 70 tenía un portero que le abrió la puerta del piso de

Ilari. No dio el nombre de Ilari, sino el del inquilino que había estado allí y ya no estaba. El portero dijo que era buena gente, pero hacía tiempo que no vivía allí. Es lo que suele decírsele a la policía, como si la policía tuviese que someter las detenciones a las apreciaciones morales. Le dio las gracias y encendió la luz del recibidor.

—Es un dúplex —le indicó el portero, antes de irse.

Vio a la izquierda el principio de la escalera que subía arriba cuando entró en el salón. El salón tenía las persianas bajadas. No había resquicios por los que entrara la luz de las farolas de la calle. Lahoz las subió y abrió las ventanas. El piso parecía deshabitado. Quizá Ilari, si utilizaba aquella vivienda, hiciera mucho tiempo que no pasaba por allí. Evidentemente, no había signos de que se lo hubiera alquilado a alguien. El aire entró como extrañado, explorando por primera vez todas las aristas, los rincones, los volúmenes, sin apenas crear ondulaciones en las cortinas. Como si entrara en una cámara de gas. ¿Había vivido Germán Ilari allí alguna vez?, se preguntó Lahoz. ¿Había vivido alguien? Atravesó el salón y, con un gesto sin voluntad, sumó las luces de una pequeña araña en el techo a la que venía del recibidor. Encendió la de la cocina. El frigorífico estaba vacío. ¿Quién acogía en aquel instante al psicólogo? ¿Una mujer? Sólo las mujeres tienen las claves precisas para alojar a un hombre de modo que nadie lo encuentre, para propiciar que deje de existir. Por supuesto, el salón contenía un diván que alguna vez le habría sobrado, de esos que alojan obsesiones en quienes se sientan en ellos, o recurrencias que nunca han tenido.

Había un revistero junto a la mesa baja del salón, una mesa cuya encimera era un cajón cubierto por un cristal y lleno de piezas desordenadas de un *puzzle* que a Lahoz le pareció que representaba un paisaje de Nueva York, que es donde todos los psicólogos quieren trabajar. En la planta baja, aparte la del salón y la cocina, no había más que otra puerta que conducía a una habitación con una cama muy historiada: mesillas blancas, colcha que parecía sacada de una casa de muñecas, rosa y blanca, con costuras que formaban abultamientos, y una alfombrilla en el lado derecho.

Y un teléfono móvil en uno de los extremos.

Lahoz lo tomó y lo conectó. Tenía la batería casi llena. El teléfono de Ilari. En la pantalla principal apareció una caricatura con su foto, con gafas idénticas a las de Freud y un gorro de papel en la cabeza. La mano metida entre los dos botones de la pechera de una chaqueta de otro siglo. También se cree Napoleón, pensó Lahoz. Igual que el asesino.

No tenía la clave, así que no podía saber qué contenía el teléfono. Asterión abriría aquella muñeca rusa. Seguramente era el teléfono de prepago, no registrado a su nombre, que había descubierto Asterión cuando Ilari llamó desde la casa de Marina Paula Ferrer. ¿Entonces Ilari vivía allí? ¿Sólo iba a dormir? ¿Se había dejado el teléfono encendido y la policía no había reparado en ello? ¿Habría salido? ¿Se levantaba diariamente y hacía aquella cama, como si matar fuese un pequeño y necesario trámite en la eterna ocupación de permanecer oculto? Era evidente que no estaba muy lejos. Había recargado el teléfono y, a menos que no tuviera que utilizarlo, vendría a por él. No tenía más que esperarlo.

Apagó la luz del dormitorio y tomó la escalera. En ese instante se dio cuenta de que no tendría que esperar. Ilari no vendría a por su teléfono. Lahoz extrajo el suyo del bolsillo y llamó a Nereida Valerio. Se puso enseguida.

—Dime.

—Toma un taxi y ven a Canillejas. A San Mariano, 70. Segundo A.

Ella no dijo nada. En quince minutos llamó a la puerta y Lahoz le abrió. Venía vestida con vaqueros y un jersey fino bajo una cazadora de tejido sintético.

—¿Qué pasa?

—Quiero que veas algo que te concierne. Sólo podrás quedarte diez minutos.

La condujo hacia las escaleras. Nereida Valerio empezó a subir y vio dos pies, calzados con zapatos Martinelli, colgando como si fueran parte del *atrezzo* de una comedia. Las suelas habían dejado algunas marcas negras en la pared del tabique que bajaba del piso alto. El cuerpo de Germán Ilari pendía ataviado con su *blazer* de psicólogo. No obstante, llevaba embutido en la cabeza el gorro de papel de periódico con que salía en la foto del teléfono. Era evidente que aquel último gesto era un tanto crítico, una actitud. Alrededor del cuello tenía un cable eléctrico rojo al que habían hecho un nudo por el que previamente había pasado el resto del cable. Colgaba con la lengua fuera, pero no de la baranda del primer piso, como hubiese sido lo esperado. El cable estaba acodado en una escalera de jardín sujeta con otra cuerda a esa baranda, para que el peso del cuerpo no la arrastrase hacia abajo como si el autor de aquel ahorcamiento hubiese temido que no hubiera espacio para que el cuerpo colgara todo lo largo que era, con aquel largo cable anudado al cuello. El cable estaba finalmente atado a la pata de una cama de la habitación de enfrente, que había llegado a atravesarse en la puerta y servía de lastre.

—¿Quién es?—preguntó Nereida Valerio.

—El culpable de la muerte de tu hermana.

Ella miró aquel cadáver con el rostro forzado por una mueca confusa, entre propia y ajena, de la que no se podía sacar ninguna conclusión.

—¿Cómo sabes que Claudia Torres era mi hermana?

—De la misma forma que sé que Nereida Valerio es un pseudónimo. ¿No te llamas, en realidad, Andrea Torres? También sé que Neil Palacios no existe, es otro invento. Los periodistas sois como los poetas: nunca decís nada que no pueda firmar otro. Más aún, os encanta que la verdad la gestionen los demás, así podéis contarla.

Nereida sonrió, pero pronto se dio cuenta de que aquella sonrisa no era adecuada delante de un ahorcado, aunque fuera el hombre del que su hermana se enamoró. Lahoz la miraba. Al final dijo:

—El amor debería contemplar estas cosas, ¿no?

—¿Qué le hizo, en realidad? ¿La arrojó él mismo por la ventana? —musitó Nereida, mirando como si sintiera lástima por primera vez.

—Es difícil saberlo —dijo Lahoz—. Ahora no podremos hacerle más preguntas. Se ha librado de todas. Creo que lo que sintió por tu hermana Claudia fue sincero al principio, pero excluía cualquier otra cosa. Es una contrariedad que haya muerto así. Tenía muchas preguntas que responder, mías y de todos los que han participado en esta carrera de obstáculos, incluidos los que han perdido la vida.

—¿Es él el asesino?

—No lo sé. No entiendo esta muerte.

—¿No crees que sea un suicidio?

—Todo estaba en su contra —respondió Lahoz—. Puede que no lo soportara. No tenía ningún paraíso al que escapar. Los psiquiatras no necesitan esperanza, no creen en ella, la consideran una idea religiosa, pero sí necesitan algo que suene a vitalidad. Eso apoya la opción del suicidio. No obstante, un hombre que en apariencia tiene todas las respuestas es raro que renuncie al placer de exponerlas. Exponer siempre te justifica, aunque seas el asesino. Todas las pruebas, también su propia personalidad, apuntaban hacia él.

—¿Por qué me has llamado?

—Sólo para que lo veas.

—¿Para que vea qué?

—Lo que somos —dijo Lahoz—. Lo que hemos sido. Mira esa cara. ¿No te parece que todo el mundo debería haber hecho otras cosas?

—Creo que tienes dudas.

—¿Sobre el caso? Demasiadas. Pero me pasa con todos los casos, sobre todo aquellos en los que hay muertes. Quizá la facilidad con que se mata es debida a la facilidad con que se muere.

—No es tan fácil morir —dijo Nereida Valerio.

—Por favor, vete. Voy a llamar a los forenses. Hay elementos que son importantes.

Ella echó al ahorcado una última mirada y se volvió para besar al inspector.

—Estaré en casa, por si esta noche...

—No sé a qué hora llegaré, pero llegaré.

Ella bajó y se fue. Él subió para mirar de nuevo lo que había visto ya con detenimiento. Un cable rojo. Seguramente de una docena y media de metros exactamente. La otra mitad que le faltaba al cable de veinticinco metros la había empleado con Noelia Núñez, alias Wendy.

Se dio cuenta de que aquel hombre que colgaba era un perfecto desconocido. No había llegado a conocer a ninguno de los culpables a los que había atrapado. ¿No suponía eso una carencia propia, personal? ¿Un policía no tenía la obligación de saber más que nadie sobre el alma humana? ¿O eso no existía? Entonces, sobre la forma en que los culpables actúan. ¿O Testa tenía razón? Lo único que merece la pena observar son las víctimas, no los culpables.

Había subido a la habitación donde estaba la cama a la que Germán Ilari se había atado. Después el suicida había subido la escalera para dejarse caer de forma que ya no pudiera enganchar el cable con las manos y subir. El cuerpo propio pesa demasiado cuando está atado por el cuello a un cable. Sólo hay unos pocos segundos para agarrar el cable e intentar subirse a pulso. La muerte, en esa situación, es demasiado onerosa. Allí estaba el martillo. El famoso martillo, esta vez sí, manchado de sangre. No lo había tocado. Estaba de pie, sobre las baldosas. Eso era una prueba irrefutable ante un tribunal, sobre todo un tribunal que juzga a un suicida, pese a que los suicidios son los que menos explicaciones ofrecen. Nadie sabe por qué un hombre o una mujer se suicidan, a veces no lo saben ni los más allegados. Por eso a Lahoz le entraron ganas de leer el informe que Alfredo Boca había hecho de Germán Ilari. Estaba pensando todo esto cuando oyó la llamada en la puerta. Había avisado a los pesos pesados, entre ellos Suárez. Necesitaba, esta vez sí, la opinión de un experto. También venían Rialto, con su chaleco de cuero que nunca se quitaba, y Portal, que siempre parecía saber todo aquello con lo que iba a encontrarse.

—Suban —les dijo.

—Espero que cumpla lo que su llamada ha prometido. Sepa que la considero una extravagancia —dijo Suárez, encantado de que lo eximieran de aquel anochecer tétrico entre los muertos del Anatómico.

—Suba y verá.

Cuando contemplaron el cuerpo de Germán Ilari, Portal dijo:

—¿Aquí se cierran todas las puertas? Menudo jarro de agua fría.

—Eso depende —dijo Lahoz.

—No veo de qué puede depender, inspector.

—Depende de si consideramos que no tener respuestas puede contestar a todas las preguntas.

Morales también venía. Tenía derecho, por supuesto. Había prendido al tipo que tenía todas las respuestas, aunque se las hubiese pasado al muerto, quizá con pleno conocimiento de que si aquel hombre desaparecía recaería sobre él una sombra de impunidad. Lahoz no creía en la impunidad, y seguía preguntándose si los locos lo eran: impunes. El muerto allí presente era uno de los tipos más informados sobre ese asunto, pero antes de utilizar algo tan jurídico como el trastorno mental, o el trastorno momentáneo, se había quitado la vida. ¿A qué loco se le ocurre eso? Sin embargo, Portal tenía razón. Casi siempre la tenía. Si no podían probar que Marcial Píriz fuera culpable, había que probar que el hombre que colgaba de la escalera estaba loco, quizá por tratar a los locos, y era el autor de aquellos crímenes.

Suárez traía tres agentes del Anatómico, envueltos en el nylon que se ponían para no infundir sospechas sobre lo que pensaban y veían. Venía de buen humor. Le gustaba lucirse. En cuanto entró y vio la mueca del muerto dijo:

—Este tío murió ayer.

—Según usted, siempre mueren ayer —dijo Morales, que también venía de buen humor. Lo habían felicitado demasiadas veces—. Siempre los descubrimos el día de sus entierros.

—Compruebe si tiene marcas en la nuca —le pidió Lahoz.

Entonces, asistido por los tres agentes médicos, lo sostuvieron, desataron el cable del larguero de la cama, tiraron de él y lo pusieron sobre el suelo del primer piso. Aflojaron el nudo del cuello y Suárez, terciándole la cabeza con las dos manos, dijo:

—No. No tiene signos de ningún golpe.

—¿Eso significa que se ha suicidado?

—Todo indica que sí —dijo Rialto.

—Al menos, utilicémoslo como tesis —dijo Suárez.

—Una que no sé si vamos a poder demostrar —añadió Portal, que casi siempre tenía razón—. ¿No ha sido así desde el principio?

Había cierto desasosiego en su voz. Era un policía que creía en sí mismo, en la validez de lo que hacía, pero un final como aquel lo desalentaba. Tomó el martillo con los guantes de látex y preguntó:

—Hay que ver de quién es esta sangre.

—¿Qué va a pasar con Galactus? —preguntó Rialto.

—No sé qué pensará el juez —dijo Lahoz—. A menos que aportemos pruebas, lo pondrá en la calle. De nosotros depende que sea una libertad vigilada.

—Olvídese, con Collins recontando cada hora a los agentes —refutó Morales, que a partir de ahora tenía potestad para refutarlo casi todo.

—Creo que debería ser usted quien se pegase a él como si fuera su amante —dijo Rialto, que gustaba de crear situaciones con una única salida.

—El tipo ha tenido un curioso gesto final —dijo Portal—. Me refiero al gorro. Creo que los únicos que piensan en esas cosas son los suicidas.

—El gorro me hace gracia —dijo Suárez, que seguían inspeccionando el cadáver—. Creo que hay algo escrito en él.

Todos miraron el gorro. No había nada escrito en lo que se veía. Entonces Suárez dijo:

—Dentro.

Portal tomó el papel. Estaba todavía en buenas condiciones, pese a que el cable eléctrico lo había arrugado en una de las caras, y uno de los ayudantes de Suárez lo había pisado. Dentro había una nota manuscrita, con letras mayúsculas, que decía: Soy el culpable de todo.

—Y yo la reina de Saba —dijo Portal.

—Tantas evidencias están empezando a abrumarnos —abundó Rialto, que había deshecho la página de periódico y vio que se trataba de un periódico de tres meses antes.

—Sin embargo, es una confesión, ¿no? —dijo Suárez.

—¿Hay algo más en el cadáver? —le preguntó Lahoz.

—Nada de nada. Excepto que se trata del mismo cable que encontramos en la última chica.

—¿Todo está claro, entonces? —ironizó Portal, dirigiéndose a Morales, que era el único que sin dudarlo habría dicho que sí. En efecto, Morales sentenció:

—Es lo que ha declarado el muerto. ¿O no?

Rialto se sentó descuidadamente en la cama que había terciada en la puerta y, cuando miró al resto, se dio cuenta de que todos se miraban, y miraban al cadáver extendido en el suelo. El primero sin sangre. Que un culpable muera antes de que la policía le ponga las manos encima es un absoluto despropósito. El destino no debe maquetarse de esa forma. No debe exhibirse con las manos atadas. Es lo que Lahoz pensaba cuando Rialto dijo:

—Este caso tenía muy mala pinta.

—No es la primera vez que dice eso —le recordó Morales.

—Este tío era muy raro. En lugar de replicar con una acusación o una defensa, sale de escena.

—Eso es culpa nuestra —dijo Lahoz—. Bien, había que comprobar que murió después de matar a Noelia Núñez y a Caparrós. Vámonos a casa.

Suárez y sus ayudantes dieron la vuelta al cadáver y lo metieron en el saco de nylon.

—¿Has traído bolsas? —le preguntó uno de ellos a otro. El interpelado sacó una y se la dio. Entonces el primero metió el teléfono móvil que tenía en la mano, selló la bolsa y se la dio a Lahoz.

—¿Qué es esto? —preguntó Lahoz.

—Lo tenía en el bolsillo trasero del pantalón.

—¿Su teléfono personal? —preguntó Portal, tomando la bolsa como si contuviera el naipe que necesita para un póker.

—Encontré otro sobre la cama que hay abajo —dijo Lahoz—. Mira a ver si está conectado.

Portal le dio al botón de encendido y apareció el rostro de Marcial Píriz, echándole miradas indescifrables a su martillo.

—¿También este tío era un incondicional de Galactus?

—Creo que no —dijo Lahoz—. Todo es más simple que eso.

—¿A qué se refiere? —preguntó Rialto.

—Creo que es el teléfono de Galactus —dijo Lahoz.

Por una vez, todos los que formaban aquel equipo tuvieron la seguridad de que habían encontrado algo que resultaba determinante. Ante aquel hallazgo las preguntas eran infinitas, pero la respuesta era una sola.

—¿Es esto una acusación? —preguntó Portal—. ¿Y quién la hace?

—Es evidente que la hace el suicida —dijo Rialto—. Pero entonces, ¿es un suicida?

En cierto modo, las preguntas se las hacían a Lahoz. Lahoz pensaba, pero antes de pensar necesitaba silencio y reflexión, como los inspectores de las novelas.

—Todo es posible —dijo—. Puede que sea una acusación, puede que la haga el suicida y sí, puede que sea un suicidio.

—¿Y un homicidio?

—También es posible, aunque en ese caso el modus cambia. No hay golpes, no se ha utilizado el martillo.

El martillo estaba en otra bolsa, dentro del maletín que Suárez iba a llevarse.

—Pero aparece el cable eléctrico.

—¿Pero a quién acusa el cable? —dijo Portal—. Sabemos que acusa al asesino, pero ¿es Ilari el asesino?

—¿Quién es, si no es Ilari?

—Él mismo acaba de señalarlo con el dedo. Galactus —señaló Rialto.

—¿Cómo ha llegado a manos de Ilari el teléfono de Galactus?

—¿O es que Galactus, si es el asesino, se acusa a sí mismo? —dijo Portal—. Todo esto debe de haber sido idea de Ilari. Nadie se suicida para acusar a otro. Además está esa nota que parece escrita por un idiota: Soy el culpable de todo. ¿Se acusa a sí mismo o es otro quien lo acusa? Nada de esto tiene mucho sentido.

—Hay que esperar —dijo Lahoz—. Hay que volver a interrogar a Galactus, aunque no creo que se mueva de donde está.

—Podemos incriminarlo sin que lo haga —dijo Portal—: tenemos pruebas.

—Desde luego, pero tienen que ser creíbles ante un juez. Hay que conseguir desmontar sus coartadas, si es que las tiene. Hay que darle al fiscal móviles y procedimientos. Todo esto puede terminar con ese tipo en la calle, si el juez se conforma con la culpabilidad de un suicida. El problema es que el suicida puede que sea culpable.

Sonó el teléfono, el de Lahoz, aunque todos se quedaron mirando al que había en la bolsa. Era Asterión.

—Dime.

—Tengo un notición —dijo.

—¿Otro más? Aquí ya no sabemos qué hacer con tantos.

—He indagado lo que no sabemos de Marcial Píriz. Tengo buena parte de su historial. No era tan inencontrable como nos dijo. Ya sabes: dime de qué presumes y te diré de lo que careces.

—Al grano, Asterión —dijo Lahoz—. Aquí hay un muerto que me está mirando.

—¿Un muerto?

—Germán Ilari. Hasta hace un momento colgaba de una escalera con un lazo en el cuello.

—¿Entonces el caso está resuelto?

—Eso depende de lo que tú me digas.

—He estado mirando la historia de ese maltratador. Los niños son su especialidad. El marido de una de sus hermanas lo denunció hace un par de años. Desde entonces no se hablan. Hay algo más, algo que puede ser importante para nuestro caso.

—¿Qué?

—¿Sabes como se llama su hijo?

—Lo leí en la nota que me pasaron en comisaría. Gabriel Píriz.

—En esa nota no figuraba el segundo apellido: Aimerich.

18. LOS PASOS DEL BAILE

Asterión se pasó la mañana del día siguiente analizando el teléfono encontrado en el bolsillo trasero de Germán Ilari. Era de Galactus, en efecto, pero no halló una sola llamada de Carlota Aimerich, ni nada que viniera del teléfono, puesto a nombre de Germán Ilari, que Ilari había perdido. Se lo comentó a Lahoz, y ninguno pudo descartar la opción de que el teléfono de Galactus hubiera ido a parar a aquel bolsillo después de ser robado, quizá por el propio Germán Ilari. Además, ni una sola llamada a Aimerich durante años, pese a que Galactus la había tenido siempre a su alrededor. Miraron en los archivos de Justicia y comprobaron que ella, tras un primer enfrentamiento que perdió, estuvo acercándose a él por caminos cada vez más sesgados. Entre dos hombres, Anselmo Cortés y el padre de su hijo, Carlota vivía con un solo propósito: acercarse a su hijo, prisionero durante los últimos trece años en un colegio del Opus de Mirasierra, del que su padre lo había sacado por motivos de salud hacía dos meses. Lahoz supuso que aquella cama recién comprada en la casa de Galactus se debía a la nueva y forzosa convivencia con su hijo. Galactus no quería a aquel niño, los niños le aburrían, declaró, pero una cosa era eso y otra permitir que su antigua esposa se lo quedara. Al parecer, el juez le había quitado a ella la custodia por causa de una inicial adicción a las drogas de la que, ayudada por Anselmo Cortés, había salido. Solicitó la custodia compartida ocho veces en trece años, pero nunca volvieron a concedérsela. Su hijo no la conocía, pese a que ella durante los últimos cuatro meses se había plantado repetidamente en el colegio con la pretensión de verlo. Marcial Píriz había prohibido que el niño tuviera una sola entrevista con su madre, y en el colegio siguieron esa imposición al pie de la letra. Los informes que la comisaría pidió al instituto lo contenían todo, así que Lahoz dedujo que esos problemas de salud eran motivados por otras razones.

Asterión escribió el informe de un tirón, y se lo pasó a Lahoz. Nada de lo que Píriz había hecho en ese informe era ilegal, pero Lahoz lo retuvo en comisaría porque estaba convencido de que fuera trataría de borrar su papel en aquel drama extrañamente inconcluso. Tuvo que volver a hacerle las mismas preguntas, y Marcial Píriz, alias Galactus, volvió a fingir que las contestaba. Su hijo era también hijo de Carlota Aimerich, la guerra entre ambos había sido larga, pero acabó cuando ella empezó a tomar primero hachís, y después cocaína. Las circunstancias lo obligaban a dar las más nutridas explicaciones, porque alguien le dijo que Ilari se había quitado de en medio, y que ahora era él quien ocupaba su lugar como sospechoso número uno. Eso era igual que ser culpable, tal y como estaba el asunto. Collins presionaba en ambos sentidos, preferiblemente para cerrar el caso y cargárselo todo al muerto, pero Lahoz le dijo que tanto si el culpable era Galactus como si era Ilari había que aportar pruebas.

Las pruebas estaban ahí, pero también algunas coartadas. Galactus apenas pudo justificar dónde estaba en los momentos en que las víctimas caían bajo aquel martillo que, según él, Ilari le había robado. Él casi nunca salía de casa, y vivía solo, porque su hijo superdotado se pasaba el tiempo jugando con dos amigos que tenía, también superdotados, a *Eve Online*, un juego duro, frío e incomprensible sobre el espacio. La sangre encontrada en el martillo arrojaba rastros de varias personas: Wendy, Stanislav y la propia Carlota Aimerich. Suárez halló trazas de ADN de las tres. No había mucho más que decir. Lahoz, hablando con Portal, se había preguntado muchas veces a quién incriminaba aquella sangre, sobre todo cuando uno de los posibles asesinos estaba muerto. Collins insistía en que incriminaba al muerto, pero a veces cambiaba de parecer, porque si acusaba al vivo habría una detención, y los periódicos dan más importancia a la cárcel que al cementerio.

—¿Por qué matarlos a todos? —era la pregunta que repetía Lahoz, cuando dialogaba con Portal. No podía librarse de ella, como si algo en lo que no había reparado eclipsara la lógica.

—Puede que no haya explicación. Hay gente que se convierte en asesino por una obsesión.

—¿Y qué obsesiones pueden tener estos dos?

—¿Ilari y Galactus? Le confieso que no lo sé. Quizá haya móviles en sus pasados. Por ejemplo, Píriz pudo matar a la Aimerich si ella empezó otra vez a acosarlo con el hijo. No sé nada de esas situaciones, pero ella era una mujer vencida ya antes de morir. De cualquier forma, matar a la ex esposa es ya un clásico.

—A eso me refiero —dijo Lahoz—. Cada móvil muere en cada asesinato.

—¿Y si fuera un móvil que se renueva con cada asesinato? —respondió Portal—. ¿No es lo que ocurre con los asesinos en serie?

Portal tenía razón, pero dónde estaba la materia que servía para amasar las razones de esos asesinatos. Habían hecho a Galactus muchas preguntas sobre el pasado, sobre la supuesta comuna de la que todos salieron huyendo, más por aburrimiento que por frustración. La comuna no había marcado a nadie. Ilari ni siquiera había pertenecido a ella. Y Galactus lo único que había hecho era convertirla en la gallina de los huevos de oro. ¿Quién ha matado a la gallina?, se preguntaba Lahoz, intentando quedarse con el elemento fabulístico, y obviando el horror que había presenciado durante tantos días. Sólo encontraba una respuesta: alguien a quien no le gustasen los cuentos.

El catorce por la tarde, Lahoz le preguntó a Galactus, que seguía a disposición policial, a qué explicaba él que Carlota Aimerich hubiera caído en la prostitución. Galactus se rió y dijo que a dos razones: la primera criticar la llamada comuna de años antes, y segunda que su compañero, Cortés, que había participado también en ella, se enterase de qué fueron antes y qué eran ahora. Lo mismo.

Las puertas seguían cerradas, y el juez pronto pondría en la calle a Marcial Píriz. De esa forma, todo caería sobre Germán Ilari. Es lo que pasa cuando se ignora mucho más de lo que se sabe. Ilari había sido un loco. Se había comportado como un loco con Claudia Torres, y también con Marina Paula Ferrer.

¿Había matado al resto porque el resto lo había privado de pertenecer a algo que para él llegó a ser elemental? En este punto, Galactus guardaba silencio. Era mejor para él, porque sabía que el matasanos no podía defenderse.

Lahoz tenía que conocer más al hombre ahorcado. Tomó la transcripción que le había impreso Asterión y leyó las conclusiones que sobre él extrajo Alfredo Boca, su psicólogo. No sólo tenía curiosidad. Necesitaba que los cargos que pudiera atribuir a Germán Ilari no fueran sólo una atribución. Y aquel informe psicológico podía ser una prueba pertinente ante un tribunal. Mientras lo leía se le antojó asistir a una clase de magia en la que un maestro explica los trucos a su aprendiz. En efecto, Ilari tenía varias carencias que debía dominar. La más importante, la soberbia. Boca le decía que no podría psicoanalizar si no controlaba la idea de estar muy por encima de los que buscaban en él una terapia. Tus pacientes no son tus esclavos, ni tus perros, escribió en el informe. También aparecía un síndrome irrefrenable de nostalgia en el que la vida se cifraba sólo en lo que se perdía. Ilari era bastante débil ante esta distorsión que apenas podía someter, y que lo dominaba. Lahoz se preguntó si esos dos puntales de la personalidad de Ilari podían convertirlo en un asesino. Sabía que condujo a Claudia Torres hacia el suicidio, ¿pero era también capaz de cometer varios asesinatos con sus propias manos? Tendría que ser muy cuidadoso con las relaciones entre causas y efectos.

Sonó el teléfono. Era Portal.

—Hemos encontrado algo —dijo.

—¿Dónde?

—En casa del detenido. Parte de la cuerda de alpinismo con que colgaron a Salvador Doncel.

—Es circunstancial —concluyó Lahoz—. Supongo que es una cuerda estándar que puede comprarse en bastantes lugares especializados. ¿Aun así, coincide?

—Coincide —afirmó Portal—. Hay algo más importante. El teléfono de Ilari.

—¿Está ahí?

—Metido entre las cosas del garaje. Hay varios teléfonos, algunos son modelos antiguos, pero uno de ellos es el que Ilari utilizó hasta el momento de morir. Asterión acaba de comprobarlo. Me ha dicho que se lo diga.

—¿Tiene huellas?

—No.

—Aun así, creo que hemos terminado. Esas dos pruebas no suman, sino multiplican.

—También yo lo creo.

Lahoz pasó el resto de la jornada redactando un informe para Corcovado, el juez instructor del juzgado número 21 de Madrid, con la asistencia de la policía científica. Los motivos eran nebulosos, pero las pruebas estaban allí. Circunstanciales, casi firmadas por un muerto que se contradecía, pero allí estaban. Collins lo llamó varias veces para decirle que se apresurara, que Corcovado había cursado quejas por su actitud díscola que, seguramente, viniendo de Corcovado, significara lánguida, y hasta derrotista, ya que urgía sofocar la alarma que la noticia había sembrado entre los periodistas, ávidos de saber quién había matado a seis personas en quince días. No necesitaban saber por qué, sólo quién, sobre todo si ese quién había ido purgando odio para acabar con todos. Los porqués ya los pondrían ellos. Tampoco los lectores quieren saber eso. El mundo está loco sin razón alguna, entonces no se necesitan razones para explicar nada más. Eso que lo hagan los filósofos, o los psicólogos, dijo Collins, sin parar en el hecho de que también los psicólogos formaban parte de las víctimas. Cuando Lahoz terminó el informe se fue a casa, pasó la noche con Nereida, que todavía le daba vueltas al asunto y recopilaba datos. Había reunido informaciones dispares sobre Marcial Píriz, había intentado saber en qué consistía aquella comuna desaparecida. Había ido a ver a Verónica Rivas, igual que hizo con Carlota Aimerich. Envanecida por el protagonismo que le daban los muertos, Verónica Rivas recordó retazos inconexos de conversaciones oídas. Ya estaba en posesión de la vivienda de la calle Mayor, fue allí donde recibió a Nereida Valerio, y finalmente la envió hacia personas o personajes que no existían. Ocurre cuando realidades y ficciones pertenecen a la misma categoría. Al final resultó que había muchos elementos que habían sido importantes y se relacionaban en el pasado, y que seguía existiendo un asesino en serie que tenía mucho que ver con hechos que no habían aparecido hasta el momento.

A Marcial Píriz el juez le imputó cinco de los seis asesinatos. El imputado no dijo nada. Era un hombre ilocalizable. Era un tipo que no necesitaba materializarse ni cuando alguien le pedía una mujer, o cuando alguien cerraba una puerta para estar solo porque el mundo le parecía un cadáver maloliente. Quizá el que más perdía con los acontecimientos fuera Gonzalo Testa. Ahora tendría que hacer casi vida matrimonial con su japonesa.

Una vez que todas las evidencias estaban en manos del juez instructor, sin que nada fuese concluyente, Collins citó a Lahoz y le dijo que el equipo se disolvía. Los cinco se reunieron y se estrecharon las manos. No habían superado aún un estado de expectativa, porque todos los intentos de que Galactus hablara de sus implicaciones en la muerte de Ilari habían caído en una desapacible posición a la defensiva. También clásico, pensó Lahoz. Cuando le preguntó sobre las pruebas encontradas, el cable rojo incriminaba tanto a él como a Ilari, si Ilari era el asesino. Y sobre el teléfono y la cuerda de alpinismo no tenía ni idea. Ilari había estado en su garaje hacía tres días, para pedirle que le permitiera ocultarse allí, porque la policía lo buscaba. Era probable que las hubiera dejado él. ¿Y el martillo? El martillo era igual que el suyo, sólo eso. No sabía cuántos tenía. Los compró tiempo atrás y no se acordaba del número. Le gustaban los martillos, igual que a las urracas los diamantes. Ilari, lo mismo que había dejado su teléfono, podía haber tomado uno de sus martillos, y dejar después las pruebas en él. Y así hasta el infinito. Era como jugar al tres en raya. Cuando le preguntó qué había supuesto la muerte de su ex mujer Marcial Píriz contestó que había supuesto un respiro. Nunca la había tenido muy en cuenta. Era ella la que ejercía sobre él un acoso en el que a veces había utilizado a su cómplice —así lo llamó: «cómplice»— Anselmo Cortés. Y claro que conocía a Anselmo Cortés, y sabía que la había ayudado a superar las drogas. Hacía tiempo que su ex mujer no se drogaba, pero su propósito no había sido refugiarse en Cortés para salir de la cocaína, sino utilizarlo como testigo de que era merecedora de recuperar a su hijo. No obstante, él no quería a los niños. Le parecían animales aventajados, monos Rhesus a los que una sociedad sin juicio ni principios les ponía inyecciones diariamente, pero a su hijo prefería tenerlo de su parte. ¿Cómo? ¿Internándolo en un colegio tan moderno y progresista como aquel en que estaba? Al menos ahí no me da la matraca, respondió Marcial Píriz. ¿Por qué lo sacó del internamiento hace dos meses? Y Píriz contestó lo que ya sabía: el problema hubiese sido mayor si el niño empieza a querer ver a su madre. Todavía podía recuperarlo. Mejoraría su posición, y su carácter. Finalmente dijo: «Tenemos toda la vida por delante», sin pensar que cinco muertos suelen cargar de años de cárcel a quien los pone en las planchas del depósito de cadáveres.

—¿Por cuál te inclinas? —le preguntó Nereida esa noche, frente a los doscientos folios de referencias que había sacado de esos lagos en los que beben los periodistas. Lahoz dijo:

—Por ti, siempre por ti. Pero, ¿y tú?

Nereida sabía que aquella pregunta tenía que llegar, y ahí estaba. No poseía una actitud frente a ella. La defensa no era suficiente. Tampoco podía ganar tiempo. Sin embargo, dijo:

—¿Es una pregunta sobre nosotros?

—Entiendo que para ti es determinante que Galactus sea o no un cómplice de Ilari. Si es así, se trata de alguien que tiene algo que ver en la muerte de tu hermana. ¿Qué vas a hacer?

—¿Es eso lo que en realidad quieres preguntarme?

—Sabes que no. La verdadera pregunta es: ¿me has utilizado? ¿Cuándo ibas a decirme que buscabas a tu hermana?

—Sólo he intentado utilizar los medios de la policía. A ti no.

—Yo soy la policía. ¿Has visto la posibilidad de que entre esos medios y tu propósito de utilizarlos quizá exista un hombre que se ha enamorado de ti?

—También yo me he enamorado de ti.

—¿Qué quieres decir? ¿Dónde acaba la utilización y empieza el amor?

—No te lo dije para no destruirlo —dijo Nereida, con una convicción que acababa en una pausa medrosa—. Nunca esperé encontrarme con esto.

—¿Qué es esto para ti?

—Contigo, con lo que siento por ti —matizó Nereida, viendo que ese pronombre corría el riesgo de parecer un sucedáneo. Añadió:— Tienes que creerme.

—¿Vas a escribir sobre todo esto?

—La verdad me basta. No lo he hecho por el periódico. Si el tal Galactus tuvo algo que ver, espero que lo condenen.

—¿Crees que tuvo algo que ver?

—¿Se lo has preguntado?

—La muerte de Ilari le ha dado un escudo perfecto.

—¿Crees que se suicidó?

—No tengo indicios para afirmarlo. ¿Los tienes tú para decir que tu hermana no estaba enamorada de él?

—Sé que estaba enamorada, aunque no sé de quién. Mi hermana debería estar hoy aquí. En eso consiste su tragedia. La policía no llegó hasta el final.

—Tampoco ahora.

—¿Crees realmente eso?

—Lo presiento —concluyó Lahoz.

A la mañana siguiente seguían hablando de lo mismo. En el desayuno, Nereida le dijo, hojeando sus folios:

—¿Te das cuenta de que ese niño ha estado casi trece años internado en una institución donde sólo tenía un teléfono móvil y un confesionario?

—Hablas como si fueran dos formas de libertad.

—Quizá lo hayan sido, para él. ¿Cómo se hace hombre alguien en esa situación? ¿Cómo ve el mundo? Es para compadecerlo. ¿No te parece?

—¿Puedes hacerme un favor? —dijo Lahoz—. Investiga sobre su vida durante esos años. Me gustaría hablar con él. Quizá aporte algo sobre su padre. Quizá haya visto cosas.

—Lo haré, siempre que luego te muestres agradecido.

—¿A qué te refieres?

—A ti y a mí. No desconfíes de nosotros.

—Eso no sería agradecimiento. Quizá podamos conseguir algo que nunca he tenido, ni he dado, ni siquiera he echado en falta.

—¿Qué?

—Un futuro.

—¿Después de esta traición?

—¿Es así como lo consideras?

—No, pero creo que tú sí.

Lahoz repasaba todo lo que había pensado cuando supo que Nereida era la hermana de Claudia Torres. Se puso, por primera vez, en lugar de otra persona. Ocurre cuando algo nos importa, pensó en aquel momento. La vio montar el proceso, la maquinación. La invención de Neil Palacios, la investigación periodística y, por fin, la afinidad con el inspector que llevaba la investigación, es decir, con él. ¿Se planteó llegar hasta el final, si todo iba cuesta abajo, como así fue? En efecto, se había puesto en lugar de Nereida Valerio, y algo debió ocurrir en su cara, porque ésta le preguntó:

—¿A qué viene esa risa?

—Los hombres somos muy limitados. Lo digo porque estoy cayendo en las ideas que se nos ocurren a todos.

—Te preguntas si me he acostado contigo para sacar provecho de ello. Si realmente te he querido lo suficiente para no cometer ese error.

—Sí, algo parecido.

—Me has hecho olvidar a mi hermana —dijo Nereida—. Inicié este camino por algo parecido a la venganza. Ahora sólo quiero descubrir mi propia vida, y un momento para respirar. Me importas más que castigar a los verdaderos culpables, incluido Testa.

—¿Crees que Testa es importante?

—Es pequeño, pero la gente como él es la que mantiene vivo lo peor del ser humano.

—¿Sólo eso?

—Por supuesto que no. Hay algo más.

—¿Qué más?

—Individuos como Testa son los que justifican que muera gente inocente. Así solucionan algo que no entienden: que haya gente que no se corrompa, como mi hermana.

Lahoz volvió a comisaría con esa frase en la cabeza. Nunca había tenido hermanos, ni ganas de tener hijos, pero entendía más a Carlota Aimerich que a Marcial Píriz. Para Píriz, su hijo era un territorio que añadía a sus posesiones. Para Aimerich, una parte de sí misma que perdía. Fue directamente a ver a Asterión.

—Ponme el vídeo del interrogatorio.

—¿El de Galactus?

—Sí. ¿Dónde estaba su hijo?

—En la sala 2, con María.

María era una de las pocas agentes que tenía hijos y los entendía. Los hombres apenas hablaban de ellos. María sabía tratarlos. Asterión puso el vídeo de Galactus en una pantalla, y en otra un vídeo donde no ocurría nada. Gabriel Píriz jugaba con su teléfono móvil en un rincón de la sala vacía, y hasta parecía que no quería que se le molestase. María rellenaba papeles sentada frente a él, sin interrumpirlo. De vez en cuando lo miraba, como dándole a entender que estaba protegido. Las marcas de la mejilla y la frente dejaban en sus ojos un brillo de impostada indiferencia, pero en realidad era la mirada de una madre ante un niño maltratado. Para cualquier mujer, un niño maltratado es su propio hijo.

En aquella sala también habían instalado cámaras de mayor enfoque. Lahoz le dijo a Asterión que ampliara la imagen. Quería ver la mirada del muchacho mientras su padre, en la sala contigua, intentaba negar aquellas marcas que había hecho en el rostro a un hijo que apenas conocía. Recordó las preguntas de Nereida: ¿Cómo se hace hombre alguien en esa situación? ¿Cómo ve el mundo? Aquel chico veía el mundo a través de una pantalla de teléfono móvil. ¿Pero qué estaba viendo?, se preguntó Lahoz. Pidió a Asterión que ampliara algo más lo que enfocaba la cámara cenital.

—¡Joder! —exclamó Asterión, cuando percibió las imágenes que salían en aquella pequeña pantalla que descansaba en las manos del niño.

—¿Qué ocurre? —preguntó Lahoz.

—¿Estás viendo lo mismo que yo?

Lahoz estaba contemplando lo mismo. Todo lo que se veía en la otra sala de interrogatorios aparecía en aquella pantallita. Su padre, sentado en la mesa, Rialto, él mismo, Lahoz, y todo lo que se decía allí era mostrado en aquel teléfono y supuestamente oído por aquellos auriculares.

—¿Cómo ha conseguido hacer eso? —preguntó Lahoz.

—Porque es un geniecillo, el tío. Ha *hackeado* nuestra wifi, yo diría que todo nuestro sistema —dijo Asterión—. Esto habría que decírselo a Collins, para que vea que no le sirven los policías que tiene. Ni siquiera yo he cumplido mi misión.

Los hechos posteriores se sucedieron con rapidez. Lahoz llamó a Collins y le dijo que retuviese el envío del informe al juez.

—¿Te has vuelto loco?

—Dame un par de horas.

Collins no dijo más, pero paró el proceso, aunque el abogado defensor de Marcial Píriz solicitaría inmediatamente al juez la puesta en libertad de su defendido, por la aplicación de medidas cautelares demasiado largas.

No obstante, lo que hizo a Lahoz tomar esa decisión no fue lo que había visto en los monitores de Asterión, sino una noticia muy breve en el periódico que descansaba sobre la mesa, junto a los ordenadores: la muerte por golpe en la cabeza de Lázaro Díaz, un adolescente, a escasos diez minutos de la comisaría. Miró los partes que entraron esa mañana. El cuerpo de un chico de dieciséis años había sido encontrado a eso de las doce de la noche anterior, con un golpe en el parietal efectuado con una piedra. Le habían robado el móvil y el poco dinero que llevaba, según sus padres. Parecía un asunto de robo para conseguir drogas. Muchas veces ocurría, y casi siempre de idéntico modo. ¿Quién era Lázaro Díaz? Según las primeras averiguaciones, era un joven que había adquirido fama en el barrio por lo diestro que era con los videojuegos. Los tenía todos, los ganaba todos. Participaba en muchos encuentros de los llamados *frikis*, y por regla general era quien conseguía la mejor puntuación. Hasta era el orgullo de sus padres, que no entendían sus logros, pero los admiraban. Ahora se preparaban para velar aquel ensayo fallido, o malogrado, de máscara del siglo XXI, una vez que lo velaran los forenses en el Anatómico.

Más tarde Lahoz pidió informes a los Servicios Sociales. No había nadie que se hubiera hecho cargo de Gabriel Píriz, no tenía a ningún familiar en Madrid, así que lo habían llevado otra vez a la reclusión de Mirasierra, el colegio que le había enseñado moralidad durante los últimos trece años. Allí le hicieron esperar, y finalmente le dijeron que el alumno, insospechadamente, estaba fuera en ese instante, y no sabían su paradero. ¿Desde cuándo? Tampoco lo sabían.

Lahoz, al comienzo de aquella oscura tarde de noviembre, se dirigió al hogar que el muchacho nunca había habitado, entre Faustina Mena y Pinares Anchos. Llegó cuando las luces de la calle empezaban a encenderse. La puerta del pequeño jardín estaba abierta, y había una sola ventana con las cortinas descorridas en el primer piso. Lahoz sabía que la ley, como policía, le confería el derecho a entrevistar a aquel muchacho solitario. Subió las escaleras y lo vio sentado en una pequeña mecedora que había puesto en el descansillo, enfrascado en su teléfono móvil. Gabriel Píriz tuvo un estremecimiento cuando lo vio aparecer, pero pronto una sonrisa fue a reordenar aquel pequeño temblor.

—¿Te ganó al *EVEOnline*? —le preguntó Lahoz.

—¿Lázaro? Lo intentó, pero perdió.

—Creo que te ganó, por eso perdió la vida. ¿No crees que es demasiado literal, lo de ganar o perder? —matizó Lahoz—. ¿Sabes que has matado a tu madre?

—No era mi madre.

—Intentó durante años formar un hogar contigo.

—Nunca he hablado con ella. Creo que yo todavía no hablaba cuando me abandonó por las drogas.

—¿Es lo que te dijo tu padre?

—Ese tipo tampoco es mi padre. Nunca se ha comportado como tal. Creo que la que llamas mi madre seguía queriéndolo, a pesar de todo. El problema de mi posición es que he tenido que presenciar todo eso.

—¿Tu posición?

—O llámalo obligación. Una escuela de curas, y la obligación de comportarme como si tuviera una familia.

Entonces Lahoz le preguntó:

—¿Por qué?

—¿Por qué qué?

—¿Por qué has asesinado a cinco personas?

—Todas ellas querían a sus padres, todas eran felices.

—¿Sólo por eso?

—Todas formaban parte de un mundo donde lo mismo te parten la cara que te llevan a Disneylandia. No hay orden, ni siquiera en la sangre. ¿No te parece absurdo? —dijo Gabriel Píriz—. Esa palabra, absurdo, me la han enseñado los curas. Reconozco que tiene su encanto. Lo único que he hecho ha sido mostrarles la sangre como tiene que ser.

—¿Orden? ¿Has visto alguna vez el orden?

—Aquí —respondió el niño, levantando levemente el teléfono—. Y ahí.

Lo que señaló fue un martillo exactamente igual que los que la policía había confiscado, clavado en la tierra de un poto colocado en el descansillo. Finalmente añadió:

—Mato a más gente en los juegos. Es más tranquilo. No hay que salir, ni perseguir a nadie. Ni idear estratagemas.

De nuevo, la sonrisa fue clara e irónica. La realidad era lo que pasaba en el teléfono, la ficción eran aquellos a los que mataba.

—¿Qué has conseguido con todo eso?

—Nada. Nunca se consigue nada. Jugar.

—¿Jugar?

—Jugar, eso es todo —dijo Gabriel Píriz, que empezaba a mostrar síntomas de estar cansándose de una conversación tan larga—. Es lo único que sé. Acabar con el mundo de mi padre, que me trajo a mi madre, además de a otros muchos imbéciles en las páginas esas donde nadie sabe quién es.

—¿Odias a tu padre? —preguntó Lahoz—. Todos los que tienen tu edad odian a su padre.

—Mi padre es peor que yo —se limitó a decir aquel adolescente sin sentimientos ni inseguridades—. Un pobre hombre.

—¿Y los demás?

—¿Los demás? ¿Adónde iban? Parecían todos personajes de Los Simpson. Todos se enamoraban, y luego pagaban por follar. Eso se lo oí una vez a mi padre. Los curas también me han enseñado que es algo que no se debe hacer.

—Te han enseñado bien. Hablas como si supieras de qué hablas.

—Soy superdotado: sé de lo que hablo —afirmó el muchacho, que empezaba a sustituir la conversación por las imágenes del teléfono móvil.

—Claro. ¿No crees que eso tienes que agradecérselo a tu padre? —ratificó Lahoz.

—Lo soy contra mi padre.

—¿Lo dices porque te odiaba?

—Todo el mundo me odia. Mi padre es uno más. Vivo con eso.

—¿No lo dudaste?

—¿Qué?

—Al matar a tu madre.

—No necesito ninguna madre. La maté porque era una vieja loca. Se interpuso en mi camino. ¿Ha oído hablar de los juegos de rol? Es lo mismo. Cada cual tiene que hacer lo que tiene que hacer para ganar. Ella se interpuso. Mi padre no hace más que tonterías con sus martillos. Pero los martillos están para usarlos.

—Entonces los cables eléctricos, los auriculares...

—Esa gente no sabe lo que son. Yo se lo enseñé.

—¿Y cuando le clavaste el tornillo a Salvador Doncel...?

—¿Así se llamaba? Tengo por ahí el *Black & Decker.* Era otro imbécil. Fue a citarse con una chica a la que pagaba para que se enamorase de él.

—¿Quién?

—Wendy. Esa cobraba por enamorarse. Así soportaba su tienda de zapatos.

—¿Y qué pasó cuando Doncel te vio a ti allí?

—Todos me conocían. Todos han pasado por mi casa, así que yo era un recadero. Cuando me veían, creían que me enviaba mi jodido padre.

—¿Y no te enviaba?

—Mi padre no es capaz ni de enviar un *Like.*

—Sin embargo, te has hecho pasar por otros en el teléfono. Con Wendy, por ejemplo.

—Soy un buen imitador de voces. ¿Sabe cuál es el secreto?

—Dímelo. Tengo una curiosidad infinita.

—Se llama naturaleza humana —aseguró el adolescente—. Cuando uno cambia la voz y habla como si fuera otro, no hay más que prometer cosas. Entonces te creen.

—¿Por qué no has querido seguir siendo impune? No pude atraparte en El Retiro, pero matar a tu amigo Lázaro te ha delatado.

—¿Qué significa impune?

—Algo que queda sin castigo.

—Nadie va a castigarme. Soy un menor.

—¿Y eso te gusta?

—Ahora sí. Lo sabrán los jueces, cuando lean mi partidita de nacimiento, y tendré buenos abogados. Me encantan los abogados. Son las personas que más claro tienen lo que es la justicia, igual para todos, por eso los ricos tienen que pagar mucho más para librarse de ella.

—Serás llevado a un centro de internamiento.

—Me lo pasaré mejor que en el colegio al que iba.

—¿Por qué tu padre te internó allí?

—Porque soy una carga. Especialmente para él. Claro que peor hubiera sido caer en manos de mi madre. Hubiese pretendido quererme.

—Explícame eso.

—Siempre he conseguido ser una carga. Ni padre, ni madre. Sé más que ellos, no pueden imponerme su presencia sólo porque echaran un polvo. Aquí —repitió, señalando el teléfono al que tenía conectados dos auriculares que no se quitó en ningún momento— no hay reglas.

—¿Y no te gustaría jugar con reglas?

—No me trate como a un soplagaitas, inspector.

—¿Qué pensaste cuando viste que tu madre acuchillaba a Marina Paula Ferrer?

—Que se lo merecía. Esa chica también adoraba a su padre. ¿Como se puede adorar a un padre?

—¿Cómo sabes tú eso?

—Lo repetía a todas horas. Es lo que hace la gente débil. Repetir.

—¿No te gusta el trabajo que hacía?

—¿Ponerse vestiditos de muñeca y subirse a todo tipo de escaleras con sus tacones altos, como las cabras de los gitanos? Mi madre la odiaba, porque también se acostaba con mi padre.

—¿No es porque se acostara con Anselmo Cortés?

—¿Crom? No. Ese se acostaba con todas. Se deprimía, y así superaba la depresión. Las putas eran para él medicinales. Todos estaban demasiado necesitados. Perfectos, pero débiles. ¿Dónde cree que conoció a mi madre? Quedé con él en El Retiro porque iba allí a pasear con ella. No soporto que los demás sean felices. Me produce ardor de estómago. Todo en este mundo es vomitivo. El drama de Pris, los intentos del loquero de llevársela a la cama porque le recordaba a la otra.

—¿A Claudia Torres? Tú tenías catorce años cuando murió.

—Tengo todos sus correos. Ellos me los dieron, sin saberlo. Sé más de ellos que ellos mismos. No podían vivir sin escribirse tonterías unos a otros. A veces yo les escribía usando la cuenta de mi padre.

—¿Por qué montaste la muerte del psicólogo como si fuera un suicidio?

—¿Lo dice por el rótulo en el sombrero de la cabeza? Lo vi en *Crayon Shin-chan*. El tipo se merecía morir así.

—¿No pretendiste que acusaran a tu padre?

—La cárcel no le quitaría su mundo. Esto sí. Ahora no manejará a nadie, ni tendrá ingresos. Lo hubiera matado a él, pero eso hubiese acabado con el juego.

—¿Qué juego?

—El juego con usted, con la policía. Al principio me divirtió, a pesar de lo torpe que parecen. La verdad, no esperaba que llegara usted hasta aquí. ¿A quién iban a condenar, al loquero o a mi padre? Supongo que a mi padre. El loquero está muerto.

—¿Y Wendy?

—Se quejaba de todo. También se quejó cuando le puse el cable alrededor del cuello.

—¿Estaba viva?

—Vivió hasta que se lo apreté. No murió por los golpes en la nuca. Jodiendo hasta el final. Sobre lo que dice de las reglas...

—¿A qué te refieres?

—Fabriqué un patrón, si eso lo pone contento. Incluso estuvo a punto de atraparme por seguir ese patrón, los teléfonos y todo eso. Me pareció un juego, pero después me aburrí. Creo que nací aburrido. Todos en el colegio nos aburrimos. No sé ya qué pensar del aburrimiento, ni cómo escapar de él. Incluso la discusión con *Velvet9* me aburrió mucho.

—¿Quién es?

—Lázaro Díaz, siempre presumiendo de las notas que saca en matemáticas.

—¿No te gustan las matemáticas?

—Es como sacar notas en bondad. Nadie se fija en eso. Los estudios sólo sirven para ganar dinero.

—¿No quieres ganar dinero?

—Es lo más molesto del mundo. El dinero no paga nuestro trabajo, paga nuestro tiempo. En eso tiene razón mi padre.

—¿Suele pegarte tu padre?

—Lo saco de quicio, pero me gusta. A veces metía en casa a Lázaro y apostábamos una suscripción a cualquier juego que eligiéramos a que hacía que mi padre me pegara antes de cinco minutos. Mi padre me pegaba aunque estuviera Lázaro allí. Después nos echaba de casa, porque también tenía que hacer muchas chorradas con la cámara. Mi padre está vacío, como todos.

—¿Vacío? ¿Crees que pasarse la vida enchufado a eso puede llenarte?

Gabriel Píriz pensó un momento. Por primera vez, apartaba los ojos de la pantalla. Finalmente dijo:

—No se puede hacer otra cosa. No puedo leer libros. Mis nervios no me lo permiten. No puedo hablar con los demás. No me interesa lo que dicen, ni tampoco lo que yo les digo a ellos.

—¿No tienes amigas?

—¿Quiere decir gente con esa cosa tan prometedora entre las piernas?

—Sí.

—He matado a dos, pero a ninguna le he encontrado el encanto. A mi madre no la cuento, aunque nunca he pensado que fuera mi madre. Sólo que formaba parte de la patraña que creó mi padre a su alrededor.

—Estoy pensando en lo que me has dicho del *Black & Decker* —insistió Lahoz, por curiosidad, pues no era más que eso, un extraño prurito de saber más sobre el vacío que llenaba a aquella personita—. No te veo empuñando un berbiquí automático e insertando un tornillo de veinte centímetros en la oreja de un hombre. ¿Fue difícil? El forense dijo que entró por el tímpano y salió justamente por el tímpano de la oreja contraria.

—No fue tan difícil —respondió Gabriel Píriz—. Bastó con pegarle la cabeza al suelo y apalancarla con varias piedras. Lo demás no fue más que asegurarme de que el tornillo entraba con un ángulo de noventa grados. Se llama geometría.

—Pese a lo fácil que dices que fue, dudo que tu amigo Lázaro Díaz hubiese podido hacerlo.

—También yo lo dudo —aseguró el adolescente—. Era un teórico. Uno de esos tontos de *Facebook*.

—¿Un teórico?

—El único camino que tienen para llegar a todo es la imaginación. Los odio. Esa gente es incapaz de tomar un martillo.

—¿Para cambiar el mundo?

—Para no aburrirse. El mundo me importa un carajo.

Lahoz se fijó por primera vez en el aspecto del muchacho. Llevaba el uniforme azul del colegio, con los zapatos atados como un marine. Se preguntó por qué estaba sentado en el descansillo de la escalera, con la raya del pelo que parecía hecha con láser. Quizá era lo único para lo que tenía tiempo, pensó. Tenía ojos azules y un pequeño lunar en el lado izquierdo de la barbilla. Aún conservaba las marcas de los golpes que había recibido, ya un poco más desvaídas. Tenía la tendencia, como algunos de los jugadores de videojuegos que había visto, a no aguantar la baba que le caía a veces de la comisura.

¿Sabes que en los correccionales no permiten los teléfonos móviles?

—¿Y qué? —dijo el hijo de Galactus—. El juego también está fuera. Me encantan los trabajos para la comunidad. Encontraré a alguien que me los haga.

—Será un mínimo de cinco años. Tendrás que seguir estudiando. Al principio no podrás recibir visitas.

—¿Sabe cuántas veces me ha visitado mi padre durante trece años?

—No.

—Ninguna —aclaró el chico—. Pagaba para que no saliera durante las vacaciones de verano. Tenía pasta. Podía pagar por no tener un hijo, igual que pagó por no tener una mujer. Pero no vera sus errores de padre, aunque el hijo le haya salido travieso.

Lo dijo sin despegar los ojos de la pantalla. Era un teléfono con algunos mandos adicionales para videojuegos. Mientras lo escuchaba, Lahoz sacó su teléfono y llamó a Portal. Sabía que estaba en comisaría.

—Soltad a Marcial Píriz, y que vengan un par de agentes a su casa. Hay que llevarse al verdadero culpable.

—Siento haber oído eso —dijo el interpelado—. ¿Sabe lo peor?

—¿Qué es lo peor?

—Acaban de matarme los habitantes de *Kanopus 4*.

Dejó la maquinita en el primer escalón, se quitó los auriculares y se puso en pie.

—Sé que es usted un hombre que convive con sus odios —dijo.

—¿Qué quieres decir con eso? —preguntó Lahoz.

—Y le he hecho un favor.

—¿Un favor? ¿Te refieres a...? De todas formas, espero que cargue sobre tu conciencia. Eso ampliará la pena que van a ponerte. Aun así, y entre nosotros, reconozco el gesto. A veces soy un hombre con debilidades.

—Como todo el mundo, supongo.

—¿Cuándo lo has hecho?

—Esta mañana. Creo que la japonesa estará a punto de encontrarlo. Vi en los mensajes que la citó porque quería vivir esta noche. Ahora está tirado en el camastro que hay en el cuarto de su despacho. Como verá, yo también puedo mostrar algo de humanidad.

—Un policía no debería decir esto, pero me parece justo. Yo mismo lo hubiera hecho. Estaba ya sacando sobre ti conclusiones equivocadas.

—Es usted un tipo curioso. Aquí tiene la prueba —dijo, arrancando el martillo de la tierra de la maceta. Aún tenía sangre.

Lahoz se enfundó los guantes de látex y lo tomó. Esperó a que llegaran los agentes y les entregó a aquel pequeño genocida. Le quitaron el teléfono con los auriculares, algo que no aceptó muy bien, y se lo llevaron a comisaría. Cuando se lo contó al resto del equipo, sobre todo a Asterión, todos alegaron, a modo de defensa, la dificultad que tenía la policía para lidiar con ciertos elementos cada vez más inhumanos que acompañaban los delitos. Lahoz sabía que era una excusa, y tuvo que admitir que necesitaba reordenar su mundo, el modo en que pensaba. Tomó el teléfono y habló con Corcovado, un juez que supuso lo comprendería. Era un hombre justo, que sabía hasta dónde llegaba, en los esquemas de cada ciudadano, la necesidad de que la justicia se mostrara de una forma evidente.

—¡Coño, Lahoz! —lo saludó—. ¿Qué necesitas? ¿Más tiempo?

—No. Sólo que me avises en el próximo caso de suicidio, cuando vayas a levantar el cadáver con Suárez.

—¿Y eso por qué? ¿Quieres saber cómo se hace?

—Sólo quiero poner algo de lógica en mi vida.

—Entonces te recomendaría una temporada en prisión, ¿no? —dijo el juez.